人文情悟

朱超群 著

山西出版传媒集团

山西人民出版社

图书在版编目（ＣＩＰ）数据

人文情悟 / 朱超群著 . — 太原 ： 山西人民出版社，
2023.8

ISBN 978-7-203-12638-6

Ⅰ . ①人… Ⅱ . ①朱… Ⅲ . ①散文集－中国－当代
Ⅳ . ① I267

中国国家版本馆 CIP 数据核字（2023）第 096124 号

人文情悟

著　　者：朱超群
责任编辑：冯灵芝
复　　审：贾　娟
终　　审：梁晋华
装帧设计：谢蔓玉

出　版　者：山西出版传媒集团·山西人民出版社
地　　址：太原市建设南路 21 号
邮　　编：030012
发行营销：0351-4922220　4955996　4956039　4922127（传真）
天猫官网：https://sxrmcbs.tmall.com　电话：0351-4922159
E-mail：sxskcb@163.com　发行部
　　　　　sxskcb@126.com　总编室
网　　址：www.sxskcb.com

经　销　者：山西出版传媒集团·山西人民出版社
承　印　厂：三河市元兴印务有限公司

开　　本：880mm×1230mm　　1/32
印　　张：8.625
字　　数：220 千字
版　　次：2023 年 8 月　第 1 版
印　　次：2023 年 8 月　第 1 次印刷
书　　号：ISBN 978-7-203-12638-6
定　　价：59.80 元

值得阅读和收藏的书，一定是作者的用心之作，能和读者的所思合拍，令读者感动，放在枕边或书橱里，可随时随地拿出来对照、借鉴或品味、欣赏。

朱廷群

一

这是作者的散文随笔集"文人情怀"系列第三部《人文情悟》，写完这本书，也算是大功告成了。该系列前两部分别是《人文情缘》和《人文情思》。三部作品，收录文章近 170 篇，总字数 70 万字左右。

每部作品都分为三辑：第一辑"人文情缘"，第二辑"人文感悟"，第三辑"为书作序"。"人文情缘"专辑，主要收录作者与文友交往和参与各类活动的情况。"读书感悟"专辑，主要是作者读书后所写的书评。而"为书作序"专辑，则是作者为自己文学作品、主编的文集和为别人的书所写的序。

三部书中最早一篇文章写于 2011 年 8 月，最晚的写于 2021 年 12 月，从时间上算，跨十余年了。

《人文情悟》这部书，主要收录作者从 2020 年初至 2021 年底所写的作品。前几年主编和出版的《散文大家归有光》《荟珍屋》两书中，有作者写的序和文章，顺便也收录进去，时间线就拉到 2018 年 12 月底了。本书累计总篇数是 40 篇，加序和后记，则是 42 篇，字数 20 多万了。

　　书中所写有作者与文友的交往，其中有中国作家协会会员、上海市作家协会会员、外省市作家协会会员、上海和全国一些区县级作家协会会员和许多民间写作高手等，他们的状态或多或少能反映出这个时代文人的某些特征，为后人留下一些可贵的、值得纪念的东西。

二

　　《两次征文的结晶》一文，是作者为《散文大家归有光》一书写的序，此书在 2018 年 12 月出版。为研究地方历史名人、继承文化遗产，深入研究归有光先生曾在安亭生活、讲学和写作所取得的成就，安亭政府有关部门与我商议后发起，进一步挖掘"震川先生"生平、文学创作资料，特在 2015 年下半年举办"震川论坛"征文，并面向全国征稿，惜出版一事不小心搁置了。

　　2018 年上半年起，民间组织《西桥东亭》杂志编辑部在西桥东亭文化促进会（筹）（即后来的花桥经济开发区文化交流促进会）的支持下，再次组织"震川论坛"征文，并把两次征文中的优秀作品在《西桥东亭》杂志上陆续发表，又将其中部分作品，推荐在嘉定所属安亭震川书院杂志和其他报纸上转载……

　　两次征文收到全国各地归有光研究者和爱好者作品两百多篇，《散文大家归有光》一书选录 30 余篇优秀作品结集出版，以飨读者。这些作者中，有大学教授、省市级以上作家、归有光先生研究者和原安亭震川中学培养出来的部分优秀学生。他们撰写的论文，让我们进一步了解了归有光先生在安亭及周边活动所取得的文学创作成就及其影响，起到了抛砖引玉的作用。

本来两次征文，想通过协会帮助出版，但因资金问题未能落实，最后只能由作者自筹解决。为此，作者主编了这部书，并修改了以前写的序。这里说明一下：当时为了出版需要，该序的署名曾经用过别人的名字，后来我自己出书时，经过反复修改，用了笔名"黄安桥"。《散文大家归有光》一书于 2018 年底出版。

《荟珍屋主和作家、诗人、书画家》一文，收录在作者主编的《荟珍屋》一书中，于 2019 年初出版。关于《荟珍屋》的组稿和出版，也是很有故事的：一群上海作家、诗人和书画家，分批采风荟珍屋，他们被屋主赵文龙收藏、建造的反映中国榫文化的古建筑和明清苏作家具所震撼，写下了一篇篇、一首首文采飞扬的优美诗文和精致精美的摄影、书画墨韵，并对中国改革开放四十年来所出现的"赵文龙现象"进行了分析研究，为奇人奇事树碑立传，努力弘扬和讲好中国故事。

《荟珍屋》一书集摄像、墨迹、访问照片和诗文于一体，从不同角度艺术地展现了中国古建筑艺术和明清木作家具风貌。屋主赵文龙二十年如一日，呕心沥血，废寝忘食，专注于古建筑危房收集和重建，以及明清家具的收藏，获得了"北有马未都，南有赵文龙"的美誉，有很大的影响。

《荟珍屋》由作者主编，沈裕慎先生写序，作者用"谭言风"笔名写了《荟珍屋主和作家、诗人、书画家》一文，详细介绍了活动发起、组织、组稿之过程，以及荟珍屋主人在仿古建筑中取得的成就和当地领导乃至全国专家给予的支持等，是《荟珍屋》一书中篇幅较长又相对完整的一篇文章。

三

《一场别开生面的"迎春送福"年会》一文，记录了昆山市花桥经济开发区文化交流促进会迎春送福年会的盛况。五十余名会员出席年会，书法家、画家们当场挥毫泼墨，写了上百副对联、横幅和"福"字，作画数十幅，赠给会员和有关部门。最后，一幅由几位画家和书法家合作产生的"巨画"，把这次活动推向高潮。

《愿微刊文章精品迭出》一文，是为微信公众号《文笔精华》微刊而写。《文笔精华》微刊自 2018 年底创刊以来，编委付出巨大的辛劳，而努力过后的收获，是非常可贵的。

据粗略统计，在一年半多的时间里，微刊邮箱接收到全国各省市作家、诗人和文学爱好者投稿 5000 余篇，录用率 50%，达到 2500 余篇。一个完全业余的公众号，仅靠几位作家和文学爱好者的支撑，竟然能收到这么多的作品，这自然与全国数百位作者的热情参与和支持分不开。微刊征文活动还吸引了美国、德国、英国、马来西亚、新加坡等华裔作者的参与，文学作者的队伍不断壮大。编委们本身也是作者，又要编书又要写稿，他们几乎没有时间做其他事情了。而微刊这个供文友写作交流的简易平台，是自愿和公益性质的，能有这样的热闹和成绩，是难能可贵的。

《在嘉定州桥景区》一文，为嘉定文学社成立以来第一次组织采风活动而写。这是协会自 2019 年底成立以来，与花桥经济开发区文化交流促进会和三岛文学协会联合组织的第一次大型采风活动。此次活动，为实现采风走遍嘉定区人文景点迈出了实质性的第一步。

通过采风，会员不仅可以相互认识、交流，还可以欣赏嘉定名胜古迹，了解嘉定的过去和现在，用文笔尽情描绘嘉定八百余年来的深厚文化底蕴。自嘉定文学协会成立以来，成员大都通过微信群认识，没有见过面，大家都盼望能通过这样的一次采风，面对面了解彼此。现在，会员们聚在一起，可以近距离切磋和交流，面对面进行交流的愿望终于实现啦！

《获奖、采风和叶辛故乡文学馆》一文，介绍了由上海市作家协会、文学报社、《上海文化》杂志社主办，禾泽都林建筑与城市研究院、华语文学网承办的第八届"禾泽都林杯——城市、建筑与文化"诗歌散文大赛一事。2020 年 9 月 29 日上午，作者在上海市作协大厅参加第八届"上海禾泽都林杯"颁奖典礼，在领奖台上，主持人吴菲儿问作者有何感想，作者指着旁边的获奖者说，请他讲吧。其实，作者有千言万语，就是不知道从何说起。

作者年轻的时候，把跨进上海市作协当作一生的追求。作者从小喜欢文学，梦想成为一名作家。经过几十年的奋斗，换来了数百万字文学作品。2014 年加入上海市作协，第二年初，首次以作协会员的身份走进上海市作协大门。在作协大厅参加新会员见面会，作者心情无比激动——终于成为上海市作协的一员了，不容易啊！那时作者想，将来如果能在上海市作协大厅里接受颁奖，该有多好呀！于是，作者又为这一理想再次起航，十余年来，整理旧作和创作新作，竟然取得累累硕果，平均一年出版一本书，现如今已经出版了 13 部个人专著，有小说，有散文，有诗歌，累计 280 余万字。这次得了一个散文优秀奖，虽然是个小奖，但这是我第二次在上海市作协大厅参加正式会议，并且还上台领奖，也算是近年来努力的收获吧。

作者第一次去浦东书院镇参观叶辛文学馆，时间是在 2018 年 3 月 16 日，当时是与花桥文联主席沈雪龙等一起去的，由叶辛和《叶辛传》作者、书院镇叶辛文学馆馆长张华接待。以前的文学馆是在一幢老式房子里，现在已经搬出，搬进了新建筑内，新建筑比原来大而规整。那时，沈雪龙为在花桥建造"叶辛故乡文学馆"去书院镇了解叶辛文学馆布置情况，想学一些经验。

巧的是，叶辛先生认为自己的故乡在上海嘉定的安亭镇，请嘉定的地方志专家、上海市作协会员陶继明核对地址。作者在知情后查核地址，终于搞清楚：中华人民共和国成立初期，叶辛家乡是属安亭的，后来江苏和上海划分地界时，叶辛家乡的那个村划归江苏昆山的花桥了。作者将这一情况告诉了陶继明老师，并与花桥经济开发区文化交流促进会常务副会长韩建付联系，请他与当地政府商讨建叶辛文学馆的事。

事情有眉目后，花桥经济开发区派党工办副主任吴东海、花桥地方志专家陈文虞、花桥经济开发区文化交流促进会常务副会长韩建付、作者与嘉定地方志专家、上海市作家协会会员陶继明等人，于 2018 年 3 月 9 日在青松城上海老干部活动中心一楼与叶辛见面，之后大家合影留念。

事后，在《西桥东亭》杂志 2018 年第 3 期上，作者撰写了有关此事的专题报道；在纪实文学作品《诞生》中，用两个小节（第十二至十三小节）做了记述；在 2020 年 7 月出版的散文随笔集《人文情思》中，收录了经过修改的《叶辛故乡考证和联系》一文。叶辛老师与花桥政府商讨叶辛故乡文学馆选址时曾想把文学馆建在家乡拆迁的原址上，后来选址在现在的绿地大道与靠近集善公园的集善路口附近。

四

在《聚会和读书有感》一文中，作者应朱亚夫先生之邀，参加了他新书《亚夫杂文选》的出版答谢会。作者是与朱亚夫一起出新书的文友，也都是上海市作家协会会员，前些年，作者组织过几次青浦文学营活动，曾邀朱老师一起参加。作者主编《散文大家归有光》时，选用过朱老师的作品。后来我主办的荟珍屋采访活动，也请朱老师参与，并在出书时选录了其作品。我和朱老师的友谊，在文学交流中得以升华。

作者出版的散文随笔集《人文情思》，朱老师要作者带来，赠给参与者每人一本。由此，作者认识了几位上海新闻界的高朋。这次聚会，作者非常高兴，觉得收获颇大。

活动后，作者写了《聚会和读书有感》一文。朱亚夫先生原来在《上海老年报》工作，他让我把文章压缩至1000字以内，在《上海老年报》上发表，作者把缩减稿交给他，两个星期以后，该文就刊登在《上海老年报》的副刊上了。

在《人文精雅作嫁衣》一文中，作者写了《读〈潘颂德序言集〉有感》。潘教授寄给作者一本新书，是他的《潘颂德序言集》。作者看了一下，书中收录了潘教授为上百位作者主编的诗文集或学术著作所写的序言。潘教授这部书，洋洋洒洒，37万字左右。潘教授序上说，这是他三十年来，陆续为作家、诗人和编书者出书写的序言，书中作品按文体决定编入某一辑。该书的每一辑，则按作序时间先后排列。作者仔细看了一下，最早的是第一辑第一篇《当代乡土诗倡导者的理论主张——〈中国当代乡土诗选〉序》，写作时间为1990年8月；最晚的是第二辑最后一篇《自然吐心声　流畅写美文——〈我的情缘〉序》，写于2020年7月11日，此书待出版。到《潘颂德序言集》于2020年12月成书出版时，文稿时间跨度已经有三十个年头了。我算了下，潘教授为人写第一篇序时，年仅四十九岁，可见他的文笔很早就获得了人们的认可。能为一百多部书写序的作家和学者，在上海乃至全国，应该说也屈指可数啊！

作者所了解的潘颂德教授，在上海的文人圈子中，人们都称他"老法师"，说他是写序的高手。我想这是一定的，因为若潘教授语言驾驭能力一般或知名度不高，那么多的作者和编者也不会请他写序。可贵的是，潘教授作为一位研究中国现代文学史尤其是鲁迅和中国现代新诗理论批评史的学者，对人真诚，有求必应，因此才写出了如此多的序来。他不为名、不为利，为人写序从不索取报酬，无私奉献，获得了大家一致称赞。

最初与潘教授认识时，正值作者与文友黄华旗在全国网络和部分刊物上组织征文，进行第三届"中国龙文学奖"评比，并准备出版一部《文笔精华·第三届中国龙文学奖征文小说散文诗歌选集》（此书于 2015 年 10 月在中国出版集团所属现代出版社出版），征文和评奖成功后，作者请潘教授写了一篇序，从此，作者与潘教授两人成为忘年交。

虽都喜欢写作，但无论是从岁数还是文学创作成就上论，作者都与潘教授有相当距离，但我们双方相互尊重，潘教授从不把自己当老师，这让作者非常佩服，并打心底感激和敬重潘教授。

潘教授对自己所作的序，每一篇都倾注精力，呕心沥血，仿佛对待自己的孩子。其实除了写小说、散文和诗歌外，作者也喜欢写序，不仅为自己的书和主编的书和杂志写序、写前言，还为全国各地的文友和书画家出书写过序，至今累计写了 60 多篇。潘教授是作者学写序言的老师，他的那本序言集，作者已经读了一遍，以后作者还要好好读，认真地读。写每一篇序之前，作者一定会精心阅读书稿，精心组织相关材料，等写满 100 篇序后，作者也要出版一本属于自己的序言集。

五

《人生情和趣》一文，是作者 2020 年 4 月为施永培先生的一本书写的序。认识施永培，还得从 2019 年应上海市作协会员叶振环之邀到崇明聚会说起。文友叶振环约作者组织一批上海市作家到他家乡观光旅游，去后，他请同乡好友施永培一起接待。他们两人真诚好客、热情周到，感动了参加聚会的人。为此，作者写下了《盛情聚会在崇明》一文，发表在《西桥东亭》杂志和微信公众号《文笔精华》上，这是我们这次聚会的纪念，并将永远留在与会者的记忆里。

叶、施两位是中国现代作家协会会员，在作者组织的中国现代作家协会会员征文出书过程中，作者在《中国作家文学作品选》一书中选录了他们的作品。后来，交往多了，在作者主编的《西桥东亭》杂志上、在沈裕慎创办的《上海散文》杂志上，施永培都发表过作品。在上海市区，叶振环和施永培都有住房，大家又聚过几次。记得去年第四季度，在施永培加入上海市作家协会后及《上海散文》杂志第四期分享会上，大家向他表示祝贺，他执意要请大家吃饭。

施永培写了三部书，可称为"三部曲"了，虽然前两部作者没有看过，但他的有些作品发在作者的公众号上，由作者推荐并陆续发表在《西桥东亭》杂志、《上海散文》杂志和《文笔精华》微刊电子版上，因而有所了解。而第三部书稿完成后，他请作者为他写序。

作序本应该请名人，施永培抬高作者了。好在作者那时已经出版 12 部个人专著，其中有小说、有散文、有诗歌，又在网络上征文和主编过 10 多部文集，这十年来为自己的个人专著、为主编的文集、为文友写过几十篇序了，如今为施永培先生的书作序，也不算为难。

《品书百部寻诗味》一文，是作者用一年时间为自己的诗集《寻找诗意》所写的序。此书初稿完成后，作者打印了几份小册子请文友及吴绍玑教授进行修改，吴教授用了三个月时间认真阅读书稿，并对大部分诗进行了修改。有趣的是《寻找诗意》一书，作者习作原数量是 101 首，吴教授又补充了 19 首。后又接受吴教授的建议，删除了 20 首诗，保持

100 首诗的初设。由于吴教授对作者习诗进行了重大修改，有再创作的意义，加上他也写了一批诗歌收入诗集，于是，作者与吴教授商议，以两人的名义，共同出版该书。

六

《人文情悟》一书，是一部完整的散文随笔集，是"文人情怀"三部曲之一，和其他两部书一样，它只是"文人情怀"的一个缩影而已。

是为序。

2021 年 12 月 10 日

序　文人情怀之缩影

第一辑　人文情缘

第二辑　读书感悟

第三辑　为书作序

第一辑：

人文情缘

荟珍屋主和作家、诗人、书画家

一

在微信群里，有个"0630文学群"，意思就是6月30日这一天，由一批文学爱好者建的群。

那天，"红枫书友会"执行会长周劲草发起，请文友到书友顾问杜锡全的资海工作室聚会，受邀人除了我，还有沈裕慎、潘颂德、邵天骏、黄大秀等十余人，他们有的是中国作家协会会员，有的是中国散文学会会员，有的是上海市作家协会会员，都是写作方面的高手。

杜锡全退休后热心为大家服务，他人脉广，这天，他请黄强教授与大家见面，黄教授说可以介绍作家、诗人组织采风活动，一天、两天都行，免费吃住，挺吸引人的。我当即表示，若能组织此类活动，我可邀请一批上海市作协会员参加，可写些诗文，再拍些照片，出书也行。于是，有了组织作家诗人采风的打算。

经过几个月的策划和筹备，采风行动终于落实到位，地点定于松江九亭的荟珍屋。

二

11月7日下午，我和黄强、杜锡全、潘颂德、范长江、张文龙、朱亚夫、朱惜珍、黄大秀、邵天骏等十多名中国作家协会会员、中国散文学会会员、上海市作家协会会员和教授等参加了这次荟珍屋采风活动。据黄教授介绍，11月6日还在南京的屋主赵文龙，今天专程赶回来，接待作家、诗人们。大家听后深受感动，纷纷表达对赵会长的敬重和谢意。

荟珍屋位于松江区九亭镇，创办人是松江区收藏协会会长赵文龙。荟珍屋是一座集明清园林建筑和苏作家具于一体的私家古典园林，有十余栋明清老宅、万余件苏作家具，于2000年创建。赵会长为我们全程讲解了荟珍屋一砖一瓦、一石一木的前世今生，如数家珍。

松江这16亩土地上，有1万多平方米建筑，呈现了中国古典建筑的传承和创新，展示了赵文龙几十年来所收集的部分藏品，更多的珍贵物料则存于外借的4万多平方米仓库，待有机会再一一造访。

在交流中，作家、诗人们纷纷表示有赋诗作文之灵感，黄教授的意思是大家各自写，找报纸、杂志发表，不一定要成集。回去后，果然大家都有诗文作品发表。于是，我把大家的作品收录起来，统一在新浪《小青文学》上发表，也有在美篇和其他网络上发表的，其中我的一篇作品还在《红枫》杂志上发表了。除了诗作外，书画家还写了书法作品留念。这样一来，由我收集的活动诗文、书法作品和摄影照片，竟然不少，有80页诗文、20页风景摄影和10页采风摄影作品，还有两幅书法作品和两幅国画，如果再收集一些其他作品，真的可以出版一部关于"荟珍屋"方面的专著了。我与黄强教授认为，可以主编和出版一部《荟珍屋》了，可以再采风一次，补充一些诗文和书画。黄强教授和荟珍屋主人赵文龙商议，决定择期再组织一次荟珍屋采风活动。

三

第二次荟珍屋采风，有人建议还是由第一批采风的作家、诗人、书画家们参与，请他们在原来作品上加工，修改出更好的作品来。我有自己的想法，认为第一批作家、诗人、书画家能修改出更好的作品来最好，但若要增加作品，特别是增加绘画类和书法类作品，必须得是其他人，于是，第二次荟珍屋采风决定以新人为主。

在第一次采风发表大量诗文后，有许多朋友想要参观荟珍屋，但如何联系一事，我也无法回答，因为我自己也是别人介绍的，不能随便给荟珍屋主人赵文龙添麻烦。在这些朋友中，有一位值得一提，那就是《少年报》记者姜丽军，她是在上海著名作家张锦江教授全国书展上与我认识的。她联系我，说想去荟珍屋参观。刚开始我没有答应，组织第二次采风时，就邀请了她。

组织采风活动，其实挺麻烦的，联系时，有人愿去，有人不愿去，有人不去是真有事，有人是真不想去，有事只是托词而已。好在我人脉广，在上海滩找几十位上海市一级的作协会员，找一批作家、诗人、书画家，不是难事。于是，我一个个地联系，一个个地约定，结果到最后一天，还是有人因事请假。

最后，与黄教授约定在荟珍屋碰头，出席的有黄强、杜锡全、周劲草、沈裕慎、韩建付、唐友明、王元昌、顾建明、黄国锋、王雅军、姜丽军等十多人。我请上海著名作家沈裕慎先生为《荟珍屋》一书写序，请王元昌先生画几幅国画，请顾建明先生写几幅书法作品。

黄国锋先生画了第一次采风活动的国画，顾建明先生带来一幅书法《荟珍于屋》，赠给赵文龙会长。周劲草先生，则带来他的新书《人在路上》《文海拾贝》送给大家。作家们还有几位是带书来的，大家在荟珍屋相互赠书。

四

赵文龙先生 1956 年出生于上海，祖父与父亲都在上海桂林公园工作，小时候外祖父的大宅子带给他无限的遐想，也激发了他对木作的兴趣。因祖父、父亲在桂林公园任职，对"黄家花园"了如指掌，赵文龙耳濡目染。

1974 年，他到市郊梅陇插队，住的居然是用几百根大柱子支撑屋面的绞圈房。那是一个幽深的大院子，房子的木作结构深深地吸引着他。七年间，他研究雕梁画栋，研究榫卯文化，并拥有了第一件藏品——一把精美的白木椅子。这把椅子当年他花了 100 元年底分红款，至今仍留存着。

赵文龙最初主要收藏老家具、瓷器等，三十年前他常到古玩店"淮国旧"收白木家具。随着住房条件的改善，很多人把老祖宗留下的家具视为累赘，赵文龙收藏了万余件古董家具，它们大都保存在荟珍屋的库房里。荟珍屋珍宝很多，且不说黄花梨、金丝楠木家具，单就清代的印度红木椅子，就属博物馆级别。在赵文龙心中，这对椅子是荟珍屋的镇馆之宝。

1996 年，赵文龙开办了上海龙漕古典家具商行，"以商养藏"，收藏扩大到苏、松地区老旧家具。二十多年时间，他收藏了明、清两代苏、松地区古董家具数万件。2000 年，为更好地发展和抢救木作文化，他在松江九亭购置了十余亩土地，建立了修复老房子和家具的基地"荟珍屋"。

老房子抢救是一项非常艰巨的工程，需要顽强的毅力和对木作文化的痴迷。十多年来，赵文龙从安徽、江西、浙江、上海等地收购来几十栋有鲜明特色的古建筑，对那些已经人去楼空又面临倒塌的价廉物美的老房子、高速或高铁经过而当地政府没能易地重建的老房子，赵文龙想凭一己之力把它们买下来并原样修复，将来如若能与政府衔接、与企业家联手进行重建，那它们的光彩又可重现人间。

在收购旧家具的过程中，赵文龙发现许多偏僻山村有一些老房子的残垣断壁，摇摇欲坠的框架在冷风中战栗，令他的心锥刺般疼痛。有一次，他在安徽一个山村里收旧家具，看到一幢两百多年的老房子倒塌，建筑构件已被拆散，许多牛腿、花窗、门簪等卖给了古董商人，房前小院里，几个农民在分割一根银杏木的冬瓜梁。这根冬瓜梁长 12 米，宽 1 米，赵文龙凭经验断定这根银杏木至少有千年的树龄了，老屋已散架了，如果这根横梁再被分段切割，一切都将被毁灭，若干年后，这里曾有过一幢大宅子的历史，将从人们的记忆中抹去，与房子有关的一段历史也会不复存在。

这个场景成了压倒赵文龙的最后一根稻草！离开这个村子后，那个场景在赵文龙脑子里挥之不去，从此他干劲十足，开始收购老房子，而且一发而不可收。

后来，赵文龙索性关了家具店，去收购什么破砖旧瓦烂木头，从原先大把大把地赚钱变成流水般花钱。

房屋收藏被称为"大收藏"，它不像其他物件可以收而藏之，可以独自把玩，可以在厅堂摆放，破旧房屋绝对不能束之高阁，收而藏之，一定要修复重建，否则就是一堆烂木头！

赵文龙在收藏过程中不断积累专业知识，比如通过对所用木材的观察，基本可以判断古董家具来自什么地区、出自怎样的家庭，当时主人的社会地位和文化修养如何——这就是木作家具或房子隐藏的密码、蕴含的文化。从古到今，金属器皿会氧化，瓷器易碎难保存，书卷对保存环境的要求更高，只有木作文化是能够长久留存的，也是传承历史、传承中华文明的载体。赵文龙因热爱而痴迷，这是他大力抢救中华木作文化的最大原因。

作为一个收藏家，赵文龙希望把最有价值的收藏留在本土，并以适当形式展出，弘扬民族文化，提升上海的文化品位，并表达对祖国的感恩之情。

五

在荟珍屋，有荣毅仁的办公室、黄炎培的书屋等，走出房间还能看到明清的花亭楼榭……这些都不是粗糙的仿古建筑，也不是电影中的复古场景，只是荟珍屋的一隅之地。坐落于松江九亭的荟珍屋，占地面积16亩，其中每一寸土地都凝聚着屋主赵文龙的心血。

屋主赵文龙，现任松江区收藏协会会长、上海市收藏鉴赏家协会理事，从事明清江南苏作文化家具与古建筑收藏三十余年。自2000年打造荟珍屋开始，至今已有近二十个年头。

荟珍屋是一个典型的江南园林古建筑群，园内汇聚着名人古居、亭台楼阁、小桥流水、奇石古树等江南园林的众多经典场景，除了开头提到的几栋名人故居外，还有十余栋明清古宅出自明、清两代达官贵人或书香门第家庭。精妙的榫卯结构、令人称奇的雕梁画栋、两人合抱的冬瓜梁等，在荟珍屋随处可见，可谓一步一景。更让人惊叹的是，荟珍屋的这些古建筑都是从潦倒中重生，有很多是赵文龙从即将拆迁毁灭的境况下抢救回来的，他抢救回来后再将这些伤痕累累的老房子修复原貌，使其得以异地重生。

除了明清古建筑外，荟珍屋内还珍藏着近四十年来从各地收集的明清江南文人的苏作精品家具数万件。因为所藏木作家具品类齐全、品位高，多以优秀的榉木为主，赵文龙在2009年受到了文化部的关注，成为首批中国木作协会的会员。如今荟珍屋内，精雕细刻的各式古家具与美轮美奂的古建筑相映生辉，相得益彰，置身其中仿佛看到了几百年前华夏民族先辈的生活场景。

经过十余载精心打造，荟珍屋早已蜚声沪上，屋内厚重的古韵、浓郁的文化氛围，吸引了不少文人雅士前来拜访。在这里人们除了和屋主赵文龙交流收藏心得之外，还谈天说地，纵论四海。很多慕名前来的人为荟珍屋留下墨宝，如今荟珍屋门头上的匾额，就是由中国文联副主席、中国文联书画艺术中心主任高运甲题写的。

"我只是这些精美木作这一代的保管者，希望有更多的人能体会它们的美，理解它们蕴含的文化，懂得收藏之道。"赵文龙怀着一颗虔诚的心，与人分享他的收藏之道，希望他人能欣赏和领悟木作之美。目前，荟珍屋已经成为上海华东师范大学古玩鉴赏基地。未来，屋主希望能与更多的学术机构合作，向更多的学生推广传统文化，与更多的专业人士探讨中华木作文化的研究与传承。

赵文龙以古董店的收入"养楼"，资金常常捉襟见肘。2012年，他不得已把一处房产卖了。现在的开销很大，仅工人一年的工资就要230万元左右。

如今，赵文龙和他的团队一起，倾力于把荟珍屋打造成一个建筑群，力图更好地再现明清时期宅院的风采。相信在不久的将来，荟珍屋会以更加完美和古朴的面貌，迎接四方来客。

2018 年 12 月 20 日

注：此文在《荟珍屋》中用笔名"谭言风"发表。

一场别开生面的"迎春送福"年会

一

1月19日下午，昆山市花桥经济开发区文化交流促进会召开迎春送福年会，五十余名会员出席年会，书法家、画家们当场为与会者创作书法、绘画作品，写了上百副对联、横幅和福字，作画数十幅，赠给会员和有关部门。一幅由几位画家和书法家合作产生的"巨画"，把这次活动引向高潮。

早晨，常务副会长韩建付邀请原副会长仝锋和李贺雯、李红艳、周志强、周晓、刘庆华等人前去租借的会场进行布置。下午，会员们和参与者陆续到来时，看到的是一个已经充满喜庆和欢乐的会场。在这幢全新的大厦里，七楼的基本装修告一段落，其中一间朝南的两三百平方米的场地被协会租用，布置了会议场地。而八楼的整个楼层，则是我们西桥东亭文化传媒有限公司办公所在地，也正在装修中。

已是小九十高龄的协会书画研究院院长王元昌先生和我提前到达会场，负责大讲坛的副会长沈叶、原秘书长——现协会企业家联谊会负责人权循开以及原协会秘书韩骥等，先后到达会场，与前来参会者王雅军、沈荣桃、杜志刚、沈志强、尹晏荣等人进行交流。杂志编委唐友明带来一批嘉定海默画院的书画家，有贝品伦、潘允星等，他们和协会会员乌娜、顾建明等一起，为大家展示书画艺术，为这次活动带来了新春前的祥和欢乐气氛。

做公益也是协会每年的传统节目。对于会员们来说，做公益就是一次心灵的洗礼。有四五位会员带来的小孩，也为这次活动做公益了，其中有一个小男孩为大家现场唱起了歌，他优美的歌声让人陶醉。

整个下午，书法家们创作书法作品、写对联、写福字，画家们画蜡梅、虾、蟹、竹等，忙得不亦乐乎。还有人唱歌，有人弹琴，有人下棋，有人聊天。总的来说，这是一场别开生面的"迎春送福"年会，其实对做公益的会员们特别是参会者来说，是一次快乐的享受。

二

2019 年，是我们协会成功注册的一年。经过几年的努力，大家为当地做公益、做好事，取得了很大的成绩，社会影响广泛，获得了当地政府的认可。

作为协会的杂志主编，我提议大家聚在一起的时候，为协会多提宝贵意见，争取在新一年内做出新的成绩，为当地社会贡献一分自己的力量！

作为协会内刊《西桥东亭》杂志的主编，我还希望协会组织的各项公益活动，除了组稿责编人员写稿外，参与者也要写，写做公益活动的体会、心得。参与者写稿后，将稿件发到杂志规定的邮箱。作为协会会刊，有关公益活动的作品，一定会用，一定要用。杂志作为内刊，要为协会认真做好宣传，才能对得起会员们对协会的支持。这样做，也是对大家做公益活动的充分肯定。

杂志愿为协会做公益者树碑立传，几年的宣传和报道，已经证明效果不错。若干年后，不管协会的发展进度如何，杂志作为档案，不仅可以在民间留传，而且可以在当地的档案馆存档，几十年甚至几百年后还将存在，因为它书写着历史。所以，希望有更多的会员做公益，有更多的文字入选我们的杂志中。

三

参与协会第一次筹备会议的有韩建付、韩骥、朱超群、王雅军等六位。这样的聚会一共有四次。第二次参与活动的，有十多位。第三次和第四次来参会的人数过半数了。

协会的筹建、成立和发展，需要一批又一批的人参与、一批又一批人的努力。协会在组织公益活动中，不断有老会员退出，不断有新会员参与，协会因此才得以健康发展。

这里，我们向曾参与协会公益者致敬！他们为协会的公益活动奠定了良好的开端，做出了贡献！也向曾为协会做出贡献但因事离开者致敬！向那些为协会做出成绩"功成名就"后退出者致敬！他们为协会的筹备和成立做出了这样或那样的成绩，值得老会员、新会员和后来者学习，向他们致敬！最后，再向继往开来为协会做公益的新老会员致敬！协会的发展，需要一批又一批会员的接力努力，才能有长期性、连续性，才能创造更大更持久的辉煌！

愿新年后的协会，创造出新的高度，再上新台阶。

2020 年 1 月 20 日

注：此文在《西桥东亭》杂志上用笔名"黄安桥"发表。

《人文情缘》有了姊妹篇

整理好全书目录和文章，写好《人文情思》的序以后，正好是2019年12月的最后一天。我与上海作协原党组副书记兼秘书长臧建民老师商议，2020年第一批组织出书时，把我的这本书列进去，他同意了。

一晃三个月过去了，中国经历了中华人民共和国成立以来最严重的一次疫情。年初，武汉疫情爆发，在党中央的英明领导、决策和指挥下，全国人民打了一场漂亮的新冠病毒阻击战，初战告捷。该病毒来势汹汹，至今人们出门仍习惯戴口罩，预防为主。未来很长一段时间内可能我们要习惯宅家生活，让英勇的白衣天使们腾出手来治疗患者，让疫情期间民警、社区工作者、快递小哥、环保人员和必须工作的商家员工在良好的社会秩序中安心工作，不为他们添麻烦，也算做出了自己的贡献。以前看动物关在笼里，感觉没什么，现在人被病毒关在家里，才真正体会到那种失去自由的痛苦。

无法外出，但我没有闲着。三个月里，我做了很多事情，主编了一期《西桥东亭》杂志和一期《嘉定文学》杂志。在微信公众号上，更为抗击疫情进行正能量宣传征文，收集诗歌、散文和小说类作品600余篇，在《文笔精华》微刊上发表了38次抗击疫情征文专辑及个人作品，精选100余位作者的诗文200余篇。我自己也写了一些抗击疫情的诗文，并收集了一些抗击疫情的文学作品，待到疫情结束，争取再写一部作品集。

因有许多事情要忙，倒把《人文情思》书稿的阅稿和修改工作给停了。前几天，臧老师提醒我可以把书稿送过去了，我才想起书稿应该再校对一次。我对臧老师说，再过两天吧，我再最后读一遍，把文章的文句和错漏之处改了，争取作品改到最理想为止，他答应了。

《人文情思》是《人文情缘》的姊妹篇，它和日后续写的《人文情悟》，形成散文随笔集"文人情怀"三部曲。这部书中收录了我近年来所写的60余篇非虚构文学、书评和序等散文随笔，是对社会文人的细心观察、探索和详尽描写；也有我对自己喜欢的书的体会；再加上我个人专著和主编的文集，以及熟悉的作者出书请我写的序。三方面作品的收集，汇编成了这部文集。

此书分三辑，第一辑为"人文情缘"，第二辑为"读书感悟"，第三辑为"为书作序"。上面所说的三方面内容，分三个栏目，各自成辑。这些带有纪实文学性质的作品，主要是我 2016 年至 2019 年间所写的部分散文随笔，不包括两千字以下的，那些文章将来会收录在《人文散记》一书中；另外，还有游记，将来会收录在《人文行旅》一书中。在出版《人文情缘》一书时，遗漏文章一篇，也收录在此书中了。

《走进作家城堡》写于 2013 年，字数在两千字以内，在《人文情缘》出版时，因两千字以内的作品不入选，故此删去了。这次决定补录，因为我对这篇文章的意义还是非常认可的。作品按时间排列，《走进作家城堡》一文最早，自然成为第一篇了。

我又认真地阅读了《人文情思》书稿全文，发现有 6 篇文章是用第三人称写的，分别用过笔名黄安、黄亦安和黄安桥，统一改为第一人称。原先看过这些文章的读者，在此顺便告知一下，那些文章，其实是我写的。

2020 年至今的三个多月里，两千字以上的作品写过好多篇，有可以放进"人文情缘"一辑的，如《别开生面的"迎春送福"年会》；有可以放进"为书作序"一辑的，如《愿为嘉定作贡献》《枫之叶的诗》《人生情和趣》等，这次就不入选了，日后将放进"文人情怀"系列三部曲第三部《人文情悟》一书中。《人文情思》一书，初步统计有23万字，和《人文情缘》差不多，够了。

《人文情思》是我新十年计划出版的第三部书。第一部是《人文春秋》，去年由上海文艺出版社出版；第二部是中篇纪实文学作品《诞生》，此书虽然还没有出版单行本，但已在2019年《西桥东亭》杂志第3期和第4期上分上、下集全文发过了。新十年中没有考虑过要写此书，《诞生》突然在实际生活中冒出来，也就写出来了。这种情况，以后还会发生。如关于抗击疫情的文学作品，开始没有想写，后来突然有感，于是就形成抗击疫情文学作品的提纲和内容了。

我为什么把这些与后记几乎不搭界的文字，一股脑儿写进来了？一是做个记录，提醒自己不能忘记要做哪些事；二是鼓励和鞭策自己，做个即时小结；三是给自己压力，变压力为动力；四是督促自己，只要有精力，一定要写，不断地写，直至写出来、写成功为止。

想起去年《人文春秋》一书出版时，版式设计老师兰伟琴主动与我联系过几次排版和书稿改版的事，包括臧建民老师，也为此书出版提供了许多建设性意见。为此，在新书排版之前，我先表示我的感激之情。

同时，在《人文情思》出版之际，对关心我写作的沈裕慎老师、潘颂德教授以及在文章中所有提过姓名的亲朋好友，表示衷心的感谢！

潘教授在《人文情缘》一书出版研讨会上，曾说此书是在为上海同时代文人写历史、做记录，我认可他的说法。至少，与我认识和交往过的许多文人，他们在我的"文人情怀"系列作品中，可能有些许描述和记载了，将来后人需要查阅和核实资料时，这将是最真实和难能可贵的纪实资料。

　　愿新书带着油墨的芳香，早日送到读者的手中。

2020 年 4 月 10 日

花桥有个花溪公园

一

组织花桥"花溪公园"的征文，让我想起中国名胜风景区——贵州花溪公园。

记得 1998 年 8 月秋天时节，我们单位组织一批先进生产者到贵州疗养，我作为领队之一，代表公司工会也参加了这支队伍。在五天的时间里，我们二十多人坐火车到达贵州贵阳，被安排住进市区的一家大型宾馆。此后的五天，每天一辆大巴，由导游带领，游玩几处名胜古迹，几天中游玩的景点有黄果树瀑布、天星桥景区、天星洞、花溪公园、红枫湖等十几处，还逛了市区的夜市小吃。我写过一篇游记《游览红枫湖》，拟收录在《人文行旅》一书中，此书已经累计有 25 万余字，还有中国的几个省市没有跑，就搁着一直没有出版，但从中能找到我曾经游览花溪公园的经历。

今天趁花桥"花溪公园"征文机会，顺便回顾一下我在贵州游览花溪公园的情况。

花溪公园始建于清乾隆五十二年（1787），由举人周奎父子建造，1937 年开始作为公园建设，1939 年经贵州省政府批准正式开始建设风景区，于 1940 年基本落成，时称"中正公园"。1949 年中华人民共和国成立后，正式改名为"花溪公园"。花溪公园融真山真水、田园景色、民族风情于一体，是贵州省著名风景区，被誉为贵州高原明珠。

花溪公园是花溪水流最平缓的一段，位于花溪镇中心，身居闹市而取静。这段溪水因为水流平缓，水面铺开，如一面巨大的镜子，两岸垂柳、竹林和花树都倒映在水中。春天，百花盛开，待到落英缤纷时，花瓣凋零，浮在水面，就具有阵阵清香。我们去花溪公园的时候是秋天，沿着溪水而上，从放鸽桥到放鹤洲，清流被河床上杂陈的石礁牵引，时分时合，悠然回环。一道天然岩嶂从东南向西北隆起，将河水折成两段。瀑流之上，有石磴百余蜿蜒如龙脊，供人踩踏。放鹤洲上，是一泓平静的深潭，再往前就到了坝上桥，坝上桥连接龟、蛇二山。桥的一面瀑流奔腾，飞珠溅玉；另一面积水幽深，沉沉如静。动与静，融为一体，山与水融合成美景，真让游览者流连忘返。

贵州是中国著名作家叶辛写作的发祥地，也是叶辛小说创作成名之地。叶辛插队落户贵州时写了多部著名长篇小说，后来被抽调到贵阳市担任省级杂志《山花》主编，曾一度在花溪公园一个招待所里组织作者们写稿、改稿，培养了一批又一批的当地作家。后来叶辛回上海时，招待所组织改稿的房间成为供人们参观和介绍叶辛经历的工作室；而花桥，则是叶辛的外婆家。花桥政府与叶辛商议后，准备建一个"叶辛故乡文学馆"，现在不知建得怎样，但作为花桥与叶辛的联系人之一，我是了解这件事的。

二

倘若把贵州花溪公园比作大家闺秀的话，那花桥的花溪公园，只能被形容为小家碧玉了。

花桥花溪公园和贵州花溪公园这样的国家级名胜古迹同名，虽然二者无可比性，但因当地开放式小公园的特性，造福当地，也受到了区域百姓的广泛欢迎。

花溪公园位于花桥绿地大道北侧、花园路东侧，建于2006年，占地面积12万平方米，园内以水取胜，水系全园贯通，透迤曲折，故以"花溪"命名。园内小桥流水，亭台轩榭，绿柳花红，颇具古典园林特色，分为"太微恒"雄龙水景、"紫薇恒"绿珠草坪和"天市恒"秀龙水景三大景观区。

花溪公园有人造的小溪、假山、亭子、长廊、古建筑和各种各样的树木花草，吸引了无数当地人来此休闲散步，也吸引了不少周边地区的人们假日里来此一游。

著名画家方少青在花溪公园驻足几年的时间里，一直支持筹建西桥东亭文化促进会，西桥东亭文化促进会多次在他的办公场所组织"迎春纳福""迎春送福"等大型公益活动。协会在韩建付的主持下，邀请当地和周边许多著名书画家，包括协会中的江苏和上海市作家、艺术家、企业家和退休外交官等前来创作书画，赠给参与者和街道小区组织部门。

《西桥东亭》杂志编委在疫情期间，组织了一次"花溪公园"模拟采风有奖诗文征集活动，以此吸引文学爱好者，既提高了文学爱好者兴趣，又为《西桥东亭》杂志提供了优质诗文稿源，也为花桥人文做了宣传，可谓一举多得。

写作内容，可以对花溪公园内的景色，用诗或散文的形式进行全景式的描述和赞美，也可以对盛开的桃花、茶花、樱花、紫藤花、杜鹃花等各种植物，或假山、亭子和多幢明清仿古建筑，进行单独和细腻的叙述。也可以花溪公园为依托，写花桥杰出名人馆中的名人、花桥文化艺术中心馆里的书画展出等，写讴歌、颂扬花桥人可歌可泣精神风貌的优美诗歌或散文。

花桥杰出名人馆位于花溪公园内的中间三层建筑小楼，三层分别是"民族先驱""历史乡贤""先锋楷模"三大展区。"民族先驱"展区向公众展示了黄炎培、爱国乡贤蔡璜、对水土一往情深的蒋德麒等三位为实现中华民族伟大复兴在花桥热土上开拓创新的杰出人士的成就。"历史乡贤"展区主要陈列着丝竹先驱陶岘、震川文人归有光、清廉之士王逢善、淡泊名利的张意、教授徐燕谋等对社会进步有重要影响的五位花桥历史人物介绍及事迹。"先锋楷模"展区则展示了革命烈士樊秋声、龚友文、钱宝元、盛明亮、台胞陆大民、运动健儿唐卫芳和唐鑫等七位先锋代表为现当代花桥建设做出的重要贡献。

花桥钟灵毓秀，自唐以来，先后涌现出陶岘、归有光、陶琰、叶辛等一批杰出人物。为了更好地追溯和传承花桥历史人文精神，激发乡村振兴文化动力，花桥杰出名人馆选取了15位具有代表性的杰出人物，用故事的形式演绎他们厚德载物、开拓创新的时代精神，营造爱党爱国爱城的家国情怀。

花桥经济开发区文化交流促进会曾经在园内组织过多次活动，除了上面所说的公益活动外，还有"上海作家与《西桥东亭》编委文学交流活动"，更有协会推荐的书画家个人作品展活动。如王元昌、王万春、吴嗣坤、王洪毅、乌娜、刘俊英等书画家，在花溪公园内的花桥文化展示馆，办了多次个人画展，还有汤珂的汉晋碑拓文物展等。我们这次征文，目的是回顾文化交流促进会的会员们在这儿活动的盛况。

提到花溪公园、看到花溪公园，就会想到我们在花溪公园曾经留下的欢歌笑语。我们曾经做过的事情，哪怕是写了一首小诗、写了一篇小文，都是美好的，是值得回忆的。不错，这里曾经留下我们每个欣赏者与参与者的足迹。如今的花溪公园，已成为花桥经济开发区文化交流促进会的"摇篮"和"圣地"。让花溪公园与我们协会的活动、我们美好的实践一起深深留刻在我们的记忆里,成为我们的欢乐和永恒。

三

这次《西桥东亭》杂志组委会推出花桥"花溪公园"征文活动,评选优秀诗歌和散文,由组委会安排组织评奖,暂定诗与文获奖作品各3篇,计6篇诗文;若各作品征集超过15篇时,则改为一等奖各1名,二等奖各2名,三等奖各3名,累计获奖作品12篇,奖品是西桥东亭书画院书画家提供的精美书画。

书画作品拍照后,与获奖作品和入选诗文一起发表在《西桥东亭》杂志第二期上。作品征集时间从4月20日至5月20日,为期一个月。至于诗歌和散文的字数,一般而言,诗歌50行,散文3000字以内,但优秀作品不限。在花桥经济开发区文化交流促进会的支持下,征文面向全国,只要作者愿意参加花桥"花溪公园"的征文,其诗歌和散文作品,都可以参与投稿、评选,优秀诗文会被杂志录用。

为了征文活动能够顺利进行,《西桥东亭》杂志社在编辑部微信群组织会议,动员组稿责编提建议,尽最大努力让作者认可和投稿。全体组稿责编既是征文组委会成员,也是征文参与者;杂志主编是征文的发起者,也是组委会的负责人。主编希望大家积极参与,团结一致,组织好这次活动。其实,主编认为,杂志并不缺少优秀文章,但是缺少描写花桥和安亭两个地域的作品。

花桥还有更大的公园如中央公园和天福国家湿地公园等,以及许多名胜古迹,都是协会采风过的景点。协会曾在中央公园组织过花桥首次大型青年草坪音乐会,轰动昆山和周边地区,当天记者直播,有几十万人收看。有意义的公益活动，都可以组织征文，以后也能在安亭如安亭市民广场、安亭老街、安亭新镇等标志性建筑和地方征文，以此来扩大花桥经济开发区文化交流促进会和《西桥东亭》杂志在花桥和安亭的影响，让协会成为人们熟悉的民间团体，成为老百姓心中称赞和认可的一个优秀文化公益组织。

征文刚发出不久，就得到《西桥东亭》杂志编委唐友明老师的积极响应，唐老师是上海嘉定区安亭人，他写了一首非常大气和富有想象力的诗歌《我是花溪公园里的一棵树》，现摘录部分内容供大家欣赏：

有人告诉我，那地方叫花桥
于是我向着花桥的方向走去
于是我来到了花桥
花桥人美丽
花桥人勇敢
花桥人有担当

花桥，就是我的远方
花桥，就是我理想的栖息之地
它是我的第二故乡
我愿意成为一个新的花桥人

今天，我是这里的一棵小苗
我立志，明天它将成为一棵擎天大树
顶天立地
我将浇灌汗水

用我的智慧、决心、毅力作肥料

我将在此倾注我毕生的精力，累以时日

直至化为泥土

　　我们相信，征文期间会有优秀诗歌或散文不断涌现，届时会将优秀诗歌和散文在《文笔精华》微刊上及时推出和发表。待征文结束后评奖时，组委会会请西桥东亭书画院的部分书画家提供奖品；等到全国抗击疫情正式结束后，组委会将请部分文化交流促进会的领导择期为优秀作品的获得者颁奖。

2020 年 4 月 25 日，后有修改

愿微刊文章精品迭出

自《文笔精华》微刊 2018 年底建立以来，编委付出了巨大劳动，那种辛苦，只有做过的人才知道，而努力中的收获，也是非常可贵和令人意想不到的。

据粗略统计，在一年半多一点的时间里，微刊邮箱共接收到全国各省市作家、诗人和文学爱好者投稿 5000 余篇，录用率 50%，达到 2500 余篇。一个完全业余的公众号，靠几位作家和文学爱好者支撑，竟然能收到这么多的作品，自然与全国数百作者的热情参与和支持是分不开的。举办征文活动吸引了美国、德国、英国、马来西亚、新加坡等华裔作者的参与，文学作者的队伍不断壮大，编委们杂事很多，自己也是作者，几乎没有时间做其他的事情。而这个平台，是供文友写作交流的平台，具有自愿和公益性质，能有这样的热闹和成绩，是难能可贵的。

当然，有些作者提出这样或那样的意见，如希望改进、美化等，从情理上说，这是合理的，平台的编委班子一直在找合适的人选，但至今没有找到。

平台在不到两年时间里，通过《荟珍屋》《散文大家归有光》《文笔精华·第四届中国龙文学奖征文小说散文诗歌作品选集》《中国作家文学作品选》等征文活动，仅主编和出版书籍就有四部，还在微刊上连载刊发了几部长篇小说和许多散文、诗歌及中短篇小说等优秀文学作品，并成为《西桥东亭》《上海散文》《嘉定文学》等杂志的撰稿基地。

在今年疫情期间，为宣传社会正能量，介绍疫情中全民抗疫特别是白衣天使们可歌可泣的英雄事迹，微刊刊发了大量正能量诗文。微刊的存在，为文学爱好者们提供了交流平台，并取得了可喜可贺的成绩！

为保证微刊服务的长期性和连续性，在没有重大征文活动期间，必须减少刊发作品的数量，让编委们有充裕的休息时间，做一些自己想做的特别是写作的事情。因此，质量一般的作品，请尽量减少投稿，或在其他公众号上投稿。现在《文笔精华》微刊公众号每天发文的上限是八篇，即便打个对折，每天发四篇诗文，一年以三百天计算，也达到一千两百篇了。如果一百二十篇作品可出一本书的话，那也可以出版十本书呢！微刊的容量，真的很大啊！由此可见，我们这个公众平台的交流，是何等频繁和热闹啊！

从 7 月 1 日起，微信公众号实行会员制，愿意参加的，都列为嘉定文学协会会员，一年内有效。在嘉定文学协会没有指定网络公众号以前，《文笔精华》微刊暂时担负起这样的责任，但对作品质量要求将逐步提高。

愿追求文学理想的作者和单纯的文学爱好者，都有一个自己可以把握的交流平台。随着高科技网络的发展，我们曾在网易博客、新浪博客、搜狐博客、百度博客等上建立自己的平台，只要开通博客，就可以在平台上投放和交流作品了。另外，微信开通后，网上有美篇，比博客还方便，可以直接在手机上操作，不仅能把所写的文章放进去，也可以放照片，比在微信公众号上排版还方便。这样，在公众号上投稿，就可以选择将自己优秀的作品奉献给大家，让更多的读者欣赏。

我们在网易博客圈等建立文学交流平台，是从 2011 年底开始的。那时，我们中许多人都是文学爱好者，通过几年的努力，一大批文友成为各省市自治区的作协会员，有的甚至加入了中国作协。这说明大家通过平台交流，文学水平提高很快，收获是很大的，有意在文学上自我提高者，不能小看这样的平台和交流。

希望几年以后，《文笔精华》微刊这个文学交流平台，也能培养出一批省市级、国家级的作协会员，为社会宣传正能量，为人民大众写出许多优秀的文学作品。不管我们的微刊如何变化，目的只有一个，那就是如何进一步将这个交流平台做好、做长久。

所以，在没有重大征文需求时，我们通过会员制，限制一部分质量不高和平庸的作品进入微刊。也就是说，通过会费来限制进入，不愿意交会费的作者，网上有很多不付费的交流平台，请到别的平台上去投稿。更重要的是，促使愿意交会费的作者提供质量更高的作品，为《嘉定文学》杂志服务，其作品可以择优录用。

《嘉定文学》杂志每年两卷，每卷赠送作者两本。而杂志的制作费用来源，其实就是会费。希望大家多多努力，争取每位作者都有作品入选杂志中。另外，优秀的作品还可以推荐到《上海散文》和《西桥东亭》上，杂志出版后，还可把杂志免费赠送作者。

实行会员制，可谓一举多得，既减少编委的劳动，保证《嘉定文学》杂志的经费来源，提高作品质量，还将培养出一批有能力、非常优秀的作者，成为全国文学创作的生力军。

最后愿微刊文章精品迭出。

2020 年 6 月 28 日

注：此文在《西桥东亭》杂志上用"黄安桥"笔名发表。

在嘉定州桥景区

——三个协会合作采风活动纪实

一

7月18日是个周末，天气总体上阴转多云，没有雨，是旅游的好日子。正值江南雨季，前些天的连续性阵雨差点儿让三个协会近三十人参加的采风活动延期进行。还好老天保佑，两个星期前的预约活动没有改期，盼望已久的大型集体采风活动顺利进行。

这天上午，按约定的时间，嘉定文学协会大部分会员，作为秘书长的我和会长沈裕慎、副会长沈志强、文学顾问孟大鸣及王雅军，以及各委员会的主任、副主任，会员姚丹、顾建明、毕健民、陈守珏、侯晨轶、花玲玲、黄媛媛、戴玲、卢忠雁、卫润石、宇杨、干世敏、钱坤忠、朱国维等一批人先后来到采风活动集中地点时，崇明三岛文学社特约代表叶振环、施永培两位老师早已在嘉定博乐广场前等候。我们统计人数后与最后几位在路上的参与者联系，然后参观钱大昕故居，并在那里小坐，开了一个简短的会议。接着，在州桥老街一路行走。午餐后，我们继续参观陆俨少艺术院，并在那里为4月中下旬协会组织的"紫藤花开"征文获奖者颁奖，奖品是嘉定文学协会钱士强、顾建明、陈守珏、郑直四位书法大家为获奖者所书书法作品。

这是嘉定文学协会自去年成立以来，与花桥经济开发区文化交流促进会和三岛文学社联合组织的第一次大型采风活动，大家通过采风相互认识、交流，还可以欣赏嘉定名胜古迹，熟悉嘉定，了解嘉定的过去和现在，了解嘉定八百余年的深厚文化底蕴。嘉定文学协会会员入会以来，在微信群里相互认识，但没有见过面，都在盼望有这样的一次采风。现在，会员们聚在一起，近距离切磋和交流的愿望终于实现啦！

二

上午 10 点，协会参与者们在写有"博乐广场"四个大字的巨石前拍了集体照，开始按拟定采风点进行活动。现在的博乐广场周围，已经成为州桥景区的一部分了，以州桥、法兰寺塔为中心的景点，向附近扩散，包括博乐广场、州桥老街一带，游玩一下，需要两三个小时。如果把周边马路转一圈，更有嘉定博物馆、陆俨少艺术院、秋霞圃、孔庙、汇龙潭公园、韩天衡艺术馆、紫藤公园等多处景点，认真欣赏，可能需要一两天时间。博乐广场和十几年前相比，已增添了一批宋、明、清原址上迁移或仿制的古建筑群，附近河道纵横，水系发达，游人如织，喧哗热闹。

钱大昕故居"潜研堂"，就在博乐广场后面至河边朝南方向的一幢古建筑里，大家走进广场直朝河边弹石街走，欣赏周围的景致。

钱大昕是清朝一代名儒，晚年自号"潜研老人"，因而故居取名"潜研堂"。他晚年曾居住在州桥老街附近，潜心钻研并写就巨著《潜研堂文集》，该文集至今仍有深远的影响。如今的潜研堂虽是把原址房屋拆迁后搬过来重建的，依然兼具明清建筑的古朴和典雅。

在屋面上铺瓦，就如同在其上罩了一个渔民捕鱼的网兜，以求风调雨顺。格局简朴中透着严谨，彰显了嘉定传统建筑的风貌。堂内主要展出钱大昕的字画、其生前所写的书籍和所用物品等，并对钱大昕生平事迹做图文介绍，在此可以感受到浓重的国学文化氛围。

嘉定文学协会会员罗雁女士在此值班，她为大家详细介绍了钱大昕生前情况和建筑搬迁过程。听完钱大昕故居介绍，参与者在故居一间会议室小坐，召开了一次协会全体会员会议，作为嘉定文学协会秘书长的我为大家介绍每位会员情况，谈了协会成立以来的发展情况。虽然协会成立后遇到全球性新冠疫情，协会一时无法组织正常采风活动，但通过大家的努力，在微信群组织过多次征文活动，并顺利主编了《嘉定文学》两期会刊。

这天活动的目的，一是采风，为《嘉定文学》第三期征文，优秀的征文，将择选部分在《西桥东亭》杂志上刊登。二是发放《嘉定文学》第二期会刊，让会员们一睹为快。三是赠送我和吴开楠主编的《文笔精华·第四届中国龙文学奖征文小说散文诗歌选集》新书——去年初第四届中国龙征文活动第一次在《文笔精华》微信公众号上向全国作家、诗人和文学爱好者征文，并于当年3月份顺利结束，经过一年多时间申请到中国新闻出版总署CIP核准号，于今年6月初印刷出版。另外，陈柏有老师带来两本新书《寸长尺短》《战疫日记》、沈裕慎老师带来风荷系列散文集《风荷忆游》《风荷忆味》、王雅军带来散文诗集《归程的跫音》等，因为数量不多，赠送给部分有需求的会员。

值得一提的是，崇明三岛文学社叶振环和施永培两位先生，他们都是上海市作家协会会员，热爱崇明故乡，在崇明地方成立了一个文学爱好者协会。为了这次采风，他们清晨五点多就从崇明出发，顺利到达嘉定博乐广场，与这次活动组织负责人的我联系时，时间刚好八点半，比协会约定集合时间提早了一个半小时。

中午时分，大家行走在州桥老街。经过法兰寺塔附近，上州桥，观赏老街景象，并在附近民族饭店聚餐。据网上介绍，嘉定西门老街一带，早在先秦时期已有人类活动,至南梁天监年间已形成聚落。唐时嘉定因母亲河——练祁河得名,称练祁市。南宋嘉定十年(1218)设县治,依年号命名嘉定至今。

午餐时间,远在黑龙江哈尔滨的嘉定文学协会会员博义老师,看到微信群里发的照片,写了一首热情洋溢的贺诗,我们当即请花玲玲女士朗诵助兴。

下午到陆俨少艺术院参观,在那里,嘉定文学协会为4月中下旬时组织的"紫藤花开"征文获奖者颁奖,并由协会顾问王雅军、余志成两位老师对获奖作品进行点评,两位老师鼓励获奖者在现有成绩的基础上百尺竿头,更进一步。

陆俨少艺术院是收藏、研究和展示陆俨少书画艺术,举行各类高层次展览及学术研讨活动的场所,也是弘扬中华民族传统艺术、促进两个文明建设、进行中外文化交流的窗口。

陆俨少艺术院为中国园林式庭院,雅意盎然。园内花木葱茏,秀竹成片,湖石屹立,回廊、曲桥穿插其间,与陆俨少书法碑廊相映成趣,犹如一幅风光旖旎、充满书卷气息的画卷。全院主楼共两层,底层为综合展厅,可举办国画、油画、雕塑等各种展览。二楼为院藏陆俨少精品展示厅,陈列陆俨少的书画作品,并复原了陆老最后一个画室——"晚晴轩"。晚晴轩陈列着陆俨少的书画原作、文房遗物和部分艺术活动图片、手稿、画册等。

参观和欣赏陆俨少艺术院主楼底楼和二楼的画展后,一天的集体活动基本结束。

三

　　活动原来组织时，我们还打算参观嘉定博物馆，因入馆需要预约，加之手续繁复，没有实现。因时间尚早，部分会员兴致颇浓地继续游览州桥地区的一些景点。

　　其实，集体采风活动能激发大家写嘉定"大书"的灵感，其作品将来会收录在《嘉定文学》杂志中，也将为《西桥东亭》杂志提供稿源。通过采风，激发了作者的写作热情，嘉定文学协会的会员们自发走嘉定，走一地写一文或一诗，游览当地名胜古迹，研究当地人文和历史，日积月累，将写出一部自己研究嘉定文学作品的"历史书"。若是这样，嘉定文学协会的成立，有集体的成就，也有个人的收获，也算是成绩非凡了。

　　预祝活动后的征文，硕果累累，三个协会的作者人人获得丰收。

2020 年 7 月 20 日

谱写嘉定文学新篇章

一

嘉定文学协会（以下简称文学协会或协会）从去年底筹备和成立以来，在微信公众号《文笔精华》微刊上发了五百余篇相关诗文，在不到一年的时间里，已经出版两期《嘉定文学》会刊。作为一个自发的民间文学团体和组织，仅靠个人资源，挂靠中国现代作家协会，在中国现代作家出版社出版会刊，又与《西桥东亭》杂志社、《上海散文》杂志社、中国龙文学奖组委会和三岛文学社等一些社团组织有合作关系，共同为中国的文学作品创作、提高和发展作贡献，受到当地许多百姓的喜欢，还通过微信公众号《文笔精华》微刊在网络上传播，影响广泛，遍及全国，成绩斐然，值得庆贺。

文学协会的目标，是为嘉定日新月异的建设宣传正能量。协会将组织会员，用几年时间，走遍嘉定，挖掘嘉定历史、嘉定文化名人、嘉定名胜古迹，研究和书写新的篇章。用三到五年时间，主编六到十本杂志书（即杂志累计做法，书的样式），为教化嘉定八百余年丰厚历史和现代化建设，留下浓墨重彩的一页，谱写嘉定文学新的篇章。

文学协会成立时，仅有二十余人，发展至今，人数控制在五十人左右。会员中，年龄最大的近九十岁，年龄最小的三十岁左右，他们是嘉定文学的热心人、参与者，大家兴致勃勃，都想创作一批优秀的嘉定文学作品，其中包括小说、散文、诗歌和研究论文。文友们希望成立文学协会后，通过出版杂志、文集或专著，在嘉定的土地上留下足迹。在挖掘嘉定人文、历史和现代化建设素材的基础上，会员们研究、探索和写作，不仅自己义务奉献，还将以老带小，努力培养新人，使协会成为活跃在当地文坛的一支新生力量。

二

今年1月15日，文学协会文学顾问王元昌先生在昆山玉山美术馆举办个人画展，诚邀我等代表嘉定文学协会参加开幕式。嘉定区文联主席王漪也来了，他们聊起自发成立协会的事，准备一年以后到嘉定民政局社会服务中心注册。王漪表示，嘉定文学协会可以成为嘉定文联下属团体，不用注册，到嘉定民政局去登记就可以了。是吗，这么简单？若能成为区文联的一个下属团体，倒是一件好事啊！我当即对文联主席的关怀表示感谢，说过了春节，到民政局去联系登记的事，若行，到时找文联有关部门确认。

没想到，春节期间，疫情爆发，登记事宜拖了下来。但是，协会成立至今，已在协会微信群里组织过多次征文，如"协会诞生"征文、"嘉定文学"征文、"抗击疫情"征文、"紫藤花开"征文等，收到会员散文和诗歌类作品数百篇，其中大多数作品已在微信公众号《文笔精华》微刊上刊发。

通过几次征文，会员和友情作者投稿作品已经足够出版两期杂志，于是，4月和7月，我先后主编和出版了两卷《嘉定文学》杂志。

三

协会在不到一年的时间里，完成年内计划要求，已经主编和出版《嘉定文学》会刊两卷，每卷20余万字，累计40余万字。

第一卷会刊分为协会诞生、嘉定方圆、嘤城纪事、抗击疫情、人文书评、百家访谈六辑，全部以嘉定为特色。阅读第一卷，不仅可以了解嘉定文学协会的诞生过程，而且可以看到会员们描写嘉定、赞美嘉定的文学作品，其中不乏优秀作品，如作者王雅军的《为嘉定文学的发展增光添彩——有感于嘉定文学协会成立》，详细介绍了协会诞生的过程和目的要求，不仅内容翔实，而且文学性强。

嘉定文学协会作为一个平台，从一点一滴做起，相信能够为嘉定文学的繁荣注入活力。

协会的文学顾问、地方志专家王元昌，提供了一篇关于嘉定历史名胜的文章——《记世美堂兴衰》，为读者了解散文大家归有光在安亭的生活历史做了记载。

金瑜老师在《嘉定，难以磨灭的记忆》一文中，详细介绍了他从小在外婆家生活的一段往事，值得作为历史材料在会刊存档。

梅常青、沈志强、陆宁文等作者，在收到沈裕慎老师的散文集《风荷忆情》《风荷忆味》、我的传记体创作谈《人文春秋》等书后，写了读后感和书评，其文笔优美，态度认真，分析也是得当的、在行的，得到广大读者的肯定。

第二卷会刊分为创刊有感、紫藤花开、嘉定方圆、人文书评、百家访谈、三岛文学、为书作序七辑，其中"紫藤花开"征文值得一提。疫情期间，不方便组织集体采风，协会在《嘉定文学》杂志第一卷出版后，编委会商议组织一次"紫藤花开"同题有奖模拟采风征文活动，这是杂志编委会第二卷组稿以来一个月内组织的第二次征集诗文活动，活动以嘉定著名的紫藤公园为主题征集诗文，去过公园的，可直接抒发感慨；没有去过的，可以在网上查找嘉定紫藤公园资料再写，也可以在自己小区或周边景区看紫藤花开情况，写诗或散文投稿。作品以五言八句或七言八句为主，包括绝句和律诗。其他现代诗或散文随笔也可。短句为主的诗歌，拟选两至三首优秀的作品，请协会书法家写一尺至二尺的书法一幅赠予作者，并在第二期彩页上刊发。其他优秀作品，选诗歌和散文优秀作品各两篇，写成精致精美的书法，赠予获奖作者留念。

在"嘉定方圆""人文书评"和"百家访谈"中，有一大批作者贡献了许多优秀的作品，这里不一一详谈。

第二卷《嘉定文学》会刊的最大特点，是和崇明三岛文学社合作，请他们的会员写文章、提供稿件、出专栏，从而为《嘉定文学》第二卷的顺利编辑和出版拉得一定的赞助。我为会员中即将出书的作者陈柏有、姚丹、林建明、殷博义和三岛文学协会会长施永培的书稿写了序，也出了一辑专栏。

四

其间，协会通过发展新会员不断补充新鲜血液，会员人数直线上升。《嘉定文学》杂志自第三卷起，协会目标不断完善和改进，提出"立足嘉定，面向上海，延伸至全国"的口号，补充增设"文笔精华"栏目，把描写嘉定的初衷提高至描写全国的想法，将优秀作品放在这一栏目中刊出。

目前，协会中已有嘉定城区作者，安亭、马陆、南翔、江桥以及部分嘉定区以外的会员参加，如果有机会，协会会员的发展工作要向嘉定全区各镇进军。愿未来文学协会在嘉定的每个镇，都有人加入。

协会中的会员，大部分是嘉定人或新嘉定人，他们有的出生在嘉定，工作在嘉定，居住在嘉定，是当地居民；有的出生在嘉定，工作在上海，居住在上海，嘉定是其故乡；有的不在嘉定出生，但工作在嘉定，居住在嘉定，已经成为新嘉定人。也有部分会员是上海人或其他外省市人，但他们加入协会，愿为《嘉定文学》杂志投稿。

原来由"中国龙文学奖"组委会管理的微信公众号《文笔精华》微刊，从7月1日起授权由嘉定文学协会管理，作为协会专刊，将不定期刊登协会文学作品。编委会已经和会员中会做微信公众号的年轻人商议，一旦协会正式登记成嘉定文联下属会员，将重新注册微信公众号《嘉定文学》会刊，由协会指派专业团队进行管理。

五

7月18日，协会在钱大昕故居召开了一次协会理事扩大会议，审核表决，一致通过由我宣读的《申请登记为"嘉定文联下属团体会员"》一项议案。

7月16日，我作为秘书长和副秘书长陈守珏，通过投石问路，联系嘉定民政局社团服务中心，申请登记嘉定文联下属团体会员一案获得社团服务中心领导支持，并指派邹萍女士作为协会申请登记指导老师，待协会向嘉定文联理事会提出申请并经理事会会议通过后，她便正式到社团服务中心办理登记手续。

因此，协会借采风活动之际，召开嘉定文学协会理事会扩大会议，通过后，适时向嘉定文联有关部门和领导送审待批。

总之，不管是否能获得嘉定文联的认可和批复，协会作为一个文学团体，一定会拿出更多更好的优秀文学作品，进一步探索嘉定，研究嘉定，书写嘉定，把这项崇高而伟大的事业继续下去，用三五年时间，出版《嘉定文学》杂志六至十卷，文字累计 120 万字至 200 万字。

嘉定有一批文人，聚集在一起，将谱写新的篇章。

2020 年 7 月 28 日

采风、写稿和发奖

　　8月28日星期五，在韩建付和陈欣等协会领导的支持及朱超群安排下，花桥经济开发区文化交流促进会组织《西桥东亭》杂志编委活动，上午采风花桥中央公园和集善公园，下午为杂志5月份《花溪公园》征文获奖者代表颁奖，发放第二期出版的会刊，并要求编委和参与者在9月5日前写稿、投稿，为编辑今年第三期杂志提供稿源。

一

　　上午10点，我和《西桥东亭》杂志编委顾建明、杜志刚、沈志强、李贺雯、徐保平、尹晏荣、梅常青及在今年5月份"花桥花溪公园"征文中获奖者代表程白弟等，总计十五人，一起参加了中央公园的采风活动。

　　采风人员在中央公园集中后，顶着炎热的骄阳，首先在公园标志性建筑彩虹桥一头拍了合影，然后在桥附近欣赏湖边的风景。几只白色的水鸟在天空飞翔，两只长嘴长脚的鹭鸶鸟飞到湖边，踩在水里，在水草中寻找小鱼、小虾等食物。

　　中央公园位于花桥经济开发区核心区，沿沪大道以东、商务大道北侧沿线，总面积381亩，水面面积149亩。公园定位以尊重利用自然为前提，以创新发展为目标，以桥、湖为主景，以园林为展现主景的舞台，创造多层次、多视点的丰富景观。公园的周边高楼林立，北边不远处就是轻轨 11 号线光明路站，游人若乘公交车来游览，从光明路轻轨站下来朝南走二十分钟，即可进入公园。中央公园作为花桥经济开发区核心区的一个生态景观，环境优美，水绿相融，俨然是花桥经济开发区靓丽的名片，成为人们休闲、娱乐的胜地。

看到右边的露天音乐广场，让人想起韩建付两年前组织的花桥与安亭第一次"青年草坪音乐节"，就在此下沉式露天舞台闪亮登场。这是一次民间文化组织与政府对接的大型公益活动，得到了花桥经济开发区党政办公室、花桥经济开发区社会事业局、安亭镇文化体育服务中心的指导，并由上海凯奥文化传播有限公司、苏州市通洲文化传媒有限公司等单位协办。网易新闻第一时间到昆山现场直播，几天时间点击率就超过 30 万人次，花桥中央公园的名气，因青年草坪音乐节瞬间在昆山市和嘉定地区家喻户晓……

二

游览花桥中央公园后，大家乘车到花桥集善公园采风。集善公园是依托花桥古迹集善桥而建的，2019 年 5 月正式开园。1860 年至 1863 年间，太平军曾两次途经集善桥向上海进军，桥上的"太平天国"四个字，是太平军首次东征时刻下的。这座桥近日正在原样加固中，桥的两头加装了栏杆，阻止游人在桥上行走。

现在的集善桥公园内有百善步道、繁星步道、"善文化"氛围和陆大民雕塑，共同构成了这里特有的人文景观，打造了"美丽抬头可见，幸福触手可及"的"城市客厅"，让全区人民有更多的幸福感。

陆大民出生于原花桥镇天福村，童年时代在天福庵小学读书，毕业后考入嘉定中学。1948 年，他被公司委派至台北管理生意，却因货物滞销，未赶上最后一班轮船而被阻隔在海峡对岸长达四十年。隔海相望的日日夜夜里，他无时无刻不思念故乡和亲人。

1988 年，六十八岁的陆大民几经周折，得以回家探亲。看到花桥的教育事业相对落后，1994 年 6 月，他向天福小学捐赠 15 万元，设立陆氏奖学金；1996 年 6 月，捐赠 22 万元在天福小学建造陆陈氏图书馆；2005 年 10 月，又捐赠 10 万元充实陆氏奖学金。他只是一位普通的打工者，却为了家乡的教育事业，卖掉住房，倾其所有。在那十七年中，他还在全国其他省市贫困地区捐资建造了五所希望小学，为表达对故乡花桥的深情，五所小学都以"天福爱心小学"来命名。

陆大民设立的陆氏奖学金，已经走过了二十多个春秋。为了让全区学生更好地努力学习，服务社会，报效祖国，花桥经济开发区在集善公园内建造了陆大民雕塑，向全区人民介绍陆先生爱国爱家、无私奉献的事迹。在 2019 年 5 月 14 日陆大民雕塑揭幕式上，花桥经济开发区领导对第二十四届陆氏奖学金获奖代表进行了颁奖……

陆大民的事迹让人感动，他是公益事业的先行者，更是我们学习的榜样。

三

下午活动继续。大家在临时办公场所开会，韩建付、陈欣等提前到会场进行布置。会上，协会领导陈欣热情为大伙儿服务。

会议由我主持。会上，我带来了今年 8 月刚出版的散文随笔集《人文情思》赠送给会议参与者，并为他们签名。会上，我简单介绍了上午采风情况，并一再强调采风的目的是写稿。今年第二期的出版，拖了一个半月，使后面的组稿受到了影响，甚至会造成第四期不能正常出版。因此，今天的采风，主要是为《西桥东亭》杂志第三期组稿，9月5日为截稿期，希望编辑部接下来能够克服困难，顺利完成全年四期组稿、编辑和出版任务。我认为，文学作品的投稿量大，优秀稿件充足，而且杂志有其独特性和专业性，需要的是介绍花桥和安亭区域的相关作品。接着，会上宣布了5月份"花桥花溪公园征文"获奖者名单，并为部分获奖者发放由协会书法家书写的书法作品作为奖励。将来编辑部有经费的话，会对获奖者颁发证书和实实在在的奖品，力争把活动层次提高，吸引参与者眼球，增强宣传效果，从而征集更多高质量的优秀作品。

韩建付还介绍，协会在今年的公益活动中申请到了两个服务项目，一是归有光史料研究，成立了兴趣小组，已经搞了几次活动，年内要按计划完成；二是书画抗疫活动展示项目，正在筹备成立西桥东亭书画研究院，今年也要落实完成。

会上还介绍，在协会注册成功之后，会积极想法组建一个能为协会赢利提成的公司。今年以来，已成立集书画展示、拍卖、藏书观赏和配套餐饮、娱乐等为一体的商业运作体系，新成立的公司，将在9月底装修结束，10月份正式择期开业。

与会者非常兴奋，祝愿公司早日赢利，为协会提供一定的运作经费，为协会更好地开展活动提供支持。书画家们纷纷表示，协会需要书画院作品时，他们会积极参与并提供充足的书画稿源。

2020年8月30日

相约上海

一

与丁一老师的相约，算起来是 7 月份的事了。那时，疫情已经好转，丁一老师在微信上说，8 月底或 9 月初将到上海来住几天。我说好啊，由我来组织一次活动，请几位文友聚一聚，聊聊天。沈裕慎、天使（作者俞娜华笔名）等文友，丁一老师是熟悉和了解的，大致日期确定后，我联系天使，她说丁一老师为她的《天道人事》一书写的书评非常出色，执意要做东，并说要再邀请几位文友。

至于邀约的起因，自然要从去年一季度天使的长篇小说《天道人事》的书评征集开始说起。那时，我与天使商议，在我和吴开楠老师主编的第四届中国龙文学奖征文、评奖和出版期间，增加一个专栏，为天使的书写书评。征得同意后，我通过微信公众号《文笔精华》向公众征集书评。本次书评征集结果非常圆满，书评征集超过预定目标。我们在微信公众号《文笔精华》上刊登作品，部分书评入选《文笔精华·第四届中国龙文学奖征文小说散文诗歌选集》中。

关于这部《文笔精华·第四届中国龙文学奖征文小说散文诗歌选集》新书，经过一年多时间，终于在今年 7 月由四川民族出版社正式出版。二十多位作者为天使所写的书评都收在了此书专栏里，其中自然有丁一老师的佳作。

丁一老师的书评，是我特约的。为此，我们相约到时候来上海，天使约他见面，他说疫情好点后要到上海看望他的女儿。丁老师的女儿工作在上海，成家在上海。其实丁一老师在上海的大学读过书，也在上海工作过多年，曾经是新华社上海分社的负责人。

丁一老师与上海的缘，不止如此，他还是上海的女婿！他的妻子，是上海知青，在安徽插队时，天赐良缘，嫁给了丁一老师。8 月 28 日中午的聚会，也诚邀丁一老师夫人一起参加。

值得一提的是，8 月 20 日，中国作家网上公布的新入会人员名单中，有沈裕慎先生的名字。这次聚会一举两得，既为丁老师来沪洗尘，又为沈老师加入中国作协庆贺。

我与丁一老师也是很有缘的。2015 年 9 月中国散文家协会组织青岛全国笔会时，我与沈裕慎老师一起参加。在笔会上，我们认识了丁一老师。后来，我与沈老师又在 2018 年 11 月国际诗词协会发起的"中国最美游记"庐山全国笔会上碰到了丁一老师。两次笔会，我是作者，而丁一老师则是嘉宾。在笔会上的侃侃而谈，让我了解了他的才华。他是中国作家协会会员，国家一级作家，无锡影视学院教授，不仅文笔好，出了不少散文、随笔等专著，而且口才好，有大学教授的水准和能力，这是丁一老师最大的优点和特点。

2017 年，我出版的散文随笔集《人文情缘》的序言，就是请丁一老师写的。

二

丁一老师这次来上海聚会，送给我四本书，其中两本是《序跋续集》上、下集，另两本是《花落红花落红》和《青灯札记》。我把新近出版的一本散文随笔集《人文情思》回赠给他。而我近几年出版的几本散文随笔集和主编的文集，在出版时就陆续寄给丁老师了。

在丁一老师的《序跋续集》上集中，收录了为我的散文随笔集《人文情缘》所写的序《写作能否成为一种信仰》。他说：

> 朱超群的文字很爽直，但爽直并不等于对言语毫无顾忌。文学修养妙词佳句，是文章的面容和肌肤，真实是散文的筋骨，美只有在审美关系中才存在，它既离不开审美主体，又有赖于审美客体。情感是散文的灵魂，从古至今，凡好文章都以情感人。

> 朱超群在文学创作之途上无疑十分勤快，仅最近五六年，就采访了那么多上海和外地的作家和书画家，非常令人折服，这需要毅力、勇气和包容心。

丁一老师为几十位作者的作品写了序，又大都在各种报刊和书籍上发表与收录，被无数的作者和读者认可，说明丁老师的才华和能力已被广大作者和读者充分肯定。

《花落红花落红》是一本散文诗集，其中收录一百篇优美的散文诗，是散文诗界认可的上乘之作。还有一本是散文随笔集《青灯札记》，书中写有他个人及和亲人生活的故事，特别深情，特别有趣，特别亲切感人，我非常喜欢。

《我的外公外婆》一文，其实写的是作者女儿的外公外婆，是作者的丈人和丈母娘，写老年人的有趣生活。《那些丑陋以及美丽的过往》一文，则写了丁一老师父亲一生的事业、工作和生活经历。《陆文夫介绍我入作协》一文，写一个偶然的机会，作者加入中国作协，时任中国作家协会副主席、著名作家的陆文夫是介绍人之一，整个故事精彩传神。

我读过陆文夫先生的中篇小说《美食家》，了解陆先生的文笔。《妻》一文，则写了丁一老师和妻认识的过程和婚后一起生活的故事。

"妻和我的结合是很偶然的，用一句套话叫'缘分'，或曰'有缘千里来相会'。"她在安徽嘉山的一个乡村插队落户，而他，则在部队。一次参加组织集团军拉练，部队在她的村落里临时驻扎安营了一个月。就在这一个月中，他们认识了，并"播种了爱情"。

"我第一眼看到妻的模样，那善良的神态和那温柔如蜜的微笑，就使我认定，只有她才能作为我的妻，才能使我永远地遵守着人格的高尚。"

一段优美的爱情故事，在丁一老师的笔下娓娓道来，吸引了人们的眼球。

丁一老师的有些作品，曾经入选我主编的《西桥东亭》杂志和几届《中国龙文学奖征文小说散文诗歌选集》的书中，也收录在由沈裕慎老师主编的《上海散文》杂志和《文笔精华》微信公众号上。应该说，在我认识的文友中，他是我非常敬重的一位长辈。

2020 年 8 月 28 日

作家的追求和境界

一

8月28日中午有一个聚会，由作家天使做东，一是为丁一老师夫妇来沪洗尘；二是庆祝沈裕慎老师加入中国作协。沈老师邀来了魏丽饶女士，魏女士是江苏省作协会员，原来在昆山工作，现在上海市区他们厂办事处工作。沈老师和魏女士两人同一天加入中国作协。说来有趣，在中国散文家协会2015年9月举办的青岛笔会上，丁一老师为嘉宾，我们三位为作者，在会上相遇。有缘相聚，我们成为忘年交，一直到现在还有来往。

今年8月20日，中国作家网上公布的中国作协新会员名单中有沈裕慎老师，沈老师是我认识和熟悉的作家，他年轻时在部队是文化干事，喜欢写文章，经常投稿。后来进厂，还是喜欢写文章，也曾借调到报社，专门为政府有关部门写作。经过几十年的努力，他出版了十多部书，有三四百万字的作品；在全国各地的报纸、刊物和网络上，发表了数以千计的作品，也获得许多奖项。他主攻散文随笔，也写纪实文学和新闻作品。在没有加入中国作家协会之前，他是上海市作家协会会员、中国散文学会会员。

沈裕慎老师是上海作家，近年来整理和写作的"风荷系列"散文集，是他的巅峰之作，获得全国散文界的好评。这些年来，沈老师写作和整理出版的散文随笔和纪实文学作品集有《风荷忆情》《风荷忆往》《风荷忆旅》《风荷忆味》《风荷忆游》计五本，累计文字就达 250 余万字。读者很喜欢沈老师的《风荷忆情》，但此书没有参与评奖。《风荷忆味》参加 2018 年上海作协评奖时，获得散文年度奖。《风荷忆旅》和《风荷忆游》都是游记体散文，因为在整理《风荷忆旅》时，被一家出版社看中，选了部分作品单独出版一辑，余下的作品，另外编辑出版成一本《风荷忆游》。沈老师现在正在撰写《红色人文旅记》，争取在近年内出版。

沈裕慎已经是七十八岁的老人，但他精力充沛，在人生的征途上，继续做自己喜欢的事。近两年来，他还在公益主编一份《上海散文》杂志，一年四期，已经连续出版八期，影响深远，获得全国散文界广泛好评。沈老师以一己之力，团结周边文友，想方设法筹集资金，推出新人新作，创办全国一流散文杂志。他的努力和苦心经营，在文学圈内尽人皆知。

二

9 月 20 日上午，浦东百友文坛沙龙召集人、《浦江文学》主编陈柏有，组织沙龙人员和部分嘉定文学协会会员，参加了这次庆祝沈裕慎老师加入中国作协的活动。大约在两个星期前，柏有兄就与我商议，在组织活动之际，为乡友沈裕慎加入中国作家协会进行庆祝。我与沈老师和柏有兄都是同乡，柏有兄叫我邀请部分嘉定文学协会会员一起参加庆祝活动，可惜这次受邀的部分协会会员，后来有几位因事没有参加，参加会议的协会会员略少了一些。柏有兄与我一样，都是上海市作协会员，同样出版过许多个人专著，也主编着一份杂志，并做出了一定成绩。沈裕慎加入中国作协，柏有兄很羡慕，希望有朝一日也能够加入。

而我呢，当然也有同样的想法。其实，只要是把文学创作当事业的人，都希望成为国家最高协会认可的作家，有此想法很正常。只是，各人的机遇不一样，想做的事，不一定能够得偿所愿。

那天会议在浦江文化馆举行。会议有两个议题：一是由柏有兄邀请上海市作协会员崔丽娟开展诗歌讲座，并为她的诗歌集《无尽之河》签名售书；二是祝贺沈裕慎先生加入中国作协。这是今年沙龙第一次组织聚会，参与者不少，有近三十人，其中有中国作家协会会员，有上海市作家协会会员，也有区级作家协会会员和文学爱好者，他们大都是沙龙活动的常客。我因事晚到，没有直接参加会议，就在酒店等候。我带去三十余本今年出版的新书《人文情思》，每人赠予一册。因为没有直接参加会议，因此在出席会议的事后新闻报道中有我，而在会议集体照上没有我。因为有读者问我为什么没有参加合影，在此向大家做个解释。参与者中有许多我熟悉的人，如张文龙、姚海洪、金瑜、胡永明、舒爱萍、邵天骏、王妙瑞、蔡吉、曹祥根、梅常青、钱坤忠等；有一些我不认识的人，如袁德礼、崔丽娟、朱泰来、吴根山、康永华、周伟良、沈煦光、王扣贞、唐建华等。签名送书时，和不认识的作者也算是一个见面和认识的过程。

在胡永明的此次活动文章中，提到了前一年加入中国作家协会的会员——著名长篇小说作家姚海洪和唐根华在会上向沈裕慎赠送了一幅惠南文学社委托袁传刚书写的"携手同行 再写辉煌"的书法作品，他们与沈老师合影留念，诚挚地祝贺沈裕慎加入中国作家协会。

三

我为沈裕慎老师"风荷系列"散文随笔集《风荷忆情》写过序，曾对沈老师的作品写过一些总结性文字，这里略举一二，以使对沈老师的作品不熟悉的人对沈老师的作品有进一步的了解。

本书描写故土风情，状世事百态，有很多对人生的感悟。书中既写人又写事，散文情感真挚，清新流动，在平淡中彰显诗意，优美而浪漫，让人馨香盈怀，久久不忘；他在书中启迪青春，点缀人生，畅想未来……他遵循传统散文路子，实实在在地写自己经历过的生活，不故作高深，不炫弄技巧，真诚自然地表达内心的感受，文字中散发着隽永的意味。

沈老师见识广博，文学功底深厚。他的句子不长，且善于想象、比兴，善用排比、叠句，文章读起来有节奏感、诗意美。故乡的菜花、路上的牵牛花、家里阳台上的燕子、蝉的叫声、原野上的秋天、炊烟袅袅……都是他写作的素材。他的作品，每篇都写得那么精细、那么完美、那么娴熟，读来令人爱不释手。下面摘录书中第一辑中的《菜花深处是故乡》其中一段供大家欣赏：

阡陌间那弯弯曲曲、清澈见底的小河里，成片成片的油菜花的倒影清晰可见。碧波映黄花，花在水中开，水在花中流，烟雨蒙蒙，影影绰绰，使江南灵秀中又多了几分神奇和魅力。蓝天、白云、粉墙、屋瓦、河流、啃草的水牛和几个玩耍的孩子，与花浑然一体。我好像被扔进了画里。

这样优美的文字，哪里是散文，简直是诗，是画！沈老师是把散文的写作融入诗里、画里，这样的文字，在先生的作品中比比皆是。再来看《原野上的秋天》里面的文字：

秋草地里，秋虫吟唱，轻风阵阵，桂花香味穿越窗隙，浸透胸间，美妙无比。秋色之美，并不仅在那经常的醉红，而更在那临风的飒爽。假如把春日当作一首珠圆玉润的小诗，那么，秋天便是一篇美丽的童话，她虽不似春天那样明媚娇艳，但却有着"万美之中秋为最"的壮美意境和"长风万里送秋雁"的宏大气势。

河边田头，在秋日里，展示着最深沉的颜色，这种颜色显得大地深厚而深沉。田间作物在风霜雨露的滋润下，经过最后一道工序的酝酿，如深藏在地窖中的百年老酒，只等揭开酒坛盖子，便香气四溢。这时，秋风里弥漫着五谷杂粮熟透的醇香，我又变得青春激荡了。啜饮着这天地之气，我仿佛觉得自己也长成了一棵肃立饱满的庄稼。

一篇优美的散文，不仅应该表现出作家的真情实感，而且应该有耐人欣赏的韵味。沈老师的行文很强调散文的韵味，也很重视散文中对美的追求。他没有做过农民，但在农村中长大，仿佛是一位饱经风霜的老农，对秋庄稼十分了解。他的文字，就是这样精致、优美。沈老师不是酿酒师，但他的文字，读后仿佛让人喝了一杯醇香的美酒，让人心旷神怡……

往事是人生过去的风雨，是一段段记忆永不褪去的厚重，是中国故事中那些凝结着历史沧桑的味道，是记录中国人别样动人风骨的清明上河图。在对往事的书写中，往往渗透着千百年来中华民族的共同向往与憧憬。读沈老师写的那过去年代用过的票证，成为他的尘封往事；国歌声中话国歌、一次坐飞机、难忘的小弄堂等等，这些往事给人的感觉更为清新。追根究底是沈先生写作的另一大特点。请看第二辑中《国歌声中话国歌》中的描写：

唱国歌并非只是仪式中的一个程序，更是一种爱国主义教育。人们高唱国歌，应该有国家尊严感、民族自豪感、责任感和使命感。我们中国运动员在国际赛场上夺得金牌，要升中国国旗，奏国歌。在一切重要集会或国际交往中，举行隆重仪式时都要演奏国歌，高唱国歌。

我们的国歌，诞生在战斗年代，鼓舞亿万民众的战斗意志。我们的国歌，反映了中国人民的革命传统，体现了居安思危的思想，激励中国人民的爱国主义精神。

文学修养、妙词佳句是文章的面容和肌肤，情感是文章的灵魂。从古至今，凡是好文章，都是以情感人的。沈裕慎老师以"情"为丝线，贯穿在全书中，对江南的山水之情、对家乡的故土之情、对父母的亲子之情、对亲友的眷顾之情，盈溢在文章的字里行间。如在《记忆中的父亲》一文中，沈老师这样写道：

是他，在艰难的岁月里，给我们营造出无穷快乐；是他，在平凡的生活里，携着我们一起书写出美好的人生。

此刻，儿时一个个难忘的镜头又在温馨回放：游泳时，父亲手把手教我们划水；小溪里，和我们一起捉鱼；夏夜里，拿着小瓶子给我们抓萤火虫；雪地上，他跑在前面让我们跟着他的大脚印踩，看到我们摔倒了又跟着一起哈哈大笑……

四

我为沈裕慎老师在文学上所获得的成就深感骄傲，对他在散文领域继承传统，创造无数优美的文字，取得丰硕的成果，深感敬佩。

一个作家，追求的就是写出优秀的作品。不管是写小说、写散文或写诗歌，都想写出与众不同、让人喜欢、一鸣惊人的作品。我以为，沈老师的许多散文，已经达到了全国一流作品的高度。他加入中国作家协会，是自己的作品获得了国家级协会认可的结果，也说明作者在精神领域又达到了新的高度。

不言而喻，沈裕慎和他的《风荷忆情》《风荷忆游》《风荷忆味》等散文随笔集，犹如夜空中一颗颗璀璨明亮的星星，在历史的长河里，终将会占有辉煌灿烂的一席之地。

2020 年 9 月 20 日

号角已经吹响

一

10月3日上午，应张锦江教授之邀，我参加了他组织的一个会议，地址在徐家汇上海市儿童文学研究推广学会总部，张教授是会长。我曾来过此地，参加过多次中国红色经典绘本的改编会议。其实，这里也是张教授的一个私人办公室，在这里，他接待过一批又一批有志于儿童文学创作的作者和出版人。

乘11号轻轨线到徐家汇站下车，要一个多小时。在车上，我想起2017年10月和张教授在长兴岛聚会认识后，有缘参与了张教授主编的《小英雄雨来》《狱中的小萝卜头》两本中国红色经典绘本的改编工作，这两本书已由上海教育出版社出版，我一直对张教授的能力非常敬佩。

张锦江教授是著名作家，中国作家协会会员，儿童文学创作的高手和出版家。他不仅非常勤奋，有出色的文学创作才华，著有小说、散文和儿童文学理论类作品十多部，还出版过一套五卷本的个人文集。他还与国内外四十多家出版社有联系和合作，创作和主编了好几套儿童文学丛书、童书和绘本。我所知道的，就有上海教育出版社出版的由张教授主编的两套丛书，一是《中国童话绘本》100本，现已出版32本；二是《中国红色经典绘本》，已出版6本，今年计划完成10本。华东师大出版社出版的由张教授主编的《新说山海经》神话小说长卷12卷，共 120 万字，现已完成 8 卷。

2018 年 8 月的上海书展上，张锦江教授的几部新作出尽风头，为此，我们文友进行祝贺。张教授在 8 月 16 日的"童心书系列"首发式上，有四本新书出版发行，即《儿童文学絮语》《海上奇遇记》《一个站着死的男孩》《三色蝴蝶在飞》，由中国中福会出版社出版，都是有关儿童文学的专著。

张教授对中国的儿童文学写作颇有建树，他曾经在去年 9 月 16 日邀请我参加中国儿童文学绘本新书暨"新说山海经系列"绘本《白鹿记》的出版发布会，《白鹿记》作者张锦江，绘图马鹏浩，由华东师范大学出版社出版。

发布会上，张教授介绍了《白鹿记》的创作过程。在《山海经》原著中，白鹿的故事字数很少，记载在《西山经·西次西经》中："又北百二十里，曰上申之山，上无草木，而多硌石，下多榛楛，兽多白鹿。"张教授以作家敏锐的眼光、丰富的创作经验，通过捕捉素材，对该故事进行加工，演绎出一个精彩动人的神话故事。在《新说山海经·奇兽卷》中，对该故事进行文学加工，写就 7000 多字的精彩故事。而在《白鹿记》绘本中，他又将其精练到 1000 多字。

在徐家汇出口站寻找 14 号出口，在这繁华地段的出口竟有二十个，这可能是目前上海最多出口的轻轨站点了。在地下巷道里走了十多分钟，进入路面，再在肇家浜路走十多分钟，进入坤阳大厦门。在这里，我遇到了一位年轻靓丽的女人，好像在以前见过，只是叫不出姓名。我们点头，她说她认识我，后来知道她叫楼屹，是儿童文学作家，在金融岗位工作。我们乘电梯，一起上了十六楼。我带来五本新出版的散文随笔集《人文情思》，签名并赠给她一本。另外四本，一本给张锦江教授，一本给黄华旗，一本给赵文婷，一本给张奕霜。带的书太少了，有点遗憾，还有多位出版社的社长、学校校长、幼儿园的园长等，都没能送书。

二

上午 10 点，陆续到达的有十四位参会者，都是张锦江教授的核心团队人员，我大多是认识的，只是见面次数不多，所以大多叫不出姓名。总编、社长、教授、作家、编辑、校长、园长等，众多儿童图书作者和出版人在欢庆中秋佳节的同时，畅谈儿童图书的创意与未来！

会议开始，张教授讲话，与大伙儿商讨在上海市儿童文学研究推广学会下设童书编创中心事宜。对于儿童文学创作和出版事业来说，这是一项艰巨的任务，但凡是与张教授合作过的人都坚信，他是能够组织和落实这件事的。

这次，张教授满怀信心，把大家召集在一起，畅想未来，想要做出一番惊天动地的事业来。他说，大家聚在一起，成立一个童书编创中心，力争用五年的时间，创立一个国际童书品牌！

团队组建后，在上海市儿童文学研究推广学会下设立上海童书编创中心，张锦江为主任，另设两位副主任。以后会不断增补人员，特别是要弥补绘画和翻译方面的不足，张教授要求团队核心人员留心选择。编创中心将逐步设立创作、绘画和翻译等部门，立足全国，面向世界。优秀的中国儿童文学绘本，不仅要在国内占有一席之地，还要传播到世界各地，成为国际文化产品。总之，编创中心的成立，工作目标是力争推出国内一流绘本、世界一流童书！

为了打响品牌，编创中心名初步定名为"白鹿童书编创中心"，这是一个响亮的名字，看能否申请到这个文化品牌专利。"白鹿"两字，取自张教授一部童书绘本《白鹿记》故事中的神鹿，希望借此故事，打响品牌。

这次会上有两大喜事：一是成立"白鹿童书编创中心"；二是张教授已经收到两个出版社的约稿，编创中心人员确定选题后将着手书稿写绘工作。

张锦江教授详细介绍了约稿内容，接下来，他要与中国福利会出版社合作，出版"中国古代少年英雄系列"绘本十本。他还打算与复旦大学出版社合作出版五十本"中国民族优秀传统品德"绘本丛书。会后，将尽快确定选题，撰写文稿，争取明年交出成果。

三

这是一次具有里程碑意义的会议，组织和成立了具有里程碑意义的童书创编中心。与会者畅所欲言，大家对未来充满信心。团队决心在写作和推出一批中国优秀童书的同时，为走出国门踏实奋进！

祝贺！碰杯！会后张锦江教授在办公室举办餐会。赵文婷是我们在改编《中国红色经典绘本》时认识的，她是位美丽、有才华、热情勤奋的作者，在首期十本《中国红色经典绘本》的创作中，她一个人改编了三个绘本。赵文婷是张教授培养出来的作者，她儿子也参加了本次聚餐，已经读小学五年级了，健康活泼。赵老师看上去很年轻，在没有带儿子来之前，我以为她还没结婚呢！

我们一面商讨"白鹿童书"这个品牌应该如何打响，一面就"编创中心"这个名字是否恰当展开讨论，但最终没有改名。在翌日发布的网络新闻上，"白鹿童书编创中心"宣布成立，上有会议集体照四幅。号角已经吹响，未来需要大家共同努力来完成。

我们力争用五年时间创立"白鹿童书"这一文化品牌，这期间可能会有艰辛、有困难，但也有成功与希望，团队成员会在不断实践和努力中向前。新的团队成立了，我们相信，在一位德高望重、有丰富实践经验的领头人的带领下，一定能够创造出美好的未来！祝愿白鹿童书中心前程似锦。

2020 年 10 月 5 日

获奖、采风和叶辛故乡文学馆

一

由上海市作家协会、《文学报》社、《上海文化》杂志社主办，禾泽都林建筑与城市研究院、华语文学网承办的第八届"禾泽都林杯——城市、建筑与文化"诗歌散文大赛评选结果揭晓，于9月29日上午在上海市作协大厅举办第八届"上海禾泽都林杯"颁奖典礼。在奖台上领奖时，主持人吴菲儿问我有何感想，我指着旁边的获奖者说请他讲吧。其实，我有千言万语，就是不知从何说起。

年轻的时候，我把跨进上海市作协当作我一生的追求。我从小喜欢文学，梦想成为一名作家，后经几十年的奋斗，写出了数百万字的文学作品。我2014年加入上海市作协，第二年初终于走进上海市作协大门。在作协大厅参加新会员见面会时，我心情十分激动，因为我终于成为上海市作协的一员了。那时我想，将来如果能在上海市作协大厅接受颁奖，该有多好呀！于是，我又在这一理想中起步。十多年来，我整理旧作，创作新作，竟然取得累累硕果，平均一年出版一本书，至今有13部个人专著了，有小说，有散文，有诗歌，累计280余万字。这次得了一个散文优秀奖，虽然是个小奖，但能在上海市作协大厅上台领奖，也算是对我近年来努力的一种肯定吧。

多年来，在全国各地组织的各类征文中，我曾经在中国散文学会主办的"中国散文大系·抒情卷"征文中获得"当代最佳散文创作奖"，在中国小说学会主办的"文华杯"全国短篇小说征文中获得三等奖，在上海市民文化节征文中获得"上海市民创作达人"称号，在"最美游记散文"征文中获得特等奖……荣誉有几十个，但在诸多奖项中，我却对"上海禾泽都林杯"情有独钟，这是因为该奖是在上海市作协大厅颁奖的缘故。爱神花园这座建筑，自中华人民共和国成立后，成为上海市作家协会所在地，激励过不少文学新人，而我就是其中一位。从这里走进走出过许多文坛鼎鼎有名的人，记忆中有夏衍、巴金、于伶、茹志鹃、赵长天、王安忆、赵丽宏等著名作家。我有幸在这里驻足，有幸加入协会并成为其中一员，并且在作协主办的活动中获奖，又在上海市作协大厅领奖，何其荣幸！

正如此次比赛评委会主席赵丽宏所说，"禾泽都林杯"征文活动已历时八届，作者遍及各大洲，众多华语作者以文字记述建筑的渊源，以诗歌、散文交流和联谊，使征文活动成为一项国际文学盛会。

追求吧！奋斗吧！在追求和奋斗中，实现自己的理想。愿所有希望在文学领域有所成就者，去努力创造自己的价值。

二

颁奖结束后，下午"禾泽都林杯"主要组织者之一余志成联系安排获奖者深入浦东参加采风活动，参观上海浦东新区惠南文学社、叶辛文学馆、王金根石雕工艺及王持一音乐工作室等。余志成是上海市作家协会理事、诗人，为《现代领导》杂志策划，是近年来活跃在上海文学界的一位知名社会活动家。

从浦西开往浦东的路上，我与《静安报》副刊编辑李榕章坐在一起，他比我小三岁，将于今年底退休。我们是在一年前的饭局上认识的，我们当时互加了微信，但从没有用文字交流过，我也没有向他编辑的报纸投过稿件，但我们彼此有些了解。第一次见面我送给他我新出版的传记体创作谈《人文春秋》，这次我送他新出版的散文随笔集《人文情思》。没想到他也参加了征文活动，也获得散文优秀奖，于是我们在上海市作协大厅里有了同台合照的机会。一路上，我们在一起欢快地聊天。他喜欢摄影，会在手机上编辑照片，还把上午在上海市作协拍的照片修好了给我看。那张在爱神花园里的照片，经他修图后，成为一张很有特色的风景照。

坐在我们身后的晶石女士，是这次诗歌比赛三等奖获得者。她的诗歌精致且意象丰满，得到评委的充分肯定，我对她的一首诗做过点评。近年来她写了一百多首诗，正准备出书，希望她的书能早日出版。

大家在车上聊天，感觉时间过得很快，一个多小时不知不觉过去。到了惠南镇，我们很快找到了惠南文学社。

惠南文学社的副社长唐根华，我们是认识的，今天主要由他接待。他带领我们十多位获奖者，到楼上的会议室开会。唐根华喜欢写作，他主编和策划了上百本书，其才华文学爱好者们有目共睹。

惠南文学社的社长姚海洪，我是认识的，他著有长篇小说"白龙港传奇"三部曲《风波》《风流》《风雨》，潘颂德教授送我《风波》后，我写了一篇读后感，并参加了作品研讨会。我还为姚海洪三部曲中的另外两本书写过书评。时间长了，我们又有过几次聚会。凭借此书，姚海洪两年前加入了上海市作家协会；凭借此三部曲，他去年加入了中国作家协会。走进会议室，我与姚海洪亲切握手，仿佛老朋友一般。

三部曲后，他又写了长篇小说"南汇嘴传奇"三部曲《海啸》《海神》《海恋》、浦东抗战题材长篇小说《浦左剑月》和其他中长篇小说集等十本书。

姚海洪年轻时就喜欢文学，是位厚积薄发的后起之秀。他下海做过实业，退休后收集素材和资料，仅五年多时间就写出这么多优秀作品。有作家问我对姚海洪的作品评价，其实我仅看过他的长篇小说"白龙港传奇"三部曲，不过，改革开放以来我所看过的长篇小说中，"白龙港传奇"三部曲的第一本《风波》，可以列入优秀小说之列。

姚海洪介绍了惠南文学社的成立成长历程。他说，惠南文学社办公场所是惠南镇提供的，由政府提供经费，文学社每年为上级部门写作指定内容的作品并出版两本书，还定期出版一本《惠南文学》杂志。

在惠南文学社采风后，我们在唐根华副社长和另一位副社长施国标的陪同下，参观了书院镇的叶辛文学馆和惠南镇文化中心的王金根石雕工艺及王持一音乐工作室等。

三

我第一次去浦东书院镇参观叶辛文学馆，是 2018 年 3 月 16 日与花桥文联主席沈雪龙等一起去的，由叶辛和《叶辛传》作者、书院镇叶辛文学馆馆长张华接待。以前文学馆在一幢老式古建房子里，现在已经搬进了新建筑内，看起来比原来大而正规。那时，沈雪龙为在花桥建"叶辛故乡文学馆"了解书院镇叶辛文学馆布置情况，想学习一些经验，我是跟着一起去的。

巧的是，叶辛先生认为自己的故乡在上海嘉定的安亭镇，请住在嘉定的地方志专家、上海市作协会员陶继明核地址。我得知情况后查了一下，中华人民共和国成立初期，叶辛家乡是属安亭的，后来江苏和上海分地界时，叶辛家乡的那个村归江苏昆山的花桥了。我将这一情况告知陶继明老师，并与花桥经济开发区文化交流促进会常务副会长韩建付联系，请他与当地政府商谈建叶辛文学馆的事。

事情有眉目后，花桥经济开发区派党工办副主任吴东海、花桥地方志专家陈文虞、韩建付、我与陶继明等人，于 2018 年 3 月 9 日在青松城上海老干部活动中心一楼与叶辛碰面，事后大家合影留念。

事后，在《西桥东亭》杂志 2018 年第 3 期上，我撰写了此事的专题报道，并在我的纪实文学作品《诞生》中用两个小节（12 至 13 小节）做了记载；在我今年 8 月新出版的散文随笔集《人文情思》中，收录了经过修改的《叶辛故乡考证和联系》一文。叶辛老师建议叶辛故乡文学馆建在家乡拆迁的原址上，后来选址定在现在的绿地大道与集善路交汇处。

今年初，花桥成人学校校长袁宝双介绍说叶辛故乡文学馆在建，地址在集善公园里，我去找过，结果没有发现有在建的房子。8 月底，有《西桥东亭》杂志编委发了一张房子的照片给我，说那是叶辛故乡文学馆。我很兴奋，择日组织《西桥东亭》杂志编委特地去那儿采风，遗憾的是，匆忙中没有找到叶辛故乡文学馆。

近日，我再次去实地考察，终于看到在集善路对面正在新建一幢约 1800 平方米的两层楼房，这就是叶辛故乡文学馆，里面正在装修，说是 11 月装修完毕。我特意拍了近十张装修中房子的照片，其中一楼大厅里有"工程概况牌"、叶辛长篇小说《蹉跎岁月》和《孽债》的宣传图片。晚上我与《叶辛传》的作者张华微信交流，她说叶辛最近比较忙，会于 12 月到花桥看新馆，若有什么地方需要改进，会再请花桥政府有关部门协调改进。

据介绍，该馆将在明年择日开馆。在全国各地的叶新文学馆中，该馆是规模最大、资料最全、气势恢宏的一个。

2020 年 10 月 2 日初稿，10 月 25 日修改

书画研究和艺术魅力
——西桥东亭书画研究院成立纪事

一

9月3日上午，花桥经济开发区文化交流促进会召开下属书画院第一次筹备会，我和韩建付、王元昌、程再乐、顾建明、吴嗣坤、孙建禄等参会。经初步商议，决定成立协会下属单位书画研究院，名为"西桥东亭书画研究院"，并初步确定了建院领导班子名单，还希望我能着手制定西桥东亭书画研究院章程，到9月下旬再次会议时确认章程。届时，将正式接收会员，初步建立一支三十人至五十人的书画研究院会员队伍。

在此次会议上，还就采用商业运作和公益活动相结合的操作模式进行了商讨。

二

9月22日下午，文化交流促进会下属单位书画研究院在嘉定菊园艺乐斋召开第二次书画研究院筹备会议，我和韩建付、王元昌、程再乐、吴嗣坤、李贺雯、李思思、朱存良等十人参会。

在第二次书画研究院筹备会上，商讨并确认了章程，基本确定了书画研究院领导班子成员名单。书画研究院建有两套班子，即书画研究院领导班子和秘书处班子。书画研究院领导班子，考虑到王元昌院长德高望重，年事已高，不方便安排具体工作，由画艺高超、团队运作经验丰富，愿为本院作贡献的程再乐常务副院长负责实际运作，其他副院长吴嗣坤、章冗卫等协助常务副院长开展工作；秘书处，则由作为秘书长的我负责搭建书画研究院和协会对接平台，并建立完善的制度，两位副秘书长乌娜、李贺雯协助秘书长工作。韩建付为文化促进会和书画研究院对接主管。成立书画研究院，目的是为了更好地为文化促进会的公益项目和商业运作、为文化促进会长期化和自主性提供经费并创收。

韩建付表示，文化搭台，经济唱戏，一定要做好协会和书画研究院间的对接。协会现在正在全力组建实体平台，已申请成立"西桥会"公司，该公司是集书画展示、销售和餐饮、娱乐一体化的实体，争取年内开业，让书画研究院书画家的作品逐步形成文化产业，力争做到企业和书画家双赢、双丰收。

程再乐表示，他正在拟订书画院聘用画师、书法师奖励方案，待秘书处制度完善后可按照方案进行操作，这样院内书画师们就能做到心中有数，更好地参与工作。他认为，社会效益和经济效益相结合的运作方式，一定能使书画研究院长期生存，并越做越好。

李思思是南通胡公石书法艺术馆馆长，也是这次会议的特约代表。她为大家介绍了线上拍卖书画的成功经验。据说她曾有月销书画超百万元的成绩和经验，是文化促进会商业运作公司——西桥会的重要合作人选。西桥会公司总策划朱存良认为，文化促进会将创造桥亭文化现象，会具有很好的社会效益。

拟在第三次筹备会上，正式接收书画家加入书画研究院，初步建立一支画师、书法师会员队伍。在10月至年底这段时间内，将就如何在书画研究院内工作并和西桥会对接进行规划、安排并落实。

在此次会上，还就书画研究院将采用商业运作和公益活动相结合的运作模式进行了讨论。

三

9月27日下午，协会下属单位书画研究院在嘉定菊园艺乐斋召开第三次书画研究院筹备会，我和韩建付、王元昌、程再乐、乌娜、姚丹等参会，李思思以胡公石书法艺术馆馆长、企业家和书画商业运作直播合作者身份，参加了会议。

在第三次会上，有两个内容：一是细化"西桥东亭书画研究院"入会公益服务和商业运作计划，对有兴趣加入本院的书法师、画师择期考核。二是确定下次书画研究院正式召开应聘会的时间，届时会正式发通知，对前来应聘的书画家进行审核，正式建立书画研究院书画家队伍。

会议期间，审核了秘书处推出的书画研究院入会书画家应聘方案。根据章程，应聘的书法师、画师，分为A、B级，其中A级书法师、画师，原则上是国家级、省市级以上书画家协会人员，或部分研究院认可的职业书画家或业余爱好者中的优秀者，他们自愿申请并加入书画研究院，经审核评定后，发放A级书画师（会员）证书，人数不限，适应全国范围书画家，审核一位，批准一位。B级书法师、画师，为国家级、省市级以下书画家协会人员或职业书画家、业余爱好者中的优秀者，他们在自愿加入书画研究院后，发放B级书画师（会员）证书，人数不限，适应全国范围书画家，审核一位，批准一位。

四

10月14日上午，西桥东亭书画研究院在花桥大铁罐酒店召开成立大会，花桥经济开发区文化交流促进会领导和筹备组近五十人参加会议。会议邀请南通胡公石书法艺术馆馆长李思思以及企业家们参加，为本院的成立、起步做见证。

会议由我主持，王元昌院长介绍了书画研究院筹备情况，并宣布了领导班子成员名单；程再乐常务副院长介绍了书画研究院"立足昆山、嘉定，面向长三角，走向全国，在几年内打造成为国内一流书画研究院"的初步运作设想和前景。文化促进会常务副会长韩建付指出，协会作为昆山民政局注册成立的一个民间组织，下设书画研究院将在坚持公益服务基础上，通过委托商业运作，两手抓、两手都抓好，把书画研究院打造成具有一定生存能力、对社会有贡献的组织。

会上有十八位书画家应聘填表，加上筹备组人员，一支近三十人的书画研究院队伍基本建立。大会收到签约书画家作品计三十六幅。在书画研究院队伍中，有中国美术家协会会员、中国书法家协会会员、省市级美术家协会会员和省市级书法家协会会员，还有本院认可的书画家等。书画研究院将组织画家对中国书画文化做专题研究，写专题论文，并在《西桥东亭》杂志等刊物上发表。

书画研究院坚持"百花齐放，百家争鸣"的方针，弘扬民族文化艺术，唱响社会和谐主旋律，依托江南文化的历史底蕴，开拓创新，选好主题，进行精品创作，以书画艺术作品说话，以创新理念塑造品牌，以高水准的艺术作品推动书画院品牌有序发展。

书画研究院致力于打造"中国最有潜质的优秀书画家孵化器"，以商业运作分成模式来发展壮大创作队伍，弘扬江南画派精神，尊重艺术规律，联系兄弟书画院，壮大创作实力，推出和宣传新人新作，进一步繁荣祖国的美术事业，为艺术家打造规范化、产业化的崭新模式，实现"书画专工，人尽其才"的艺术理想。

需要指出的是，《西桥东亭书画研究院章程》讨论稿早先已交会员群阅修改，于书画研究院成立时生效。

书画研究院在筹备期间，已经与艺乐斋、长三角书画院、昆山社区教育服务单位等合作，和《西桥东亭》编辑部、嘉定文学协会合作，组织了多次抗疫书画宣传活动，在社会上产生了一定影响。

会议期间，还邀请贝品伦、王洪毅、张金明、刘宗和、吴嗣坤、钱士强、袁宝谨、孙永康等书画家，现场为全体参与者进行书画创作。

会议确定，入会会员所提供的书画，将作为书画研究院的资源，由秘书处保管和运作，在书画研究院确保公益服务基础上，使部分书画能够创收。有了资金，才能更好地保证书画研究院运作的长期化和连续性。目前，书画研究院刚刚成立，会员人数远远不够，还需要通过不断优化和发展，建立一支稳定队伍；书画研究院还要推荐优秀会员的书画，让他们的作品尽可能地参与文化促进会委托的商业运作，从而保障会员权益，做到会员优质书画与商业运作接轨，并通过销售分成模式，形成真正的书画文化基础产业链。

希望通过会员作品以奖代养模式，使本院有一定经费可用；通过推荐商业运作销售分成模式，使优秀的书画家获得一定的经济收益，从而提高会员参加书画研究院活动的积极性。

2020 年 10 月 15 日，有修改

南翔采风故事

2020 年 11 月 14 日这天是周末，嘉定文学协会组织了一次集体采风活动。上午 10 点，十余人从上海的浦东、奉贤、闵行、普陀、青浦和嘉定等区出发，到南翔古猗园门口集合，入园欣赏美丽的古建筑和园林美景。

这是一个阳光明媚的好日子，游人如织。虽然还在疫情期间，但人们已摆脱了当初对疫情的畏惧心理，按照政府制定的防疫规范，渐渐恢复生产，进入有序生活。

古猗园，我来过好多次了。第一次来是 20 世纪 70 年代后期厂里组织团的活动，那时我还很年轻，园林没有现在这么大。20 世纪 90 年代后期，女儿上嘉二中时，学校就在公园不远处，孩子住校，每星期接送。因此，在一个星期日的下午，在送女儿上学时，我和妻子、女儿一起到公园里游玩。那时，古猗园正在扩建中，增加了假山、瀑布、河池、石塔等多种景致，新建了鹤寿轩并改建了柳荫桥等，已经能够观赏。这次嘉定文学协会组织的古猗园和老街采风活动，是继今年协会 5 月模拟采风嘉定紫藤公园、7 月采风嘉定老城区的州桥风景区后，又一次重要的采风活动。

古猗园建于明朝，原来是私人花园，经历年不断转手和扩建，形成目前的格局，成为上海著名的古典园林之一。园林的亭台楼阁都依水而建，体现了"亭台到处皆临水，屋宇虽多不碍山"的意境。园内主要建筑有逸野堂、梅花厅、春藻堂、翠霭楼、柳带轩等水榭曲廊，造型秀美别致，以曲折长廊花墙分隔，形成大小不等、自由变化的自然空间。建筑平面形式多种多样，立体造型变化多端，体现了江南园林建筑精巧、活泼的特点。园内建筑小瓦覆顶，屋脊镂空，各种斗拱、飞檐翘角空中飞舞，门窗式样、雕刻装饰、油漆粉刷简朴素雅，具有明代园林建筑艺术风格。

这次与妻带着五岁的外孙女一起采风，走马观花看园林。园林变化真不小，外孙女活泼好动，蹦蹦跳跳，一会儿向前，一会儿往后，大人跟不上她的步伐。好在两个大人管一个小孩，还有沈裕慎夫妇、沈志强老师和周劲草老师等一路关照，大家谈笑风生，倒也是一段欢快的旅程。

午餐时，作者殷博义在大圆桌前，为大家朗诵了刚刚写就的贺诗——《文友南翔采风》：

金秋南翔沐暖阳，
文友采风古漪园。
曲桥清风映古楼，
诗情画意情亦圆。
老当益壮迟暮年，
会当凌绝笔还坚。
推杯换盏抒情怀，
秋去冬来未觉寒。

殷博义出生在上海，曾到黑龙江襄河农场长期下乡，先后在伊春、哈尔滨、石狮、燕郊、上海、成都等地工作，后任大型企业总工程师、副厂长，荣获"祖国优秀边陲儿女"奖，著有专业著作。他喜爱写作，文艺类作品有小说《穿越雪谷》《我的芳华》《山西行》《飘落的枫叶》，散文与诗集《竹风》《江南吟》《远方》《松花江之恋》及杂文《我找到北了》等五十余部。有趣的是，他在火车上认识了上海的海派作家董鸣亭，董鸣亭又将殷先生介绍给我，说他现在住在上海浦东的康桥，喜爱文学，想在我主编的微信公众号《文笔精华》上发些作品。就这样，我们认识了，他的许多作品在《文笔精华》上发展，时间久了，竟然有两本书的容量，于今年出版，希望我为之写序，这就是之后他出版的一部纪实文学集《武汉记忆》和一部诗文集《文笔精华》。

今年，是我为文友写序比较多的一年，其中为协会会员陈柏有、姚丹、林建明各写一篇序，为殷博义的两本书写了序，还为施永培老师的诗集写了序。

午餐时，我特邀周劲草和吴开楠两位上海市作协会员参加活动，他们觉得大家在一起很开心，要求加入嘉定文学协会，我欣然同意。

吴开楠老师是我熟悉的文友，我们同岁，他比我大两个月。多年前，他找沈裕慎老师帮忙出书，沈老师则叫我推荐出版社出版，由此，我和吴开楠从认识到熟悉，并进行了长期的合作。在主编《文笔精华·第四届中国龙文学奖征文小说散文诗歌选集》文集时，我邀请他为并列主编，并邀请他成为《文笔精华》微信公众号编委。吴开楠是上海市作家协会会员、中国散文学会会员等，自 1992 年以来，他的诗作连续入选《中国年度诗歌》《中国诗歌精选》《中国年度诗歌精选》等文集中。他出版有诗歌散文集《金声玉振》《古韵今声》《草堂清韵》，长篇小说《旋律》《迹忆》，游记集《旅人情思》《登山临水》，短篇小说集《逸闻轶事》及读书文集《文思泉涌》等，其中有数十篇作品在全国征文比赛及上海市征文大赛中获奖。

海派作家周劲草，现为上海市作家协会会员、中国散文学会会员、上海市科普作家协会会员、上海市浦东新区作家协会会员，《红枫》文学读物主编。他七十有余，擅长纪实文学、报告文学、散文随笔等文学创作，作品散见于《人民日报》《解放日报》《文汇报》《新民晚报》等主流报刊上，曾多次获奖。2003年，他出版了首部纪实文学作品集《海上纪事》，而后又出版了报告文学《五彩长廊》。他的主要作品有纪实文学作品集《春风吹拂申城美》《那人那事那情》《浦江之歌》《文海拾贝》《人在路上》等。他的文字作品达300多万字。

交流中，我问卫润石老师今年申请加入上海作协了没有，他回答在等公布，说明他申请了。卫老师是上海奉贤人，中国散文学会会员、上海奉贤区作协会员。他的文笔不错，主要写散文随笔，已经出版了几部作品。他有文学梦，2009年出版了散文集《在水一方》，2013年出版了随笔集《绿水苍苍》，2019年出版了散文集《金汇港水》。前几年，上海市作协每年发展两批会员，今年因为疫情，两次合为一次了。我告诉卫老师，这个月有上海市作协发展新会员的消息。令人惊喜的是，上海市作协星期一即在上海作家网上公布了新入会会员名单，其中有卫老师的名字。我在协会群里，第一时间转发上海市作协公布名单的新闻，祝贺卫老师加入上海市作协。

这次参加活动的会员，大都是协会里的写作高手，有毕健民、钱坤忠、朱国维、干世敏、侯晨轶和文中提到的其他各位，大家一起游玩，一起聊天，一起进行采风，然后写成诗歌或游记，永远纪念在南翔的这一天。在我写这篇采风文章时，几位没有参加采风活动的会员，如梅常青和黄媛媛等，也写了诗歌或游记发了过来。协会希望通过协会采风活动，带动会员们自己采风，写出优秀的作品。

午餐后，会员们在南翔老街自由活动。

南翔老街我去过多次，就为去吃当地有名小吃"南翔小笼馒头"。

老街坐落于南翔古镇的中心区域，区域内有人民街、共和街、解放街和胜利街，为传统的商业区和居民住宅区。经过整修，老街恢复了清末民初"银南翔"的历史风貌：粉墙黛瓦，屋舍参差林立，大小商铺鳞次栉比，小桥、流水、花园、长廊、画店各具风韵。因为孩子下午要午睡，这次老街就没有成行。沈志强搭我的车，也没有参加南翔老街游。

沈志强是妻在中学时的语文老师，喜爱写作，我主编的《西桥东亭》杂志，请他担任组稿编委。他是上海嘉定安亭人，1943年生，曾用笔名吴达。他一生从事中小学教学，爱好数学，教的却是高中语文。他曾编写过《安亭志》，曾在地方报、上海浙江教学杂志上发表过文章，也与人合编过书，现任《西桥东亭》杂志编委、嘉定文学协会副会长，愿意为家乡留下一点文墨痕迹。

南翔有双塔、云翔寺、古猗园和老街等名胜古迹，值得欣赏、游览的地方很多。我年轻的时候，知道南翔是国家卫生城镇，还知道1949年5月14日南翔解放，为方便物资调配等工作，支援解放大上海，特设立过南翔市，而担任南翔第一任市长的便是当时只有十九岁的潍坊籍南下干部鞠国栋，他退休后一直居住在南翔，我曾想约文友采访他，但因鞠先生年事已高，身体不佳，不便采访，加上我只是想，不努力实践，也就一直未能成行。

2020年11月16日

有朋自远方来

这篇文章，是我在9月8日花桥征文采风活动会议上的发言，活动后有补充和修改。

——题记

一

今天，我们《西桥东亭》编辑部，因杂志第三期组稿需要，经与花桥经济开发区文化交流促进会即杂志编辑部的上级领导商议，组织了一次以编委人员为主导，邀请杂志投稿者、部分作家和文学爱好者参加的花桥采风和征文活动。可以说，今天的活动，是一次作家和作者的盛会，是一场文化和企业的交流会，更是一次为了解花桥、宣传花桥而吹响的号角。

这次我们邀请的作家，有上海市、江苏省和湖南省几个省市的作家，他们中有中国作家协会会员、省市级作家协会会员十多位。他们的到来，为我们的花桥征文采风活动增添了光彩。上海文坛非常活跃的老作家潘颂德教授，不仅是中国作家协会会员，也是原上海社会科学院的研究员，二十多年来，他为全国各地一百多位作家、诗人的书写序，大家都尊称他为"老法师"、写序的高手。袁德礼先生，毕业于复旦大学中文系，中国作家协会会员，现为上海《城市导报》

"创业人生""校内校外""终极关怀"版面责任编辑、资深记者。沈裕慎先生、黄大秀女士等，是中国作家协会会员，他们或写散文，或写诗歌，也写小说，出版了许多优秀的文学作品。沈裕慎老师的散文集《风荷忆味》出版后，不仅受到众多读者的好评，还获得了上海市作家协会散文作品年度奖。王雅军、金瑜、吴绍钿、陈柏有、胡永明、卫润石、金洪远等，是上海市作家协会会员，各自写作和出版了许多小说、散文或诗歌等文学作品。沈裕慎、黄大秀、陈柏有三位，分别是《上海散文》《华夏诗歌新天地》《浦江文学》等杂志的主编，这些杂志已经在社会上产生影响，他们为全国和上海文学事业作出了贡献。江苏作家协会会员程白弟，也参加了我们这次采风活动。大家今天来参加活动，是对我们《西桥东亭》杂志和协会的大力支持。

有朋自远方来，不亦乐乎。我们今天邀请来参加活动者，还有几个和《西桥东亭》编辑部经常合作的团体，如嘉定文学协会、《上海散文》杂志社、《浦江文学》杂志编辑部等，这次它们都有主编和投稿者参加活动。以后，我们可以用"邀进来，走出去"的方式，增强协会和团体间的交流和合作，把我们杂志编辑部搞得更加活跃和丰富多彩。总之，我们有信心把协会的杂志搞成本地区优秀的文学期刊之一。

二

今天，大家相聚在花桥，相聚在西桥东亭城市新空间，为我们《西桥东亭》杂志今年第三期专题采风写文，只要是优秀的作品，都将被杂志刊用。

我多次在文章中说过，杂志组稿是有条件的，投稿作品很多，而需要的作品不多，可用的作品不多。我们有合作和主办的微信公众号《文笔精华》微刊，来自全国各地的作家、文学爱好者投稿的作品，平均每天在八篇以上，扣除休息天、节假日，一年按三百天计算，投稿作品达两千四百篇之多。因此，文章多得是，但需要的文章还不多、还不够，还不能满足我们一年四期所用。在这样的情况下，全体编委还要千方百计完成每年杂志的组稿编辑工作，而且是在没有经费、没有稿费等多重困难下，完全靠自觉和公益服务来完成，这是多么不易啊！

多年来，《西桥东亭》杂志，获得了花桥政府相关部门的大力支持，资金上能够保证我们杂志的正常出版。所以，投桃报李，我们的杂志，一定是地方上的作品占主位。当然，西桥东亭，顾名思义，西有花桥，东有安亭，写双城的作品是我们杂志永恒的主题。这次我们重点采写花桥，更是与花桥有关部门对我们杂志的大力支持分不开的。

今天，协会请来花桥经济开发区文联的同志，为我们介绍今日花桥和古镇的由来。对此，我们表示热烈欢迎和感谢，希望作家们写出更多优秀的诗文来。

花桥经济开发区，地处苏沪交界处，地域面积 50 平方公里，距离上海市中心不到 25 公里，西邻昆山国家级开发区，东依上海国际汽车城。2005 年 8 月，江苏省委、省政府提出把商务城建成江苏省发展现代服务业的示范区，并列入省"十一五"规划重点服务业发展项目，是江苏省三大商务集聚区之一；2006 年 8 月，花桥开发区被批准为省级开发区，2007 年 6 月又被列为江苏省国际服务外包示范基地。

2013 年 10 月 16 日，上海轨道交通 11 号线北开通了花桥境内的三个站点，分别是兆丰路站、光明路站、花桥站。这个国内首个跨省的城市轨道交通项目，对于促进沪、苏两地经济发展具有十分重要的意义。

花桥商业也日趋完善，绿地大道上的乐和城汇集了多个品牌店，安亭最繁华商业嘉亭荟近在咫尺，距离兆丰路站仅一站距离。

三

这次《西桥东亭》杂志编辑部组织采风征文，作品内容要求讴歌和反映花桥今昔剧变和日新月异的社会新貌等，可写花桥名胜古迹、历史名人、现实情况和企事业发展状况等。

为此，我们在下午组织参观叶辛故乡文学馆，游览花桥集善公园和花桥老街等几个景点，以便为大家写作提供一些实地感观素材。

关于写作文体，可以是散文随笔、通讯报道、纪实文学或诗歌等，希望作者采写的稿件，第一批在9月15日前交稿，来不及交稿的，可延长时间，作为第二期或第三期稿件。若稿源优秀或作品多时，就放在第四期杂志继续录用。这里需要补充的是，撰写花桥和安亭的诗文，只要杂志在，永远受欢迎。

9月8日活动后，已经收到周裕华、袁德礼、陈柏有、梅常青、林建明、干世敏、钱坤忠、王根青等作者诗文作品十余篇，有的作品已在多家微信公众号或网络上发表。向德旺和闲语等，拍摄了许多新闻摄影作品，供我们在杂志和网络上使用。

9月8日上午，我们还邀请部分书画家在西桥会参加书画精彩表演，钱士强、袁宝瑾等书法家，受到大家的热烈欢迎。另外，有沈裕慎、林建明、钱坤忠、王雅军和我的签名文学作品在接待台前赠送文友，和大家进行文学交流。

在这里，对大家的积极参与，再次表示衷心的感谢。

有兴趣的作者，可以直接采写花桥的相关诗文进行宣传。协会领导表示，在座作家或友好合作文友出书开研讨会，场地可以免费提供，并在有关杂志上协助宣传和推广，也可推荐在花桥网络和其他公开媒体上发表。

2021 年 9 月 7 日，有修改

登高瞭望和随感畅想

一

在花桥廊桥路1号富海美林大厦八楼顶上，东南西北都可以走动、瞭望。这幢大楼并不高，在花桥地面上，四周可以看到几十幢高于二十层的大厦。站在这里，仿佛站在一座小山的峰顶，看这山比那山高，看那山比这山小，但往下看，则一览众山小了。

极目四周，看到的是一座城，一座新城，一座高楼大厦林立、非常繁华的城市，有居住区，有商务大厦，有鳞次栉比的商店。这是一座方圆数平方公里的城区，容得下几万甚至十万人居住。这就是花桥镇花桥经济开发区，亦称花桥国际商务城。

在楼顶看花桥，这是一座极美的新城，是新生的、富有魅力和散发着青春气息的城市。

从楼顶的一头朝南看，下面有一条车水马龙的绿地大道，那是花桥的新城主干道，从东到西，两边已经建起无数的建筑，日新月异，日趋成熟，有高楼，有别墅，有新建的一个接一个的小区，有许多高楼成群的商务大厦，数以万计的花桥人、外省市来的新花桥人，在这里生活、居住。远处，东南方是上海青浦区的"旧青浦（青龙镇）"所在地白鹤镇；西南方有集善公园和建设中的苏州至花桥轻轨集善路站，以及布局中准备开馆的叶辛故乡文学馆，再过一片高楼小区，那就是隔壁昆山名镇千灯了。

从南移步至东，前面是商务楼集中区，一幢幢、一块块、一片片，四处以马路相隔，路的里面是建筑群。在绿地大道的东边，包括富海美林大厦，都是商务楼的建筑，一直延伸，就是上海嘉定区的安亭、上海的汽车城。上海轻轨11号线，从东边飞驰而来。安亭过后，就是兆丰路站、光明路站、花桥站。无数的花桥人，从清晨至深夜，乘着轻轨到上海工作、回家、走亲访友等，安亭站上车的人，抱怨到市区方向总是找不到座位，这说明花桥到上海的轻轨，虽然五六分钟一班，还是有很多人坐啊。上海和花桥紧密相连，花桥是上海的后花园。许多有志在上海工作的人，在上海买不起房，就落脚在花桥；而许多上海人，则认为花桥房价便宜，进上海市区方便，把自己在市区的房子留给子女结婚用，自己则到这儿来居住。花桥就在这样的环境中生存、发展、壮大，而人气也越来越旺，当地的市场越做越大，非常繁华了……

从东至北，前面数百米，即是花桥中央公园。美丽的湖泊四周，都是高楼大厦。在新建筑群中，有一处公园，水绿相融，空气新鲜，是居民休闲的好去处。再往前，就是光明路站，一头往东，直达上海市区；一头往西，下一站就是花桥站了。从花桥站下来，往西几十米向右步行数百米，就进入花桥老街。新城和老街的区别，一个是高楼大厦密布，一个是陈旧低矮建筑，在楼上看，仅能看到花桥站边延伸出的一些低层房屋被树荫笼罩了，不了解的人，看不出花桥老街的全景，老街与新城相比，仿佛只保留了一角。东再前，是花桥经济开发区的工厂区，为花桥的 GDP 增长提供了可靠的经济引擎和能量。再延伸，就到了合并前的蓬朗镇，即现在的蓬朗社区。而东面原花桥和蓬朗之间，一段和上海不远的交界处，那里有花桥天福国家湿地公园，我去游玩过；有中国作家协会副主席叶辛的故乡，我曾经和文友一起考证过，写过几篇考证文章。

从北至西，西面沿河大道前面，密密的一大片居住小区，除了花桥老街外，前面有花溪公园、有国际商务城展览中心等。再往前，则是相邻的陆家镇了。陆家镇向前，直达全国百强第一县 —— 昆山市。

其实，从大楼往西看，由西北方向的花桥老街一个微小的点，扩散至如今的花桥新城一大片繁华区，是改革开放和与时俱进的丰硕成果，也是全体新老花桥人经过几十年努力奋斗换来的。

二

9 月 8 日这天，《西桥东亭》编辑部组织了一次以编委人员为主导，邀请杂志投稿者、部分作家和文学爱好者近五十人参加的"作家看花桥"采风征文活动。

这次编辑部组织的采风征文，作品要求讴歌和反映花桥今昔巨变和日新月异的社会新貌等，可写花桥名胜古迹、历史名人、社会现状和企事业发展状况等。为此，在下午组织参观叶辛故乡文学馆、游览花桥集善公园，有的人甚至还采风了计划中的花桥老街。

邀请的作家有上海市、江苏省和湖南省几个省市的作家，他们的到来，为花桥征文采风活动增添了光彩。文友们前来参加活动，是对《西桥东亭》杂志和协会的大力支持。有朋自远方来，不亦乐乎？邀请来的还有几个和《西桥东亭》编辑部经常合作的团体，如嘉定文学协会、《上海散文》杂志社、《浦江文学》杂志编辑部等，这次其主编和投稿者都出席了活动。

征文活动从开始至月底，共收到七十余位投稿者专题诗文一百二十余篇，其中有一半左右的优秀作品，编辑部将分两期刊登在今年《西桥东亭》杂志第三期、第四期专题征文栏目上。

这次专题征文，涌现出许多优秀作品，如袁德礼的《作家看花桥实地考察》、王妙瑞的《名品每从上玉来》、王雅军的《"叶辛故乡文学馆"礼赞》、程白弟的《花桥之缘》、吴绍釴的《花桥赋》、干世敏的《花桥有座文学殿堂》、周裕华的《诗意花桥》等诗文，已经先后分九辑"作家看花桥"栏目，在微信公众号《文笔精华》微刊上发表，有的还在《西部风微刊》《中国诗歌网》《头条》《美篇》等公众号和网络上发表；还有几篇作品，投稿在上海的报纸和杂志上，接到编辑通知将陆续发表。

这次"作家看花桥"采风征文活动带来的社会影响，是广泛而深远的，远远超出组织者的想象。有两篇文章的阅读点击率，竟然累计十万人以上。而我们杂志编辑部在没有经费、完全公益服务的情况下努力至此，许多同行是不相信的、有怀疑的，有人甚至说我们肯定是得到了企业家赞助。

协会从筹备到成立至今五年以上，其发展令人鼓舞。三年前，杂志出版面临费用难题，要不是政府有关部门的支持，是很难生存下来的。如今协会成立多年，杂志编辑部并没有企业家赞助，更没有编辑部年度预算经费。

几年前有一次协会组织会上，请来的一位大学教授说杂志办得很好，应该多写些企业家创业和发展的报道。其实编委们很想对企业家做采访，可苦于没有人介绍，此事就不了了之，更不用说获得一位企业家的赞助了。

这也许是编辑部的悲哀所在，我们都是没有商业运营头脑的文人，弄不到经费也是正常。大伙儿可以说是做公益，并且做得很彻底，甚至是自贴车费搞公益。协会曾经成立过企业家联谊会，但不知这套班子何时健全，何时能在筹集资金上帮助协会脱困并有所突破。

至今编辑部一班人，还在做着每年能拿到一点协会经费和稿费的梦！

三

追溯花桥历史，年代久远，可达夏商时期。今花桥境域属扬州，春秋时期，属吴国娄邑。周元王三年（前473），越灭吴，境域属越国。战国中期，楚威王（前339—前329）灭越，为楚地。秦代，属会稽郡娄县。

中华人民共和国成立后的花桥镇，是典型的江南水乡，经济结构长期以农业为主，主产水稻、三麦和油菜。改革开放后，第二产业崛起。2006年，设立花桥经济开发区和花桥国际商务城后，服务业成为主导产业。2014年，花桥实现地区生产总值192.5738亿元，三次产业比重为0.29∶20.54∶79.17，公共财政预算收入28.2783亿元，人均可支配收入32476元，在全国百强镇中排名第19位。

目前的花桥经济开发区，是江苏利用上海资源走向国际服务市场的一个窗口，昆山市将花桥镇和江苏国际商务中心合并，启动了面积达五十平方公里的花桥国际商务城的规划与建设，该商务城的定位是"融入上海，面向世界，服务江苏"，力争建成江苏省内、上海市外、沪宁经济走廊上以国际性商务服务为主的上海商务卫星城，总体目标是通过五至十年的努力，建设成上海经济圈内的商务聚集区，成为江苏全省发展现代服务业的示范区。

2020年3月4日，花桥经济开发区被国家工业和信息化部评定为国家新型工业化产业示范基地。

如今组织"作家看花桥"活动，几十位作家撰写的诗文，仿佛一笔笔精神财富，编成档案，留给当地，留给社会，留给历史，留给永恒……

2021年9月20日初稿，9月30日修改

为了 2022

一

10月8日晚7时至8时，在嘉定文学协会群，协会组织召开了一次微信会议，讨论2022年嘉定文学协会提前收取会费等事宜，是关于协会明年工作如何开展和落实的一次全体会议。

嘉定文学协会群，是一个为会员召开远程会议、活动发放通知、商讨协会事宜和进行文学交流搭建的平台，因此，闲杂人等一般不允许进群，进来的人，不加入协会者，最终是要被移除的。以前参加过协会，现在已退，愿意留下的，可留在群里，了解协会日后发展情况也好。有兴趣者，欢迎再次加入。协会特邀文学顾问，也可在群里指导和参与交流。

每年都有新会员进，有老会员退。文友还是文友，没有文人相轻。只是在协会的交流中，增加了新的、减少了老的而已。这不是大浪淘沙，而是自由和重新组合罢了。

二

嘉定文学协会，于2019年11月筹建成立至今。它是嘉定的一批作家、诗人和文学爱好者成立的一个民间团体，目的是通过会员采风和交流，一年出版两期杂志式书籍。至于资金，主要靠会员付费和赞助解决。该民间团体的宗旨，是为嘉定日新月异的建设宣传正能量。协会将组织会员，用几年时间，走遍嘉定土地，挖掘嘉定历史、名胜古迹、名人，研究和书写新篇章。目标是用三到五年时间，主编六到十本杂志书（即杂志累计做法，书的样式），为嘉定八百余年丰厚历史和现代化建设留下浓墨重彩的一页。

在不到两年时间里，协会出版杂志 5 卷，累计 100 余万字，推荐在微信公众号《文笔精华》微刊上发表的会员作品达 150 万字以上。协会组织大小采风活动和雅集聚会近十次，嘉定老城区、南翔、安亭和花桥采风，不仅活跃在嘉定地区，走了许多地方，还走出嘉定，走进上海，甚至进入江苏昆山的花桥，参加了合作团体的活动。我主编杂志时，与崇明区的三岛文学社合作，出版了多次专辑，既解决了资金不足问题，又与团体联谊开创了新的合作思路。原计划两年内出版四卷杂志，但协会顺利出版五卷，其中第三卷是部分会员和合作团体出版的文学作品专辑合集。

协会成立第一年的两次集体采风，因为遇到新冠疫情，协会组织了"抗击疫情"的专辑，写了一大批抗击疫情诗文，在《文笔精华》微刊和《嘉定文学》杂志上发表；协会副会长、《浦江文学》杂志主编、上海市作家协会会员陈柏有每天写一首至几首诗，连续写三百余天，后来结集出版《战疫日记》；作为协会秘书长、《嘉定文学》杂志主编、上海市作家协会会员的我，专门为自己的宣传正能量诗集写了万字以上的序言。协会组织了"紫藤花开"栏目征文，还评比发奖，主要作品除了在微信公众号《文笔精华》微刊上发表外，还收录在《嘉定文学》杂志里。

在协会的集体采风活动中，有一批会员十分活跃，写了许多优秀文章，为杂志的出版奠定了基础。协会理事会副会长沈志强，组织了许多采风活动和挖掘嘉定名人的工作。他是一位退休教师，已上八十高龄，但他笔耕不辍，刻苦钻研，写出了如《州桥，我真的不认识你了》《由"潜研堂"想到的》《安亭古桥井亭桥》《"震川先生"和"六泉先生"亦师亦友的情谊》等一大批文笔优美、探索性强的文章，为广大会员树立了写作学习的榜样。协会理事、散文委员会副主任梅常青，也是其中突出的一位，他出生于安徽芜湖，在上海华师大读硕士，毕业后在上海成家和工作。他对嘉定也有深入研究，写有《拳拳之心，桑梓情深——记嘉定卓越的外交家顾维钧》《文脉传承 独一无二——参观嘉定博物馆记》《猗园古朴，人文独特》《白手建县，为民减租减税 怀柔政策，杜绝横征暴敛》《厚重文化底蕴 萃于老街风景》等一大批关于嘉定地区名人、历史的文章。王雅军、殷博义、钱坤忠、干世敏、毕健民、宇杨等会员或顾问，都对嘉定地区的采风和写作贡献了自己的一分热情。

协会除了组织集体采风和出版杂志外，还鼓励会员中的中国作家协会会员、上海市作家协会会员等国家级、省市级协会会员和个人文学爱好者出书，在会员活动和聚会时进行交流。中国作家协会会员、《上海散文》杂志总编辑、协会会长沈裕慎，签名赠送他的散文随笔集《风荷忆情》《风荷忆往》《风荷忆味》《风荷忆游》等个人专著；上海市作家协会会员、协会顾问王雅军，签名赠送他的散文集和散文诗集《内心图像》《归程的跫音》等个人专著；上海市作家协会会员、协会副会长陈柏有签名赠剧本、小说、诗歌集《你是谁——小禹探寻华夏档案环球勘察记》《血战恐龙》《寸长尺短》《战役日记》等个人专著；作为上海市作家协会会员、协会秘书长、杂志主编的我，签名赠送自传体创作谈《人文春秋》、散文随笔集《人文情思》等个人专著，以及和吴开楠主编的《文笔精华·第四届中国龙文学奖征文小说散文诗歌选集》等书籍；上海市作家协会会员、协会副会长周劲草签名赠送文学作品集《文海拾贝》《人在路上》等个人专著；上海市作家协会会员、协会散文委员会主任卫润石签名赠送他的《金汇巷水》等个人专著；黄华旗、宇杨、钱坤忠、殷博义、林建明和姚丹等，也分别签名赠书，其中殷博义的纪实文学作品和散文诗歌集《武汉日记》《文笔精华》、林建明的散文集《走出村庄的人》和姚丹的诗歌集《枫叶之歌》，是在协会成立后发表作品和协会参与组织出版的，我为他们三人出的书写了序，会员们收到书后，通过阅读，纷纷撰写了书评，刊登在《嘉定文学》杂志上。对于协会会员书评作品，杂志提供"人文书评"栏目，给予优先发表。

这是一个了不起的成就。一个自愿发起的组织、一个很小的民间团体，年度平均会员人数还不满五十人，仅靠会费，竟然超额完成出版计划。一个小小的民间组织，仿佛在做一项伟大的事业，为嘉定的地方史增添了许多霞光溢彩……

协会刚成立时，曾经找过"靠山"，想在民政部门注册或成为嘉定文联团体会员，接受主管部门的领导，但历经曲折，难以成行。因此，这个纯文学创作协会，一个小小的民间团体，只能自力更生，如同作者必须独立完成自己的诗文作品一样，这对协会本身来说，可能是最为合适的选择。有位文友说，写文学作品，宣传正能量，倘若不能注册或不能有政府做后盾，资金问题很难落实。但有利就有弊，有利的一面是少干涉，为这个团体更增加了自由写作的空间；不利的是没有政府参与，协会可能会随时停办。

三

关于文笔精华研究会，是为微信公众号《文笔精华》微刊上组织、主办、征文和评比"第五届中国龙文学奖"发表作品和出书而特设的。《文笔精华·第四届中国龙文学奖征文小说散文诗歌选集》一书，就是在此微信公众号上向全国征文、评比，最终结集成功出版的。

2022年嘉定文学协会将主办"第五届中国龙文学奖"征文、评比出书活动，也想在此微信公众号上发布征文信息。嘉定文学协会作为主办方，愿意投入一半会费支持。该协会原计划一年两卷《嘉定文学》杂志，出版一卷，另一卷的资金，省下用于主办龙奖事宜。

龙奖征文大致定在明年6月（暂定）举行，征文时间一般需要三个月。征文启动后，嘉定文学协会的会员就是文笔精华研究会直接会员，可以投稿参与。征文结束后，会组织评委评奖。

《文笔精华·第五届中国龙文学奖征文小说散文诗歌选集》一书的出版费用，除了会员收费外，还接受社会各界赞助，倘有结余，还可举办颁奖会等，小说、散文和诗歌的一等奖获得者，每位可获得嘉定当地书法家创作的书法作品一幅。

《文笔精华·第五届中国龙文学奖征文评比小说散文诗歌选集》一书主要收录短篇小说、散文和诗歌，作者可以多投，但只录用一篇，获奖也只能是其中一种奖项。

小说、散文、诗歌作品，任选一种文学样式，评出一、二、三等奖或优秀奖获得者，选集控制在90至120篇诗文，书中做记录并发证书，作品录入书中，出版后免费赠书。

文笔精华研究会宗旨是：凡全国范围以至国外，喜爱中文和文学者，有创作经历和投稿作品的作者，只要自愿缴纳研究会会费，都可以成为研究会会员。小说、散文和诗歌等纯文学创作，宣传正能量的，都可以投稿。研究会实行年度制，自愿加入，一年为准，一年后自动终止，以后再办，重新成立组委会吸收会员。

研究会年度会员享有以下福利：在微信公众号《文笔精华》微刊上可以推荐发五篇以上诗文，可参与研究会组织的征文、评比活动，包括赠送《文笔精华·第五届中国龙文学奖小说散文诗歌征文选集》两册。投稿作品，一律写"五届龙奖征文"字样。

作者赞助达到一定金额的，可出专辑。企业或单位赞助，可在征文书中进行广告宣传等。

有企业、单位或个人出资，活动给予支持，最好是用"'××杯'第五届中国龙文学奖征文"字样，这样既做了广告，又解决了龙奖评比、出版、发奖等诸多环节所需资金问题。

四

关于 2022 年嘉定文学协会提前收取会费事宜，将于 2021 年 10 月 8 日公布收费通知。

上年度活动和任务基本完成，明年会费即时收取。凡参加协会的原会员，本着自愿原则，付会费参与，不付会费即退出，不必因人情关系而觉难堪。

会员除了可在《嘉定文学》杂志上发表部分作品外，还可在微信公众号《文笔精华》微刊平台分享和发表 5 篇以上会员作品。协会成立至今，已经录用投稿 1500 余篇。优秀的作品，可推荐给有合作关系的杂志，如《上海散文》《西桥东亭》等上发表。

《上海散文》杂志社虽然属于民间组织，但在沈裕慎社长和总编辑的带领下，已经出版十余期，作品的质量很高，中国作家协会、中国散文学会以及全国各省市作家协会的一些著名作家的作品，都曾入选其中。因此，《上海散文》投稿踊跃，录用难度高，作品进入杂志挺不容易的。几年来，沈总编录用了不少嘉定文学协会会员的作品，这对协会来说，也是一种鼓励和支持。

《西桥东亭》杂志，是江苏昆山花桥经济开发区文化交流促进会的会刊，顾名思义，西面花桥、东面安亭，主要宣传双城，当然，也留有少量文学作者投稿的"自留地"，因此其他特别优秀的作品，还是可以在该杂志上发表的。作为主编的我，也为嘉定文学协会会员留下部分发表作品的栏目。

两个杂志免费刊登作者作品并赠送作者杂志，这在商业社会，也是难能可贵的。

嘉定文学协会，每年组织两次或两次以上集体活动，费用 AA 制，有赞助情况除外。协会会员少部分人组织和参与的活动，称为雅集聚会，一般以个人会员出资为主，部分参与者可以由协会推荐。雅集聚会也可作为协会组织小范围活动的一种形式 —— 嘉定和上海的会员，有这样的条件，方便集体活动。外省市会员没有这样采风和相聚的机会，有一点遗憾。

两年来，居住在嘉定和上海的作者加入嘉定文学协会，湖南省籍中国作家协会会员孟大鸣担任协会顾问，河南省作家协会会员殷天堂、江苏作者潘杰等加入协会，澳大利亚籍作者李芝惠加盟协会，让我们的杂志书香，不仅留在祖国，更飘到了异国他乡……

五

　　为 2022，协会提前做了部署。

　　愿协会明年至少出版一卷《嘉定文学》杂志，心想事成！

　　愿协会主办的征文评比活动和《文笔精华·第五届中国龙文学奖征文评比小说散文诗歌选集》出版事宜顺利，心想事成！

2021 年 10 月 10 日

第二辑·

读书感悟

聚会和读书有感

一

9月4日中午，应朱亚夫先生之邀，参加了他新书《亚夫杂文选》的出版答谢会。我是与他一起出版新书的文友，前些年，我组织过几次青浦文学营活动，曾邀请朱老师一起参加。我主编《散文大家归有光》时，选编过朱老师的作品。后来我组织荟珍屋采风活动，也请朱老师参与，并在出书时把其文章选录书中。我们的交情，可说是在文学交流中提升的。

我出版的散文随笔集《人文情思》，朱老师要我带来，赠送参与者每人一本。由此，让我认识了几位上海新闻界中的新老高朋。这次聚会，我非常高兴，觉得收获颇大。

中午11点，当我从昆山花桥兆丰路站乘上11号线轻轨，花一个半小时进入上海市区徐家汇附近文定路上一家饭店包房时，看到朱老师和一位女士正在点菜。我坐到朱老师邀请的男士身边，这位男士对我说："我们五百年前是一家。"我没有见过他，也就没有领会他的意思。我问他贵姓，他回答叫朱林兴，我这才搞清楚，原来他是我微信上认识的文友。他是原上海市委党校教授、上海市政府政策咨询聘请专家。

应邀前夜我突来兴致，想与朱林兴教授见上一面，聊一下，写一

部红色经典故事 —— 他是上海市委党校的教授，看是否可与他合作，帮助出些点子。没想到第二天突然见面了，两人正式聊了此事，他说自己已经七十八岁了，只能写些短文章，没有精力再写长篇了。我没有想到朱教授已经临近八十岁，照片上看很年轻，可能还是以前在党校工作时拍摄的。我说关于红色经典的故事只是在思考阶段，写不写还没有确定，如能合作，自然是好，若不行，则让时间来决定以后是否写这本书吧。

我们聊天，说到朱教授最近写的几篇散文，觉得可读性很强，在上海的《解放日报·朝花版》上刊登，影响是蛮大的。巧的是，上个月出版的散文随笔集《人文情思》拿到手时，我将去年出版的自传体写作谈《人文春秋》一起已经用快递寄给朱教授了。这次，我将以前主编的《荟珍屋》一书和刚出版的《西桥东亭》杂志赠他阅读。

朱亚夫老师正在点菜，听说朱林兴七十八岁，笑着说他俩是同岁。朱教授拿出两副祝贺亚夫老师出版新书的对联，送给亚夫老师。朱教授的墨迹是行书体，苍劲有力，亚夫老师要求拍照留念，我在为朱教授伸手展示墨宝时，拍了一张，当即转发到朱林兴教授和朱亚夫老师各自的微信上。

陆续来了人，在我的右首，来了位先生，因为签名赠书，问他姓名，他说叫王国杰，也是一位大学教授，并说认识我，是在微信上看到我的作品的，他八十岁了。

接着是管继平先生，上海市作协理事，《新民晚报·社区版》主编助理，中国书法家协会会员，上海书法协会理事，朱老师的新书是他题写的书名。当大家谈到出书难问题时，朱亚夫老师说起自己主编一部关于书斋文化的书放了几年至今没有出版的事；而管继平则介绍说自己出版了一部民国时期书法家的书，已经连续再版了六次，他可真是一位畅销书作家啊，大家对管继平表示祝贺。

然后来了丁法章，前《新民晚报》总编辑，大家都说他是《新民晚报》最赚钱时的领导，在他的领导下，《新民晚报》日发行量曾达185万份。他现在还担任上海市新闻行业协会会长、中国新闻协会副会长的职务。原来，朱亚夫老师新书的序言，就是请上海新闻界巨擘丁老师写的。在这次聚会的人中，他是岁数最大的，但头发却是在座人中最黑的。我问了丁老师，他说是没有染过发，可能与家族基因有关，获得大家一片赞声。

说来我与丁老师此前从未谋面，上海新闻界知名作家和记者忻才良老师去世后，我曾主编过一部关于他的纪念文集，上海新闻界、文化界的许多文人写有悼念文章，在文集中收录过，包括丁老师的文章，他拿到过此书，因此知道我。后来，我与丁老师提起周劲草几次邀请我参加读书会活动，了解到丁老师为他的几本书写过序，因此，几次提出请丁老师一起来见个面，但因老师忙，愿望没有实现，没想到在今天能够碰到老师，真是有幸啊！可以说，与丁老师的见面，是这次活动最大的收获了。至于周劲草，他也加入了上海市作家协会，以前是《新民晚报》的通讯员，写新闻报道时与丁老师认识，现在周劲草已向纪实文学进军，文笔水平进一步提高，越写越好，出版了十多本书，加入作协是水到渠成的事。

聚餐的时间到了，来了一位《上海法治报》（前身《上海法制报》）的副总编辑、一位上海《解放日报·理论版》的主任和一位《新闻晨报》的记者。他们在百忙之中能够抽出身来，令我们欣喜不已。

大家一起聚餐，想起刚才点菜时的漂亮女士，我问亚夫老师怎么不见了，朱教授说是亚夫老师的夫人，回去了。亚夫老师说，大家在一起聚会，只有一位女士，就不参加了。呵，真的有些遗憾。

大家一起聊天，侃侃而谈，愉快地聚餐，并拍了一张集体照留念。

二

下午回家，坐在 11 号线轻轨上，手中拿着一本朱亚夫老师的新书，从书名上看，就知是一本杂文集了。

翻阅《亚夫杂文选》一书正文，首先看到丁法章老师的序言中有"仿佛打开一坛陈年的佳酿"的叙述。是啊，丁老师的笔法非常神奇，一个标题，就点出了亚夫老师的大致年龄和文笔水准。

亚夫老师的作品，文笔老练，短小精悍，虽然不是匕首，但有投枪的功力，是值得一读的。丁老师这样写道：

> 我翻开《亚夫杂文选》，仿佛打开一坛陈年的佳酿，一股香而又醇的酒味扑鼻而来，很值得细细咀嚼、回味。他的杂文题材，古往今来，天上地下，文史哲经，信手拈来，涉笔成趣，颇有杂家之风。

丁老师的话，让我想到亚夫老师以前送我的《人生畅想曲》《杂坛徜徉录》两本书，都是杂文和随笔类作品，其作品文风犀利，语言诙谐明快。朱老师原是《上海老年报》的总编辑助理兼副刊部主任、上海市作家协会会员、全国报纸副刊学会常务理事兼副秘书长、全国老年报协会理事等，近年还加入了中国散文学会。朱老师的作品越写越多，至今已出版十多本书了。

亚夫老师的这本书，绝大多数是他退休之后的新作。本书共有四辑，即社会访谈、世说新语、说文论语、友朋评论。其中前三辑计 119 篇，是亚夫老师的作品；另外一辑是文友写的有关亚夫文章的书评，计 7 篇。

亚夫老师杂文选中的文章，许多都是先前在报纸、杂志上发表过的，获得了各出版社编辑的认可，读者读后也很欣赏。首辑第一篇《军功章颂》，原载于 2005 年第 2 期《军休天地》杂志；第二篇《天安门广场看升国旗》，原载于 1993 年 7 月 19 日《上海法制报》；第三篇《"和氏璧"的联想》，原载于 2006 年《盛世说玉》一书……不再举例。总之，亚夫老师的许多作品，不仅在报纸、期刊上发表过，也曾录入书中，还在网上刊发过，影响可谓广泛深远……

亚夫老师的作品，因为是杂文选，所以内容包罗万象，精彩纷呈，自然，这和亚夫老师阅历丰富、知识面广是分不开的。如《"海派清口"缘何走红上海滩》《我与日本网民的一次"神交"》《警惕污化老人的不实言论》《大妈为什么钟情广场舞》等，这些文章文笔流畅，言之有物，分析在理，令人称颂。

再读亚夫老师作品精彩片段：

　　一部世博会的历史，就是人类从落后走向进步、从封闭走向开放、从冲突走向合作、从崇拜物质走向崇尚科学的历史，是向大自然进军，向全人类索解的盛会。

　　　　　　　　　　　　　　——《赞〈到世博会去求解！〉》

　　上海是全国 21 个重点旅游城市之一，也是全国历史文化名城，有着丰富的旅游资源，就文物保护单位而言，便有近 400 处，其中国家级文保单位 19 处，市级文保单位 163 处，市优秀历史建筑其 632 处，还有文化遗址、纪念馆、各类博物馆、名人故居、公园、寺庙、陵园，再加上近年来建造的各种度假村、标志性建筑物、爱国主义教育基地等，总数约有一千多个游览胜地。

因此我提议评选上海最美的景点、新的"沪上八景"！

　　　　　　——《该是重新评选"沪上八景"的时候了！》

　　据说《该是重新评选"沪上八景"的时候了！》这篇杂文，促成了一项有百万人参加的上海全市性的"迎世博"评选活动，最后诞生了新"沪上八景"。而《赞〈到世博会去求解！〉》一文，则曾获得"我看世博"征文一等奖。

　　亚夫老师的杂文作品非常经典，分析在理，建议合理，文笔精彩，这与他性格坚毅、眼光独到和雷厉风行的处世风格有关，在写作上，他已成为一位热情有加，有感而发，爱憎分明，心系天下，退而不休的优秀老记者……

　　突然，奔驰着的 11 号线车厢里广播的声音在我耳边响起：

　　"下一站，兆丰路到了。"

　　噢，马上要下车了。还好，女播音员的声音及时提醒了我。合上书本，我把《亚夫杂文选》一书，已经粗略地看了一遍，对亚夫老师和他的作品，有了一个比较清晰的了解。

　　　　　　　　　　　　　　　　2020 年 9 月 6 日初稿，有修改

一生中最美的风景

——读赵雁长篇言情小说《紫罗兰的眼泪》有感

一

去年下半年，收到赵雁女士的一本书，阅后一直想写一篇读后感或随笔式的文章，可惜忙于写作和其他事务，不知不觉半年过去了，一直没有动笔。时间从2020年进入2021年2月了，趁着过年休息，决心落实这件事了。

赵雁笔名轩雨幽冉，是上海市作家协会会员，畅销书作家。我们相识，是因为同一批加入上海市作协的缘故。我们第一次见面是在上海市作协大厅，但那时还算不上认识。后来，我组织上海市作协青浦文学营笔会，曾邀请她参加活动。文人聚会时，我们也多次在一起聊天、合影。她年轻，是位美女，人也直爽，曾送我几本她写的书，记得其中一本是《郁香魅影》，是新派武侠小说；一本是《我们终将给自己最好的安排》，为年轻人把握住自己想要的生活出谋划策；最近的这一本，是《紫罗兰的眼泪》，则是琼瑶风格的言情小说了。

三本书，不同的题材，不同的角度，不同的成功之作。三本书的署名，都用了笔名"轩雨幽冉"。她说自己是自由撰稿人，原创音乐词作人，愿用笔墨记录一切生活赐予的感动。她写的书还有不少，这里就不一一列举了。

二

《紫罗兰的眼泪》一书，是一部言情小说，细腻、深情和多愁善感的文笔和风格，把故事演绎得淋漓尽致，令读者爱不释手。

这是一个不算复杂的故事，情节简单，结局却非常出人意料，可读性强。作品分三卷，有 24 万字左右。

席妍和姚梓陌是大学时的男女朋友，当姚梓陌直接向席妍表白时，席妍要男友去赚钱，说她要做个有钱人的老婆，但实际上这不是她的真心话，她是为母所逼，不得不离开男友，嫁了一个富翁。而姚梓陌，是一位富商的儿子，他想靠自己打拼一番事业，没有告诉心爱的女友自己是富家子弟，更不知道心爱的女人有苦难的经历和曲折的人生，导致女友最终离他而去，成为他心中永远的痛。

他恨她，却不能忘记她，爱恨交加，不能自拔，直到他再也不爱她时，已过了几年时间。书中有这样一段话，描写了当时姚梓陌的心态：

> 爱情不是人生的终点站，而人生亦不是一条平坦的大道，它或泥泞或蜿蜒崎岖，但只要我们曾一同走过，那就将会是我们心底深处最最温暖的栖息地。

后来，他请朋友帮忙找了一份教师的工作，认识了一个叫戴妍的女孩，并在不知不觉中爱上了她。经过许多曲折，他们的爱情终于要修成正果了，姚梓陌开始和戴妍谈婚论嫁，婚期定在了二月的情人节，寓意有情人终成眷属的意思。

要结婚了，自然要拍结婚照。两人选择了婚纱店，约定时间去拍照。姑娘早早到了，穿上了婚纱，等了两个多小时，却没等到男主角。原来，在这关键节点，有人告诉姚梓陌他前女友席妍病入膏肓，像一具骷髅，但她有一个儿子需要照顾，并且告诉姚梓陌，这也是他的儿子，还把这件事告诉了他的父母。姚梓陌父母爱孙心切，逼儿子早日与席妍结婚。

一切来得很突然，把经过曲折后爱恋的男女生生拆散，突然间，一个美好的家，被打得粉碎。

　　"浩天，快叫啊。"席妍已经多次催促孩子。
　　"爸爸。"浩天终于很听话地叫了一声。
　　姚梓陌愣住了。是的，他愣住了。他无法回应！突然冒出来的一个孩子叫他爸爸？开什么玩笑！但是，这孩子，一双杏仁般的大眼睛，瞳孔清澈而炯炯有神，太像小时候的自己了，让他无法否定，让他措手不及。他怔住了。

原来当初富翁与席妍结婚后，得知生出的儿子不是他的种，简直无法忍受，家暴席妍，双方最后离婚。

接下来姚梓陌这个儿子，被迫听从父母的安排。父亲病重，希望子承父业；母亲为了孙子，以父亲的病相威胁，要儿子抛弃心爱的女人，和早已不爱的席妍结婚。

三

人在江湖，有时候身不由己。姚梓陌和戴妍相恋时，能预知这样的结局吗？之前，姚梓陌和席妍，在分手几年后，又怎么会想到有如今的结果？

爱情，有时候会有一个好的结果，有时候却不能。这是因为人在社会，而复杂的社会环境让人无法把握。

　　这部言情小说中的男女，最后没有冲破藩篱，实现自己的爱情理想，体现了人生之残酷和无奈。最后，姚梓陌把对戴妍的爱藏在心里，如他在给戴妍的信中表述的那样：

　　　遇见你，是我一生中最美的风景……

　　　　　　　　　　　2021 年 2 月 8 日初稿，春节期间有修改

人文精雅作嫁衣
——读《潘颂德序言集》有感

一

近日，潘教授寄我一本新书，是他的《潘颂德序言集》。我翻了一下，书中收录了他为上百位作者的诗文集或学术著作所写的序言。从目录上看，此书分四辑，第一辑有五十九篇，是为诗歌类著作所写序言；第二辑有三十一篇，是为散文随笔类著作所写序言；第三辑有十三篇，是为长篇小说或中短篇小说集所写序言；第四辑有十二篇，是为学术类著作所写序言。书中累计收序言一百一十五篇。潘教授的这部书，洋洋洒洒，总共有 37 万字左右。潘教授在自序中说，这是他三十年来，陆续为作家、诗人和编书者所写的序言。书中的每一辑序言，按作序时间排序。我仔细翻了《潘颂德序言集》，第一辑第一篇《当代乡土诗倡导者的理论主张——〈中国当代乡土诗选〉序》，写作时间为 1990 年 8 月；最晚的是第二辑最后一篇《自然吐心声 流畅写美文——〈我的情缘〉序》，写于 2020 年 7 月 11 日。从 1990 年开始至《潘颂德序言集》2020 年 12 月成书出版，已经有三十个年头了，我算了一下，潘教授为人写第一篇序时年仅四十九岁，可见他的文笔很早就获得了人们的认可。当然，能为一百多部书写序的作家和学者，在上海乃至全国，应该说是屈指可数了！

潘颂德教授，在上海的文人圈子中，人们都称他是"老法师"，他是写序的高手。如若潘教授语言驾驭能力一般或知名度不高，那么多的作者和编者们也不会请他写序。潘教授不仅是一位学者，研究中国现代文学，尤其是鲁迅和中国现代新诗理论批评史；他对人真诚，有求必应，才写了如此多的序。他不为名、不为利，从不索取报酬，为他人作嫁衣裳，获得了大家一致称赞。

潘颂德教授是上海社会科学院文学研究所研究员、硕士研究生导师、中国作家协会暨上海市作家协会会员、中国鲁迅研究会荣誉理事、上海鲁迅研究专家委员会成员、《上海鲁迅研究》顾问、全球汉诗总会常务理事、上海市诗词学会荣誉理事、上海市写作学会理事，已经出版有《中国现代新诗理论批评史》，这是他个人承担的国家"八五"社会科学规划项目成果；《中国现代诗论40家》，获上海社科院著作奖；还有《中国现代诗论三十家》《中国现代乡土诗史略》《鲁迅散论》《现代文学沉思录》《现代文学述林》《王礼锡研究资料》《书海徜徉录》等著作。与人合著的有《鲁迅论儿童读物》《鲁迅在科教战线上》。选评有《贾平凹作文示范》。与人合作编著的有《现代文学作品阅读与鉴赏》（系高级中学语文拓展型课本）。还曾任《中国现代文学社团流派词典》《上海五十年文学创作丛书·诗歌卷》《中国现代分体诗歌史》等书副主编。还编有《海上文学百家文库·蒲风杨骚任钧卷》《20世纪中国散文英华（巴蜀·荆楚卷）》与《关外卷》。参加编写的有《鲁迅作品赏析大辞典》《新诗鉴赏词典》《中国文学大辞典》（上海、天津各一种）等20种辞书。

我认识潘教授时间大约在2015年初，当时是在陈柏有主持的浦东百友文坛沙龙上，后来我们聚过多次，也一起交流过，了解到他出生于1941年2月，八岁进小学，在学校读书成绩优秀。他从小勤俭节约，考虑到读师范不用家庭负担费用，还有津贴，就直接进入上海教育学院中文系，毕业后，顺利分配到中学任语文教师，后还被学校领导推荐任教导处主任。业余时间他研究中国现代文学，尤其在鲁迅研究方面，已有相当的知识储备和研究成果，撰写了不少专业文章。后他凭借自己扎实的知识功底，如愿以偿考入上海社会科学院文学研究所。潘教授笑容可掬，和蔼可亲，说话是浦东本地口音。他平时戴一副千度以上的锈琅架厚镜片眼镜，穿着朴素，参加上海市许多民间文坛沙龙的活动，并为文友们上课。在活动中潘教授和大家谈创作、谈工作、谈家常，谦虚诚恳，非常受人尊敬。

我与潘教授认识后，听说他经常帮人写序，那时正值我与黄华旗在全国网络和部分刊物上组织征文，进行"第三届中国龙文学奖"评比，并准备出版一部《文笔精华·第三届中国龙文学奖征文小说散文诗歌选集》，征文并评奖后，我请潘教授写了一篇序，从此，我们成为忘年交，经常一起参加一些活动，再后来，我组织的上海市作协青浦文学营活动也邀请潘教授参加。有天晚上，他来到我与郑自华一起住的双人间，说有浦东作家姚海洪写的一部长篇小说《风波》，50万字，并说谁喜欢看就送给谁。我说我喜欢看，他就送给了我，并请我为该书写书评，我同意了。我翻了下书，发现《风波》的序一就是潘教授写的。因为写了书评，在姚海洪长篇小说于浦东图书馆召开研讨会时，潘教授热情地邀请我参加，由此我认识了姚海洪。《风波》是姚海洪长篇小说"白龙港传奇"三部曲之一，后来《风流》《风雨》出版后我都拿到了书，而姚海洪则凭《风波》力作，申请上海市作协一次成功，翌年光荣加入了中国作家协会。

二

潘教授在《潘颂德序言集》一书的自序中表示：

> 每当有文朋诗友、学术界朋友邀我作序，我既为朋友们文学创作、学术研究取得丰硕成果深感高兴，又感到这是朋友们对我的信任，是一份重托。在阅读书稿前，首先想到的是，决不能辜负朋友的重托，所作的序言，一要力求对得起朋友（作者），二要力求对得起书出版之后的读者，三要力求对得起历史，对历史负责，经得起历史检验。

他是这样说的，也是这样做的。因此，他每次写序，不仅要认真地阅读作者的书稿，还要收集相关方面的资料，然后才根据体会和相关资料写文章，因此他写序要花非常多的精力和工夫，写出的序也都很优秀。这让潘教授威望和知名度更高了。

《海上风》（1998 年 8 月由西南交通大学出版社出版）是由上海十二位诗人写就的一部诗歌选集，潘教授为他们的作品写序。他在序中说：

> 本书十二位作者，年龄不同，工作岗位各异，诗有长有短，文化教养与审美趣味自然也不一致，因此，他们的诗作各有各的取材领域与审美追求，形成了不同的诗美风貌。但有一点是相同的，即他们都清清白白地做人，认认真真地写诗，创作着，探索着，努力为社会主义物质文明建设和精神文明建设作出自己的一分贡献。

他查找资料，对每位作者的作品进行深入分析和研究，对作者进行简介并介绍作者作品的特点，其中有几位作者我是认识的，潘教授用精准的文笔，恰如其分地对作者及其作品进行评价，令人非常感动。

《掠影》（2006 年 7 月由四川美术出版社出版）是作者谢国霖十多年辛勤创作的一部纪实文学作品选集，潘教授对其纪实文学作品的内涵分析道：

> 纪实文学，顾名思义，它的特点就在于"纪实"。如果说作家创作小说、戏剧等文学作品，可以在生活的基础上，驰骋自己的想象，无论是小说、戏剧中的人物还是情节，都可以进行虚构。当然，这种虚构并非胡编乱造，而是在深厚的生活积累的基础上的艺术再创造。但是，纪实文学不允许虚构，也就是通常所说的，纪实文学要求真事，严格尊重事实，在人物、事件的来龙去脉等大"关节"上，不允许作家凭空想象，妙笔生花，无中生有。倘若一个作家不到生活中接触瞬息万变的生活，进行调查、采访，而凭借闭门造车，即使他再有多大的才能，他所写下的，决不能称作'纪实文学'。

他对作者所写作品进行解剖和分析，认为作品是纪实文学，并道出作者写作的成功之处，为作者在文学创作方面所取得的丰硕成果感到高兴。

《梦桐碎语》和《岁月印记》（两书皆于 2015 年 6 月由文汇出版社出版）是作者邵天骏的两部散文随笔集，其中的很多作品，大都在上海的《新民晚报》《解放日报》《文汇报》《新闻晨报》和全国各地的报纸杂志或网络上发表过，文笔优美、流畅、优雅，潘教授为其两本书写了序，充分肯定了他在散文领域所取得的成就。

《行走中的文学——沈裕慎游记作品〈风荷忆旅〉序》（2019 年 9 月由吉林人民出版社出版）则是潘教授为上海老作家沈裕慎的"风荷

散文"系列之一 —— 游记作品《风荷忆旅》所写的一篇序。潘教授从中国古代的散文到"五四"新文学运动以来的现代散文，再联系到沈裕慎的散文作品所取得的成就展开分析。潘教授对沈裕慎散文作品高度重视，他说沈裕慎先生非常注意在游记中抒写个人独特的人生体验，并致力于挖掘旅游之地的人文内涵，这就使这位老作家的游记更有文化品位，更加深沉厚重。

《风波》（2016年11月由文汇出版社出版）是作家姚海洪长篇小说"白龙港传奇"三部曲的第一部，也是他的小说代表作。这本书的序，就是潘教授写的。我以为这篇序是潘教授写序以来的巅峰之作。他在序中说：

多年前，姚海洪先生就考虑创作长篇小说，更宏伟地展示他所亲身经历过的改革开放年代丰富多彩的生活。他要通过文学典型化的方法，将他亲身经历的生活，他所亲眼看到、听到的从干部到群众的形形色色人物及其故事艺术地表现出来，从而表现时代。

这部小说主要围绕沧海县白龙港镇填河造街展开故事情节，由此描写和表现改革开放以后东南沿海小县沧海县的社会风尚和风情，人物不同的命运，歌颂了正能量，鞭策了不正之风，着重歌颂了党和人民群众为实现中国梦而努力奋斗的精神。

潘教授对原作仔细阅读，并认真写了序言，对作品主人公一一进行分析、解剖和介绍，方便读者对作品进行深入了解，从而进一步提振了人们对此巨作的阅读兴趣。

三

综上所述，潘颂德教授三十年来为一百一十五部书写了序，作品有个人专著，有主编合集，具体作者和编者定远远超出以上人数。绝大部分潘教授写过序的书，已经出版；少数几部书稿，因写作时间较晚，还在等待出版中。这些作品，出版社有国家级的，有省市级的，也有地方上的等等，但其传播面都很广。由潘教授写过序的书，一书少则印数百本，多则印数千本，总印量累计有几十万册，读者自然不少于几十万人了。由此可见潘教授的名声和影响已经非常大了。潘教授不仅写序，自己还有许多其他理论和学术专著。他写序的这些书的作者和编者，有著名作家和诗人，也有文学新人，他们的成功与潘教授对他们的支持、关心是分不开的。再者，潘教授为他们所写的序，总是以鼓励为主，肯定作品的文学样式和个人风格，对创作上的不足则提出批评和建议，并为作品正能量宣传敲鼓呐喊。

我因为喜欢写作的缘故，和潘教授才有交往。我个人无论是从岁数还是文学创作成就上论，可以说都与潘教授有了一个辈分或相当距离，但我们相互尊重，他从不把自己当老师，我非常佩服并感激和敬重他。

潘教授是学者型作家，他对文学的追求和执着大家有目共睹，他走到哪里就讲课到哪里。他的大女儿晓燕定居在澳大利亚墨尔本，潘教授和妻子经常去探亲，一住就是几个月。2016年，他到墨尔本维多利亚大学商务孔子学院，见了中方、澳方院长，写了《孔子生平和他的商业思想》一文，准备为那儿的学生讲课。那一年，潘教授利用探亲时间，去墨尔本华语电台讲了两小时的《纪念中国新诗一百年》。2017年至2019年，连续三年，潘教授利用与夫人一起去墨尔本探亲的机会，到中国人在墨尔本创办的新金山中文图书馆讲中国传统文化、文学，三年讲了六次，先后讲了中国百年乡土诗的历史，台湾、香港、澳门的乡土诗，屈原和他的《离骚》，唐诗的双子星——李白与杜甫，《红楼梦》的思想和艺术，中国当代诗人张洪明的乡土化、民族化、现代化文学观和他的万行长诗《天籁之音》。每次讲座，他都精心准备，写出讲稿，由新金山中文图书馆复印五十份，发给听众。听众大都是中国人，来自祖国各地，也有部分来自他国的华人。潘教授从下午一时讲到三时许，留下半小时时间讨论，有时回答问题。潘教授每次讲座，馆里都会在《墨尔本日报》《澳洲时报》等中文报刊刊出讲座预告；讲座完后，《墨尔本日报》《墨尔本时报》《大华时报》等五六家中文报刊和澳洲网等会进行潘教授讲座的报道。

潘教授到墨尔本探亲期间，除去新金山中文图书馆积极举办讲座外，还向该馆捐赠自己的著作和上海、外地文朋诗友的著作，我与沈裕慎、周劲草、张洪明等作家的著作，都被潘教授从上海带到了墨尔本，代捐给新金山中文图书馆——据说该图书馆 2009 年由华人学者孙浩良创办，到 2019 年已整十年，收集中文书十万册，为海外华人在海外创办的最大中文图书馆，供华人阅读。

有次潘教授去澳探亲前对我说："你的书，可给我几本，到时我带着送那儿的图书馆收藏。"我回答："好的。"于是，我给了潘教授几本个人专著和主编的文集。这样在国外的图书馆，也有我的著作了。

潘教授出生在浦东闵行区浦江镇，浦江镇政府以他的名字在一幢对外开放的古建筑里设了一个"颂德书苑"，他把自己部分著作及藏书捐给了书苑，还向我要了些个人专著和主编的书，也捐给颂德书苑。

潘教授所写的序，每一篇都呕心沥血，倾注精力认真对待。其实我也喜欢写序，不仅为自己的书和主编的书和杂志写序、写前言，还为全国各地的文友和书画家出书写过序，至今累计写了 65 篇。潘教授是我学写序言时的老师，他的这本序言集，我已经读了一遍，今后我还要好好读，认真地读，领会写好序言的精髓，对今后每篇要写的序，一定精心阅读书稿，认真搜集相关材料，精耕细作，写好文章。等我写满一百篇序后，也要出版一本属于自己的序言集。

　　我写此文时，正值初春渐渐到来，小区里空气新鲜，花园里百花盛开，婀娜多姿的杨柳正在开始抽芽；那金黄色的迎春花正在池塘周边伸展着，有的枝条因为盛开着众多的鲜花而被压弯入水；鱼儿成群，在水和花影里觅食；红色的茶花、粉色的桃花、白色的梨花和黄色的樱花等，正孕育着五颜六色的花蕾，含苞待放，争相竞艳，让人眼花缭乱，目不暇接。潘教授的序言集，文笔精湛，文风儒雅，仿佛文苑里鲜艳夺目的花朵，让人爱不释手！

　　今年新春期间，朋友们为潘教授庆贺八十大寿，我衷心祝愿潘教授长寿！祝愿潘教授文学之树长青！

2021 年 3 月 18 日初稿，有修改

文笔精美写真情

——读陈晶龙散文新作《情深意浓》有感

一

近日，陈晶龙老师发我微信，说要赠我一本他的散文新作，让我把地址和手机号发他，他把书快递给我。认识陈老师，是在上海作家天使组织的一次午餐聚会上，当时她邀请无锡作家丁一和上海几位文人参加，我和陈晶龙都在其中。天使是女作家俞娜华的笔名，她喜欢人们称她为天使。通过天使介绍，我们相互了解，并加了微信。

其实，两年前参加"钢铁诗人"刘希涛老师组织的出海口文学社活动时，在那里见过陈老师，只是因为不熟，也就没有什么交往。后来，陈老师读了天使诗集《寻找的音符》，写了书评，发表在我主编的微信公众号《文笔精华》和《西桥东亭》杂志上，于是，我们有了神交。

自从两人互加微信后，也收到过陈老师发过来的文章，那是他在《劳动报》上发表的《潘颂德序言集》书评，文章短小精悍，评论到位。

加微信后不久，陈老师的新书《情深意浓》就寄到了我家，我马上回复收到，并表示一定认真拜读。在收到的书中，还夹有一份新出版的《五里晚霞》报纸，如《新民晚报》大小，整四版。我翻了下，第四版副刊是陈晶龙编辑。

从书上作者简介看，陈晶龙老师 1941 年 6 月生，今年八十岁了，中共党员，华东师大中文系本科毕业。他 1956 年开始文学创作，

114

1958 年在《新闻日报》上发表诗歌，以后陆续发表散文，长期从事出版编辑工作，专职编辑中外文书籍一百二十余种，个人出版散文集《韶华夕拾》、诗文集《浦江听潮》等，系中国散文学会会员、上海诗词学会会员等。看了著名散文家、评论家红孩先生为他写的代序，知道陈老师原来在学林出版社做编辑，经常给上海的《解放日报》和北京的《北京晚报》写稿。陈老师能在国内很知名的报上发文，文章也是相当有品位的。

二

翻看陈晶龙老师的新书目录，发现书稿主要由"英雄丰碑""盛事回眸""文化印迹""书文漫议""影视散论"和"山川境界"六辑组成，八十余篇文章，计有 24 万字左右。

"英雄丰碑"一辑，主要是纪实文学，采访那些曾经出生入死，在部队参加战斗、立过大功的军人，如余琳、曹维屏；也有介绍社会主义建设事业中为国家作出贡献的全国劳模和上海市劳模如赵兰英、吴素珍等的文章。

"盛事回眸"一辑写"长征诗会""建军诗会""国庆诗会""莫林诗会"等，大都是对各种活动的纪实。那篇《六十年一觉向明梦》，则记录了 1959 届高三（一）班毕业六十周年茶话会的事，其中写道：

五月二十九日上午，向明校园内洋溢着一派欢庆的气氛。逸夫楼前的电子标语栏滚动播出欢迎一九五九届同学返校参加纪念活动的字幕。来自海内外暌违六十个春秋的老学子陆续抵达会议室，他们的欣喜状态，诚如唐人李益所言——"问姓惊初见，称名忆旧容"，有的呼名，有的招手，有的握手或相拥，场面热烈感人。会议室内华灯绽放，一片欢声笑语。

六十年前的同学踏上社会后，经历不同，变化很大，有到国外生活的，有在国内发展的，他们在各自岗位上工作，有些同学甚至为社会作出很大贡献。借这次聚会之际，大家聚在一起，非常不易，非常有意义，很值得留文字纪念。

"文化印迹"一辑，《我和〈解放日报〉的因缘》《我和上海人广播电台的因缘》《向明〈百花园〉文学刊物回忆》，写的是作者工作以后，在与报社、电台和学校的交往中所产生的情缘，或对自己喜欢做的事情的回忆。

从《我和〈解放日报〉的因缘》一文得知，陈老师大学刚毕业后在上海焦化厂工作，业余时间搞宣传，和《解放日报》《劳动报》《青年报》等报社的领导或编辑有交往，也经常投稿发表作品。《香港报纸一瞥》《台湾报纸一瞥》《澳洲报纸一瞥》《泰国报纸一瞥》《俄罗斯报纸一瞥》等，仿佛是报纸的专栏文章，陈老师阅读之广泛由此可见一斑。

"书文漫议"一辑，主要是陈老师所读书籍的书评。他阅读《毛泽东诗词赏析》《母校与人生》《情满五里江》等书，都写了评论文章，其中有些书评，我先前看过，如他读天使诗集《寻找的音符》一书所写《字节跳动 心潮澎湃》一文、读《潘教授序言集》新书所写《欣读〈潘颂德序言集〉》一文。陈老师的文笔优美，概括能力强，评论写得非常精到。

他在天使诗集《寻找的音符》书评中有这样的妙笔：

俞娜华在诗集中用不少篇幅阐述对爱的诠释。在《情侣》一诗中，她巧妙地把太阳与月亮比喻为一对情侣，太阳害羞地笑了，月亮则选择了隐退，"白昼黑夜，绝配的搭档"，既富有哲理，又极染诗意。

本诗集可以看作是一本讽喻诗集，抑恶扬善是其主题，观点鲜明，语言直率，洋溢着诗人炽烈的爱国情怀和爱民心结。创作手法上，不拾前人牙慧，有独到之处，实为她呕心镂肾之作。

他在《潘颂德序言集》序言中评论潘教授的序言：

上海社科院文学所研究员潘颂德教授著书立说之余，热心为众多民间文学社团和初入文学门径的习作者作品撰序，数十年乐此不疲，享有良好口碑。近期，年届八旬的他，将 1990 年至 2020 年间所撰 110 多篇序言集辑成册，付梓杀青，毕其功于一役，满足读者对其序文的学习欣赏之需。潘教授赠书予我，叮嘱写点感想，作为老友，我当仁不让。

翻阅这本 30 多万字的文集，你会立刻被丰富的内容所吸引，作者似乎在与你促膝晤谈，让人倾听不厌，爱不释手。100 多篇序言如颗颗珍珠串联起来，组成新时期群众文学发展的诱人图景。

陈老师的佳作篇幅大都不长，但评论到位，非常适合在报纸上刊登。

"影视散论"一辑，是陈老师看了不少电影和电视剧后对喜欢的影视作品写的几十篇随感文章。"山川境界"一辑，则是他近年来一些游记作品的汇总。

三

综观陈晶龙老师散文集《情深意浓》一书，他的文笔优美，语言精准，每一篇作品，或是采访，或是感悟，都带有浓浓的情谊，是很接地气的作品，其中有纪实文学、随笔、杂感、书评、影评和游记等，都属于散文范畴，是非虚构文学的佳作。陈老师的每篇散文，都是精品，这是他长期写作经验积累并做多年编辑养成素养的结果。

另外，陈老师有学者气质和风度，也是他在文学创作研究中不断探索的结果。

只要陈老师有精力写作，他或许还会写出阅读性更强、更吸引人的散文作品。

我们真诚地期待。

2021 年 5 月 22 日

周裕华和他的两本诗集

一

近日，在一次与文友的聚会中，新认识的周裕华先生赠我两本书，都是诗集，一本诗集为《等待也是一种爱》，另一本诗集为《诗韵游记录》，前一本写爱情，后一本是游记。两本诗集都是他写的，用笔名"绎华"发表。

周裕华自幼酷爱文学，笔耕不辍，尤以诗歌见长，退休前他是一位派出所的民警。巧的是，我们同岁，同月出生，但他比我早出生二十多天。交流中，我问在座的吴绍釱教授周先生的诗歌写得怎样，吴教授比我早到饭店，他说周先生的两本诗集他已翻过，看了一些诗，以为这些诗歌写得都不错。在吴教授眼里，诗歌写得好，一定与想象力丰富和押韵有关。沈裕慎先生说吴教授是写词高手，意思是他词写得好，但我知道的吴教授，不仅是位出色的词人，而且散文、诗歌与辞赋也写得不错。

吴教授对周裕华的诗集评价很高，一定认可他的诗歌，而我这位不太精通诗歌的文人，自然为能结交一位有才华的诗人而高兴了。

我想，等我有空的时候，一定要细读周裕华的两本大作，感受他的诗歌魅力和才华。

二

《等待也是一种爱》这本诗集，在 2007 年 8 月问世，由上海远东出版社出版。诗集分为"初春之恋""漾起涟漪""延绵细雨""难隐之痛""相思忧愁""踯躅心绪""情归何处"等七辑，我数了一下目录上的标题，累计有 228 首现代诗。封面上有这么几句诗：

> 城市的光影里，
>
> 从不稀缺爱情的剧目。
>
> 点点滴滴，连缀成真实的人生。

这是一本爱情故事诗集，我抽空把诗集读了一遍。

《痴迷心动》诗歌写的是一对恋人从相识到相爱的浪漫又甜蜜的感受，请看：

> 今生与你相逢，
>
> 是我期盼许久的梦，
>
> 你的出现，
>
> 点缀了我的心空。
>
> 在你热切的亲吻中，
>
> 寻找柔情万种，
>
> 你的痴迷，
>
> 着实令我心动。

看夕阳斑斓的笑容，

拨动琴弦，

愿那份情意更浓。

《你深情地向我走来》一诗，写了一对恋人感情进一步升华的
感想：

你深情地向我走来，

从此生活精彩纷呈，

你对我温存有加，

我对你一往情深。

走进你的生活，

倾听你那渴望的呼声，

青春生命的欢乐，

已融入爱的至诚。

你我如诗般的恋情，

是我无憾的人生，

停泊在你港湾的扁舟，

不再有孤单的航程。

《曾经有过的爱》一诗写一对恋人相爱几年后遇到了痛苦和曲折，
进入深谷或低潮时的叹息：

如果不是恋着你，

为何至今仍将你等待，

你那一颦一笑，

叫我如何把真情掩埋。

忆及往昔柔情似水，

竟忍不住泪湿襟怀，

我该怎样告诉你，

告诉你深藏心底的爱。

你知不知道，

知不知道我痴心还在，

总是不能忘记过去，

因为那时我们都付出过爱。

《爱情诗集》一诗，写恋人之间终止了恋爱，仅留下那段飘忽不定的对爱情悲剧的回忆：

为什么怕我说服你，

而且总是选择逃避，

你频频地否认，

我已感到灵魂的弃离。

不是想要感动你，

而是为了珍惜，

心已受伤，

我的爱快要不能呼吸。

恍惚的倦眼没有睡意，

回忆曾经如胶似漆，

美好成为过去，

那是我真实的感情经历。

能陪我七年已十分不易，

上苍派你到这里，

从我的身边走过，

难道就是让我写一本爱情诗集。

　　一本爱情诗集，收录了两百余首诗歌，连起来成为一个故事。男女主人公从恋爱、热恋到分手，用了七年的时间。因为外力的阻碍，他们之间再也不能前进一步。这本爱情诗歌集，有故事有情节，有头有尾，仿佛写小说一般。当然，与小说相比，诗歌更富于诗意。

三

　　《诗韵游记录》诗集（团结出版社 2020 年 6 月版）共十章，第一章是"携一颗初心　乘风扬帆启航"，第二章是"寻找惬意的诗和远方"，第三章是"触摸天地自然的魂魄"，第四章是"与各蕴其意的仙山琼阁相遇"，第五章是"岁月的沧桑含着沉香"，第六章是"轻柔撩起历史的衣襟"，第七章是"古老悠久的人文脉线"，第八章是"每一片土地都有神迹",第九章是"上苍创造的美丽画境",第十章是"大美中华尽在山水间",累计 300 首诗歌。作品以极具感性的笔触描摹祖国山河壮丽迷人的神韵,读来别具滋味。

在开篇《百里漓江》中,这样写道:

蓝色的天空风轻云淡,

碧波萦回旖旎夹岸,

荡舟于锦屏中,

宛若观赏铺展的美卷。

漓江的美,如一幅美丽的画卷,令人沉醉。

《梦幻桃源》中,诗歌这样写道:

沿途原始形态的迎宾。

狂歌劲舞别样的盛情,

古梦边缘的旋律,

在欢快声中怡情助兴。

小伙红绸扎腰衣对襟,

姑娘银冠彩衣系蓝裙,

各种竹木舞蹈,

渲染无比恣意的欢欣。

这是桂林阳溯世外桃源景区的一幕,写得诗意盎然。

《画里乡村》中,诗曰:

三月里细雨滴滴答，

画眉呼晴频频传话，

一袭烟雨照江南，

桃源深处石巷人家。

短短四句，把安徽农村的景象说了个大概，后面还有三个小节，对村子进行细说。

《欧式风范》诗曰：

徜徉在俄罗斯风情街，

踏着流年感知穿越，

欧式建筑林立，

高雅的格调目不暇接。

清澈的叠泉翻涌不歇，

观赏怪楼拓宽了视野，

奇景几十处，

别有异国情调的感觉。

读此诗，如同跟随作者浏览河北北戴河俄罗斯风情街一般。

四

周裕华写的是现代诗，诗文非常优美、自然、清新，作者仿佛在唱歌，唱出了一首又一首非常美丽、动听的民歌，这是我读了两部诗集的第一感想。前写爱情，后写游记，各有特色，专题性强，即是我读了两部诗集的第二感想。现代诗的字数长短不限，作者在第一本书中，大体上如此；而在第二本书中，作者大都用了一种文体或格式，我称其一段为"四行式"、两段为"八行式"、三段为"十二行式"等，依此类推，仿佛诗体的格式变化不多，相对局限。愿作者在以后的创作中，在诗体形式上更加丰富多彩，有所突破。

此文的标题，是我8月3日初读两本诗集时写下的题目。读一个人所著的两本书，我准备合起来写一篇读后感，后来因为写作忙，竟然写了几百字的初稿就搁笔了，一段时间里，主要忙于《西桥东亭》今年第三期书稿的主编工作，近日编辑部组织了各地"作家看花桥"的采风和征文，完成第三期的主编工作并送交排版和审核后，我才抽出空来，打算继续阅读并写完这篇文章。

关于采风活动，是我牵头组织的，因此也诚邀周裕华参加。正巧周老师有空，就参加了。我的要求是参加活动者，至少写一篇文章或诗，这是采风活动的目的，就是要把优秀的诗文编进今年杂志第三期中，作品多的话还将放进今年第四期杂志中。周老师写了两首诗，一首是《诗意花桥》，另一首是《集善春秋》。他是在回家的路上写的，写得很快，第一个交稿，非常出色地完成了采风任务。

这使我对周裕华有了一个新的认识 —— 他还是一位写诗歌的快手。

2021年8月3日初稿，9月19日定稿

卫润石与他的《金汇港水》

一

两年前，与卫润石先生认识，当时正是他加入嘉定文学协会之时。我们加了微信，有文字交流，他发了一些作品在我主编、协会主办的微信公众号《文笔精华》微刊上，我们精选其合适的作品，放进《嘉定文学》杂志里。

卫润石办事认真、细致，文章不仅发到我微信上，还在我邮箱中也发了一份。与他第一次见面，是在协会组织的集体采风活动中，那次他参加了。那是在嘉定州桥景区的音乐广场，我们见面并相识，又在一起拍了集体照。后来在南翔、安亭等地采风，他也参加了。值得一提的是，在南翔午餐时，我对卫先生说，凭你的文笔，可以申请加入上海市作协了，他直爽地说已经写申请了，并问我什么时候公布当年的新会员名单。巧的是，前几日刚听文友说几日后就要公布，我把听来的消息告诉他，没想到，第二天就在上海市作协微信公众号上有发布新会员的消息，名单中有他，我马上微信转发卫先生，告诉他喜讯。他确认后，认为我有上海市作协内部消息，其实，不过是巧合而已。

交往多了，我对卫润石先生有了进一步了解。他是上海奉贤人，1946 年 1 月生，比我大十一岁，但从样貌看，他好像更年轻些。他先加入中国散文学会，后加入上海市作家协会，也是当地上海奉贤区作协会员。他先后出版散文集《在水一方》、随笔集《绿水苍苍》、散文集《金汇港水》。我们在采风时，交换过作品，我收到过他的随笔集《绿水苍苍》、散文集《金汇港水》。但不知怎的，现在书橱里只找到了他的散文集《金汇港水》一书。

据他自己介绍，他曾就读于上海市第八届中医带徒班，求学期间于1965年9月应征到海军部队服役，退伍后从事医疗及管理工作。其间，利用业余时间完成上海电大医学专业和中文专业的学习，是位中西医结合的副主任医师。他爱好游泳、冬泳、长跑、旅游，游山玩水之余，不忘为写作搜集素材。

二

翻开《金汇港水》，序是上海市作协理事、奉贤区作协主席汤朔梅写的。汤老师对卫先生在奉贤作协是非常认可的，认为他是一位有代表性的作家。他在序中说：

> 这是老卫的第三本散文集。在他的散文中，我们能读到他作为一个医生、一个军人、一个冬泳爱好者的经历和影子。

记得卫润石先生加入嘉定文学协会时，说他写过一篇《嘉定有一支金牌队伍——记嘉定冬泳队》，看《嘉定文学》杂志上是否可用，在这篇文章开头他这样写道：

> 嘉定冬泳队是一支响当当的队伍，这支队伍转战全国，全国冬泳锦标赛、全国冬泳邀请赛、全国成人游泳锦标赛、全国游泳俱乐

部锦标赛、全国公开水域冬泳邀请赛、省市、地区冬泳比赛，都能见到这支来自上海的冬泳队伍，而且个个身手不凡，掠金夺银，名声远扬，许多省市举行冬泳、游泳比赛，首先会想到邀请上海嘉定队这支金牌队伍。

卫先生是冬泳队员，了解嘉定冬泳队所取得的成绩，并为之呐喊。这篇优秀的纪实文章，刊登在《嘉定文学》第一卷上。

《金汇港水》分为五辑：第一辑"乡味"，第二辑"假游泳的名义"，第三辑"山高水长"，第四辑"天南海北"，第五辑"多彩人生"。其中第二辑，写的是一个游泳爱好者的经历。《横渡长江大河》《中越边境的河流》《北部湾蓝海竞游》《青湾水库游泳记》《冬泳队与〈奉贤报〉》等文章，详细介绍了卫老师参加游泳队和冬泳队的情况。就冬泳队而言，组建二十八年，从 1988 年的几个人，发展到如今近两百人，参加过二十六次全国冬泳锦标赛、三十多次华东地区冬泳邀请赛，长江、黄河、湘江、松花江、鸭绿江，新疆伊利河、哈纳斯湖、帕米尔高原喀拉库勒河，云南的洱海，江苏的太湖、洪泽湖、高邮湖，浙江的南湖、千岛湖，以及北至丹东、南到三亚的海滩上，都出现过奉贤冬泳队员搏浪击水的身影，奉贤冬泳队还派员参加过美国纽约、夏威夷，我国台湾日月潭、垦丁和香港等地的冬泳比赛和活动。我在微信公众号上，发过卫先生长达九集的《中国冬泳队赴美联谊记》，详细介绍了奉贤冬泳队赴美参加冬泳活动的过程。

三

他在《金汇港水》第一辑"乡味"中说，家乡有许多小河，连着金汇港，通向黄浦江，穿村而过的月河塘是金汇港的支流。卫先生的家，就在月河塘前。从中可以看出，卫先生对水的关心、热爱和回忆，这种情感在许多文章中都有描述，留下了许多精彩的片段。《家乡的小河》《金汇港水哟》《儿时的月河塘》等，都是非常优秀的散文。

> 夏天，河沟浜是小朋友们捉鱼摸虾的好地方。孩子们隔三岔五往河沟头里钻，每次都有收获，为家里改善伙食。
>
> 一到秋天，我们还在河沟头尾部与月河塘的交界处搭上鱼簖、蟹簖，点上只小油灯守夜，每年都能碰上河蟹"大逃亡"，收获不小。
>
> 过了立秋，沟头里的红菱都成熟了，生产队安排采红菱，这是孩子们的拿手活，专挑游泳好的孩子。孩子们兴高采烈地扛着浴桶，提着小凳、篮子……

一个一个小故事，把读者带到作者幼年时的经历和兴奋里，同时，把当时人们的朴素和家庭生活的艰辛以及集体主义的家国情怀，充分地反映出来，生活气息相当浓郁，让人读来亲切，又感觉真实可信。

在第三辑"山高水长"中，他游历了雁门关、五台山、台儿庄等地，登高望远，看塞内塞外山势磅礴，丘壑绵亘，沟谷纵横。游历，让他了解中国，了解大自然的奇妙。第四辑"天南海北"中，则仿佛是在拉家常、聊天，在述说自己看到的、听到的新闻、故事，然后加以评说，如《难忘邓丽君》《抗战老兵褚尚仁》《民国中医处方》等。第五辑中的《多彩人生》，写了画家、地质学家、桥梁专家、私企老板和革命者等人的光彩照人的形象，如《一位地质学家的收藏世界》《陈光明的绘画世界》《私企老板的冲浪者》《革命生涯从渡江开始》等，这里不再一一展开。

四

卫润石先生的散文，写自己小时候的回忆，写自己喜欢的游泳和冬泳，写旅游，写看到的和听到的，他把收集到的素材经过大脑的思考，然后落笔。他的文章题材广泛，写作精美，每篇都写出了特色，其主题都是正能量的。

在上月的一次聚会上，我对卫先生说：你写新冠疫情的文章，已经可以出一本书了，准备好了吗？他笑着对我说，想出版，但没有出版的渠道，要出书，很难啊！

写了书，却苦于缺少专业出版社这样的伯乐给予推荐和出版，出书难，难于上青天。但有志于写作者，终会想方设法让作品流传和存在于世的，卫润石先生的作品，也一定可以。

2021 年 10 月 12 日初稿，11 月 18 日修改

宇杨和他的一本书

一直想写写宇杨，可就是没有动笔。在我的散文随笔集《人文情悟》即将收官之时，突然有了想写这篇文章的欲望。那就写吧，宇杨是一位和我有缘的文友。可是写点什么呢？我想了想，一是想写写与他的相识，二是写写读他一本书的感想。

一

宇杨是余志成介绍认识的，那时，嘉定文学协会刚成立不久，参加过南翔诗会的余先生也参与进来，说自己是半个嘉定人。其实，他是嘉定的女婿，老婆是嘉定人。身为上海市作家协会理事的他为人热情，肯帮助人，还介绍他的文友参加了嘉定文学协会。其实，嘉定文学协会是民间组织，是几位作家一起参与搭建的一个平台，一年出两期杂志，组织几次采风、雅集活动。但就是这样一个组织，宗旨是踏遍嘉定所有乡镇，采风名人古迹和与时俱进的城镇风貌，用三到五年时间宣传正能量。我写此文时，成立两年多的协会正是这样做的。

宇杨加入嘉定文学协会后，第一篇投稿就是介绍嘉定的文章《嘉定缘》，其中写道：

2000年后，我的兴趣开始转入研究文化。从家庭文化、校园文化、企业文化、地域文化到国家文化，都有涉猎探究。我发现每个人身上无不打上（无法抹去）的文化特质和文化烙印。

我的出生地在虹桥机场外围，机场北边是苏州河，西边是小涞江。解放初期行政管辖区以河流分界并延续至今。苏州河北归属嘉定江桥，小涞江西归青浦徐泾和松江九亭。我就在这样一块"三角地"上成长，从小沐浴"三地四方"文化熏陶，亲近"三角地带"风尚民风，骨子里流淌着诚朴厚道、勤劳俭约、扬善乐助、嫉恶感恩的血脉。

宇杨介绍了一位嘉定人许其英老师，还有一位是嘉定人储瑛娣。看到储瑛娣这个名字，我马上想到，这不是妻提到过的她单位的一个曾经的领导吗？哟，天地之小，小到茫茫人海中，能见到或听到一个熟悉的人的声音了，令人倍感亲切。

他在文中还说自己是一位"文学青年"，老后成为"文学老年"，退休之后更喜欢写作了，因此，有交文友的想法，而余志成老师正好帮了他的忙，所以，很自然地加入了嘉定文学协会，愿意和文友接触，和大伙儿一起交流。

于是，有了我们的认识。其时，宇杨出了一本书——《足迹悟道》，聚会时送了我一本。当然，我出版的几本书，如《人文春秋》《人文情思》等，也送了他作为交换。

二

《足迹悟道》是宇杨多年来写的一本散文随笔集，有读书札记和与亲朋好友往来的感想、感悟方面的记述等。他在代序中说人生有梦、生活有味，而自己的人生梦有很多，其中文学梦是最后一梦，而文学梦实际上是他追求理想、追求真理的一种精神寄托。

大多数人不能靠写作生存，年轻时有文学梦，但为生计，最终只能放弃。宇杨做过企业宣传和编辑，又在公司担责过技术与培训，有闲时他不忘操练，退休后更是当事业来操弄，加快写作步伐，终于写出很多优秀的作品，让人刮目相看并为他祝贺。

《足迹悟道》这本书，主要收录宇杨多年来写的文章，分为两辑，上辑"足迹留痕"，收有散文29篇；下辑"岁月寄情"，收有散文30篇。

在"足迹留痕"一辑中，收录了他的读书札记和游记等，我喜欢他写的《朝鲜游记》和《东瀛游记》等作品。《朝鲜游记》一文，写朝鲜人靠自力更生发展工农业和国防科技，虽然发展速度慢了些，但民生是有保障的。朝鲜人在上学、医疗、住房等方面全部由国家承担。这种体制下贫富差异不大，人民安居乐业，犯罪率也不高。他对朝鲜的旅游，等于是一次考察，见解非常独特，对没有去过朝鲜的中国人来说，总觉得很新鲜或很有趣。而《东瀛游记》一文，则写了他在日本游了几个地方和景点后的观感，他去了大阪、京都、名古屋、北海道、东京等地，了解了当地的民情风俗。他还写了他在日本儿子、儿媳接待他和他的朋友的故事。儿子自费赴日留学，最初很困难，一个人生活，后来在东京认识了女友，成家立业，创出了自己的一片天地。宇杨说很愧疚，在经济上也没有帮上儿子什么大忙。庆幸的是，他儿子找了个好媳妇，原籍是中国福建，从小跟母亲闯荡日本，自小独立勤劳，丝毫没有依赖性，小日子过得不错。他的游记和故事，娓娓道来，亲切感人。《嘉定缘》这篇文章，也收在这一辑里。

在"岁月寄情"一辑中，宇杨写了自己身边的亲朋好友，读来感人至深，如《与妻私语》《忆表哥》《父亲》《母亲与自行车》《怀念外婆》《怀念庆叔》《平民老俞不平凡》等，都是很有特色的作品。

读《母亲的自行车》一文，知道他母亲十八岁就学会骑自行车了，掐指一算，这辆车陪伴她整整四十多年。

儿女一个个长大成人，母亲一个个操办婚事，骑着自行车一件件、一次次把物品驮回家，像燕子衔窝，积少成多，最后风风光光娶嫁绝不亚于人家——母亲是个要面子的人，平时情愿自己节衣缩食，婚丧嫁娶的场面不会差。

读《怀念外婆》一文，说外婆虽然离世近四十年，但他心里一直装着外婆那温柔的形象："小矮个，瓜子脸，说话和声细语，步履蹒跚而坚实。"在他成长过程中有几段关于外婆的不可磨灭的记忆，总是挥之不去，他常常会想起外婆播撒的爱和真情。他把与外婆的往事一一列出。

在《最让我终生难忘的一件事》中，他写道：

当年我被大学录取，整理行装正准备离沪去外地报到，外婆颤颤巍巍偷偷塞给我 70 元钱——这是她一针一线日日夜夜纺纱织布积攒下来的全部积蓄！

他上学一个月伙食费才 13.5 元，70 元让他三年寒暑假探亲的路费都不用愁了，外婆真是把一颗心都掏给他了啊！文章的感人细节，这里就不一一介绍了。

记得 2020 年 7 月，他去了江西铜鼓，游历了毛泽东化险为夷的福地，瞻仰了毛泽东领导秋收起义的场地，写了一篇很有意义的红色游记，要我在微信公众号上发表。我认真阅读后，觉得他写了一篇很有教育意义的优秀作品，红色文化值得大写特写和大力传扬。这本书是 2020 年

9 月出版的，《铜鼓·秋收起义发生地》这篇文章，也收录进了书里。

三

宇杨，真名叫杨福琪，从小爱看鲁迅的书，喜欢文学。据他自己说，在军营里他意志、品格得到锤炼，在大学里受过人文熏陶，既做过宣传和编辑，又负责过技术与培训。工作之余，他喜欢看文、史、哲及人物传记等方面的书，作品散见于《中国电梯》《建筑世界》《新民晚报》《鹃城文艺》《文笔精华》，并著有《足迹悟道》一书。

《足迹悟道》这本书收集的文章时间跨度长达二十多年，横跨两个世纪。他曾做过宣传、做过编辑，写的文章不止这些，年轻时写过许多有关文学追梦的文章，但是他的第一本书没有收录年轻时的作品，所以说他收录文章是十分严格的。

"足迹悟道"书名，我初看时以为有一种说教的意思，看完以后才明白，"足迹"是对他和身边人的生活足迹的记录，"悟道"，则是他对生活的感悟。总体来说，这本书的"悟道"，写的是正道，也是这本书的主题。

2021 年 11 月 30 日

第三辑：

为书作序

两次征文的结晶

——《"震川论坛"征文作品选》序

2015 年下半年时，为研究地方历史名人，继承文化遗产，深入研究归有光先生曾在安亭生活、讲学和写作时所取得的成就，由安亭镇统战部、安亭镇商会、安亭震川中学、上海翥云艺术博物馆和安亭震川书院民间文学会等单位主办，围绕"归有光先生在安亭""归有光讲学安亭对嘉定的文化发展影响"等议题，在下半年组织举办了一次"震川论坛"征文。2018 年上半年起，在民间组织《西桥东亭》编辑部与花桥和安亭相关政府部门的支持下，再次组织"震川论坛"征文，并将第一、第二次征文的部分优秀作品在《西桥东亭》杂志上陆续发表，还推荐在安亭震川书院杂志和报纸上转载……近日，在安亭文体服务中心的支持下，终于结集成书了。

两次征文共收到全国各地寄来的参赛作品两百多篇，从中选择三十余篇，结集出版后与广大读者见面。结集作品的作者有大学教授、省市级以上作家、归有光先生研究者和原安亭震川中学的部分优秀学生，他们撰写的论文，让我们进一步认识了归有光先生，为了解归有光先生在安亭所取得的文学创作成就和影响，起到抛砖引玉的作用。

归有光先生是明朝中期杰出的文学家之一，一生著述繁富，涉及经史各部，但其主要成就，则是在散文创作上。他卜居安亭后，一面专心读书准备会试，一面开馆讲学，四方求学者，常数十百人，海内称震川先生。

据结集论文介绍，嘉靖二十年，先生只是卜居（择居）妻安亭王氏娘家，后因环境优美，"亦自爱其居闲靓，可以避俗嚣也"（见《世美堂后记》），便有"屏居（隐居）江海之滨"的想法。不久，又因帮妻舅偿还所欠官府税务而盘下王宅，五六年后王宅成为归氏财产，他便有了定居的想法，后人便称此处为"归太仆故居"。那么，先生在安亭到底住了多少年呢？据先生记述："嘉靖二十年，予卜居安亭。"至妻王氏死后三年，因"倭奴犯境"，为避居安亭，"遂居县城"。（见《世美堂后记》）后"辛酉（嘉靖四十年1561年）清明日，率子妇来省祭，留修圮坏，居久之不去"（见《世美堂后记》）。一直到嘉靖四十四年（1565），先生六十岁考中三甲进士后，才离开安亭，赴任浙江长兴县。这样算来，先生居住在安亭的实际时间，应该是前十三年（1541—1554）、后四年（1561—1565），至少有十七年之久。

归有光先生在安亭居住和讲学，嘉定文气大震，声名鹊起，近悦远来，人文蔚盛，历久不衰。安亭这一蕞尔之地，亦因此广为人知。钱谦益谓："嘉定为吴下邑，僻处东海，其地多老师宿儒，出于归太仆之门，传习其绪论。"《有学集·金尔宗诒翼堂诗草序》姚鼐谓其作品"元明两代除归氏外，别无他人"。阎百诗曰："隆庆以后，天下文章萃于嘉定，得有光之真传也。"（见光绪《嘉定县志》）钱谦益、姚鼐、阎百诗，皆当时大儒，其说有据，真实可信，归有光影响之大由此可见一斑。归先生为教化嘉定立下大功，更为安亭留下了宝贵的文化遗产和故居遗迹。

原沈阳大学校长、安亭震川中学学生李圣一教授在《忆震川 颂母校——为纪念安中180年华诞而作》文章中说：

> 走在绿树成荫、百花争艳、洁净整洁的校园内，看到活泼可爱、风华正茂的青少年同学朝气蓬勃、认真好学的景象，引起我思绪

万千，使人难忘的往事油然而生。

　　归有光先哲"以文载道，以教启智，以福维桑"的教育思想，在学校的教学实践中屡见光彩，老师们遵循传道、授业、解惑的精神，呕心沥血、诲人不倦地培养了数以万计热爱祖国、热爱人民、热爱科学的有文化的劳动者，毕业后在各条战线上发挥了积极的作用，其中不乏国家栋梁和英才。

　　归有光先生卜居安亭后，创作了大量诗文，总览《震川文集》，有不少文章是在安亭写就的。他的散文名篇《项脊轩志》，草拟于昆山，迁居安亭之后，精心构思，反复修改，使这篇散文代表作在安亭完成。同时，他先后写就了《思子亭记》《思美堂后记》等名篇，并以嘉定为背景，创作了一系列散文名篇，如《与嘉定诸友书》《偕老堂记》《张贞女狱事》《招张贞女辞》《菊窗记》《栎全轩记》《答唐虞伯书》《与李浩卿书》《畏垒亭记》及《朱肖卿墓志铭》《金君守斋墓志铭》等。这些作品，正如王爵锡在《太仆寺丞归公墓志铭》中所说："所为抒写怀抱之文，如清庙之瑟，一唱三叹，有感于人，而欢愉惨恻之思，溢于言语之外。"黄宗羲，这位明末清初的著名思想家，对明代散文的总体评价不高，但对归有光的散文评价不虚，他说："议者以震川为明文第一，似矣。"（见《明文案序》）。

　　归有光先生的散文"家龙门而户昌黎"（见钱谦益《新刊震川先生文集序》），博采唐宋诸家之长，继承唐宋古文传统，同时又在唐宋古文运动的基础上有所发展。他进一步扩大了散文的题材，把日常生活中的琐事、严肃的"载道"引至古文中来，使之更密切地和生活联系起来，情真意切，平易近人，给人以清新之感。他的一些叙述家庭琐事或亲旧生死聚散的短文，朴素简洁，悱恻动人，"使览者恻然有隐"。几百年来，人们读到归有光的《寒花葬志》《项脊轩志》《先妣事略》《亡儿孙圹志》《女二二圹志》《女如兰圹志》等文，无不为之感动。他的这些叙事散文，在当时一味摹古浮饰的散文园地中，就像一泓甘甜的泉水，沁人心脾，给人以美的享受，为散文的发展，开辟了一片新的天地。

归有光先生的散文，受当时最为活跃的小说影响，创作中掺杂有小说的笔法，如《项脊轩志》和《寒花葬志》等名篇，特别是对人物衣着、对话等细节的描写，较之以往的散文大大前进了一步。他一生多产，文章在内容和形式方面有自己的独到之处，其在文学史上的地位是不容忽视的，尤其是他的抒情散文，在史上备受众家关注。

归有光先生名扬海内，其散文继承欧阳修、曾巩的文风，记述家人之谊、朋友之情，感情真挚，神态生动，风韵悠远，连恃才傲物的徐文长对归有光也肃然起敬。

安亭震川书院名誉院长、安亭民俗文化研究会会长王元昌先生研究震川书院的建造过程，大意如下：据现存放在震川中学土山上一块碑记载，当年建造震川书院时有个名叫张鉴的捐银三千两，为个人捐资最多的一位。在《林则徐文集》中有篇《日记》，记载了林则徐赞赏张鉴的事。张鉴，字吟楼，号宝三，安亭塔庙村人，父母事农。宝三自幼经人介绍去苏州学过钱庄生意，业成返里。他平时为人好义尚气，而且口才甚佳，常为别人化解纠纷、解决矛盾，镇上发生难解之事，常找他帮忙解决，在镇上有一定声望。

道光五年，安亭镇上千年古寺菩提寺大修时，在大殿寺中发现一幅归有光先生的画像，张鉴得知后，即去菩提寺求见此像，寺中住持僧向他展示此像后，张鉴向住持僧提议，由他出资，在寺东侧空地上建房三间，供奉此画像，并题名"归公祠"。同时，他又在这里创办"会文所"，免费招揽周边文人学习交流，且免费提供饭食，对学习好、经常来的文人，还出资给予奖励。这一义举，惊动了昆、青、嘉三县文人，文人们纷至沓来，一时这里文风大振。

一日宣宗皇帝（道光）下朝回到宫中，随手在书架上抽出一本书阅读，读着读着，被书中的文笔和内容打动，但不知此书是何人所作，将书翻到前面一看，原来是明时归有光所写，遂铭记在心。第二天早朝时，对江苏巡抚陶澍曰：你到江苏后，到昆山打听一下归有光后裔有没有从文的。陶澍领旨后，即去昆山。为纪念归氏，陶澍欲在昆山造座书院，以震川命名。正在踌躇不定时，陶澍手下一位官员前来拜谒，将张鉴在安亭菩提寺旁造归公祠，内供有光像并设会文所之事一一告知。陶澍听后，为之一振，旋在赴松江阅兵之时，坐船绕道去安亭，并在会文所召见张鉴。陶澍对他建归公祠、办会文所给予褒奖，同时准备在归公祠周围扩建书院，委托张鉴操办。之后陶澍写奏折给道光皇帝，帝欣然批准。书院由皇帝朱笔批建，恐仅此一例。

安亭民俗文化研究会会员徐保平先生介绍了他收藏这块震川诗碑的过程：

20世纪80年代初，我在安亭师范任教，闲暇时会在办公室外走廊与人聊天。某次偶然在走廊尽头的油印间门口发现一堆杂物，下面隐约有块石板，俯身摩挲，石板上隐约有文字。由于它年久结尘，加之光线昏暗，字迹模糊不清，油印间老师陈先礼见状，向我介绍了它的来历。原来此石是早几年学校翻修老屋筹建食堂时在老房子的墙基下挖出的，老陈见上有文字，认定它有一定价值，就将其搬至自己的工作地点，加以看护，以待有缘人。老陈向与我熟，知我对历史古物素有考据癖，遂决定割爱，由我对石碑进行保管、研究……

时至 2007 年年底，得知安亭中学（今震川中学）为筹划 180 周年校庆而征集史料的消息，我决定将保管了 20 多年的石碑献出，让其完璧归赵。遗憾的是，另一块碑至今未见，我期盼它能早日现身，兄弟聚首。

　　希望通过此书的刊印，对当地和周边地区的归有光研究者和读者留下一份十分珍贵的资料。
　　是为序。

2018 年 10 月初

文人的魅力

——《人文情缘》序

峻青在《秋色赋·傲霜篇》中说："古往今来，有多少文人雅士、英雄豪杰写下了无数赞美菊花的诗词和图画。"这里说的是诗人和书画家的魅力，当然，也包括散文作者和小说作者等各种类型的文人。

著名诗人、作家、评论家张修林在《谈文人》一文中对"文人"做如下定义：

> 并非写文章的人都算文人。文人是指人文方面的、有着创造性的、富含思想的文章写作者。严肃地从事哲学、文学、艺术以及一些具有文人情怀的社会科学的人，就是文人。或者说，文人是追求独立人格与独立价值，更多地描述、研究社会和人性的人。

各人对文人的定义不一样。我对文人的定义是：只要喜欢文学并喜爱文学创作的人，包括我所接触的文友，都是文人。当然，其中有做出成就的名人，也有不少普通文人。文学界有人提出，文人要有自己的操守，比如说文人不能将自己的情绪带入作品中，影响读者的判断等。其实，这是作者自己的事情，他或她想怎么做，由他或她自己决定，别人没有必要加以干涉。就是说，在法律范围内，各人做自己想做的事情，没有人有权利反对。

作品是写给人看的，喜欢的人多，说明它有它的价值。我愿以个人之笔，写出自己和别人都喜欢的文章，也想成为一个"文人"，体现文人的魅力和价值。

《人文情思》是《人文情缘》的姊妹篇，它将和后面续写的《人文情悟》，构成文人情怀三部曲。从理论上讲，这部散文随笔集收录了我近年来所写的六十余篇纪实文学、书评和序等散文随笔，蕴含着对周边生活中文人的一种认知和了解，更多的是对社会文人的细腻观察、探索和详尽描写，也有我对自己喜欢的书的阅读体会。再加上我个人专著和主编的文集以及为熟悉的作者的书所写之序，三方面的作品，汇集成这部文集。

此书分三辑，第一辑为"人文情缘"，第二辑为"读书感悟"，第三辑为"为书作序"。上面所说的三方面内容，分三个栏目各自成辑。这些带有纪实文学性质的作品，主要是我2016年至2019年间所写部分散文随笔，不包括千字以下的短文，将来会收录在《人文散记》中；游记将来会收录在《人文行旅》中；《人文情缘》中遗漏的几篇，也收录在此书中了，如《走进作家城堡》等。

在第一辑"人文情缘"中，一篇3000字左右的《佳作研讨求双赢》文章中，描绘了上海文化界近二十人在上海市作协青浦文学营活动的情况。那是在2016年9月29日上午，上海市部分作家、新闻界前辈近二十人，在上海市作协青浦文学营召开作家沈裕慎散文集《风荷忆情》作品研讨会，参加会议的有《文汇报》原总编辑吴振标先生，《青年报》原副总编辑吴纪椿先生，上海市作家协会会员季渺海、朱亚夫、金瑜、朱惜珍、郦帼瑛、郑自华、江妙春、陈柏有和我，以及上海新闻界高级编辑徐华泉、周稼骏等。沈裕慎先生的大作昨夜发给大家，有的提早拿到了，他们对沈裕慎先生的作品认真阅读，大加赞赏，充分肯定了作家作品的成功之处，并对作品进行了分析、研究和探讨。这种活动在文学营是第一次，组织者没有想到大家如此热情，对作品如此重视、如此认真。沈裕慎先生很受感动，在会上表示了衷心的谢意。

沈裕慎先生是上海知名作家，他的散文特别优秀，我认为《风荷忆情》中的作品，是他进入创作高峰期的标志。后来几年中，他陆续出版了《风荷忆往》《风荷忆旅》《风荷忆味》《风荷忆游》，而《风荷忆味》，则在今年获得上海市作协散文年度奖。而那时的《风荷忆情》，实际上没有参赛，如果参赛，获奖的可能性很大。

在《相约浦东》一文中，主要写浦东作家姚海洪所创作长篇小说"白龙港传奇"三部曲《风波》《风流》《风雨》，这洋洋洒洒150万字的作品在社会上引起广泛反响。当时，应潘颂德教授之邀，我为姚海洪的《风波》写了书评，就参加了这个会议。作者唐闻对这次会议进行了总体评价：

> 长篇小说"白龙港传奇"三部曲《风波》《风流》《风雨》洋洋洒洒150万字成功出版后，社会各界反响强烈，好评如潮，上海各大新闻媒体，像《解放日报》《文汇报》《新民晚报》《东方城乡报》《上海老年报》《劳动报》等报道了这一消息，其中《东南风》第六期以整期六个版面分别报道了新闻和名家叶辛、宗廷沼、潘颂德、朱超群、张国淼、李汝保等10多位作家、评论家、读者的点评和读后感，以配合5月16日举行姚海洪新书首发签名仪式。

后来，我为姚海洪这部长篇小说接连写了三篇书评，也就是说我为这位作家的三部曲完整地写了三篇书评。姚海洪七十多岁了，他厚积薄发，成为这几年上海作家的宠儿，不仅凭此书加入了上海市作协，而且领先于许多上海作家，加入了中国作协。

在《长兴岛之行》一文中，我原是奔着认识上海著名作家朱金晨先生的，没想到去后认识了许多作家和画家，特别是认识了中国作家协会会员、上海儿童研究推广协会会长张锦江教授，并在宾馆里商议改编由他主编的《中国红色经典绘本》。经过两年多的合作，于今年正式出版了一辑（十本）由张教授主编的绘本，其中两本是由我改编的，分别是《小英雄雨来》和《狱中的小萝卜头》，出版之后，在上海及全国著名的报纸及网络进行了大量宣传、报道，作品影响广泛、深远。

而《最美瞬间在庐山》一文，则写了在闻名遐迩的庐山著名天街名胜风景区牯岭镇庐山大厦四楼，召开了全国第一届"庐山杯""中国最美游记"征文庆典大会。丁一、沈裕慎、韩英、戴三星、陈启谦、赵日超、仲平、何兰青、胡耀辉、胡已雄和我等六十余位作家、名人汇聚颁奖典礼现场。在这次大会上，我的游记作品《游览天子山》在此次活动中获得唯一的特等奖。

最美游记！最美庐山！因"中国最美游记"第一届征文颁奖大会在闻名遐迩的庐山之巅召开，大家聚在了一起，尤其在那庄严挺拔、高高在上，具有民国风味的庐山大厦，当庆典隆重开始时，与会者心中是多么喜悦、多么激动、多么骄傲啊！这一切值得记忆，值得回味。最美瞬间，定格庐山，感恩庐山为我们留下永恒！

在《叶辛故乡考证和联系》一文中，写了考证叶辛故乡的过程，以及与叶辛认识和交往的经过。叶辛是中国著名作家，中国作家协会副主席，1977 年发表处女作《高高的苗岭》。根据长篇小说《蹉跎岁月》《家教》《孽债》，他本人改编了电视连续剧。他的电视剧文学本《风云际会宋耀如》荣获"金狮荣誉奖"。1985 年，他个人被评为全国优秀文艺工作者，并获得全国首届"五一劳动奖章"。我和叶老师在浦东书院镇叶辛文学馆交流时，了解到他已经出版了 140 余种个人书籍。

我和他能有这样的交往和交流，真是太幸运了！

在第二辑"读书感悟"中，第一篇是《绚丽华彩写散文》，写的是朱龙铭先生几年前送我的一本散文集《新城绚华》和书评。朱龙铭是一位奇人，一个"然"字，他研究一生，写出了《"然"字释义》系列六七本专著，已有200万字，还在不断增补，可以说，他是这方面的专家、学者。他只读过小学，自学成才，退休后仍有人不断请他工作，他一直工作到七十多岁。他迄今已写有1000余万字的文学作品，出版了三十多部个人专著。我们相识，则是在他送我此书的前几年，而这本书，是朱先生所送书中我最喜欢的一本书。我是朱先生的忠实读者，曾为他的书写过五六篇书评。

在《文学，筑就夫妻情深》一文中，写了胡永明、舒爱萍夫妇夫唱妇随的故事。前些年，我在百友作家沙龙中几次碰到他们俩，他们总是一起来，一起走。这次她为丈夫编著了一部诗书评论集——《启明星在闪耀：胡永明诗书评论集》，其中除了她自己的许多作品外，还录入了叶辛、吴欢章、刘希涛、孙琴安、潘颂德、曹正文、宋海年、陆新等上海市著名作家、评论家所写的诗书评论文章六十多篇，这些文章详细介绍了胡永明在几十年诗歌创作、诗歌理论和诗歌韵书研究中的成就，并进行了评价。胡永明除了出版有四部诗集外，还写了一部《诗歌创作手册》，创编了《通用规范汉字诗声韵》等。

《一本精致精美的书》是北京的作者玉儿送我的。玉儿住在北京，我住在上海，我们是通过网络认识的。2011年时，我在网易博客上写文章、发文章，并在博客圈里投稿，主要发中短篇小说、散文随笔和现代诗歌；玉儿有网易博客，也在博客圈里投稿，她主要发新诗和古典诗词。

我创建"网易精彩文学"博客圈后，她也加入这个圈子，并做圈子管理员。开始时，我在圈子里组织征文，直接把优秀作品放在圈子里进行表彰，她是参与者。接着，我在圈子里组织第一本收藏版纸书《改诗征稿集》，她积极参与（在阅读她的新书《旋律人生》时，我发现她收录了这首诗歌）。后来，我在圈子里组织征文出书，她支持我，也参与进来，并在我主编第一部短篇小说散文诗歌选集时发了几十首诗词，其中有现代新诗，也有古典诗词。于是，我们两个人的姓名就并列排在封面主编的位置上，那本书就是《当代文学作品选》。她送了我新书，我读后就写了这篇书评，收录在书中。

《儿童乐园结硕果》一文，则是读了赵丽宏的三部长篇儿童小说后写的一篇书评。在一次书友会活动中，金秋书友会执行会长周劲草先生送我两本由赵丽宏先生签名的书。周劲草是赵先生的书迷，每次知道赵先生出书，总要买一些书自己留念，并送人阅读和请写书评。他的书友会原有一份小报，可以发表书评。在书友会上，周先生说，赵先生是中国著名作家和诗人，他以前的名气，主要是在诗歌和散文方面，这次买到的赵先生两本书却都是长篇儿童小说，非常有特色，所以，他介绍给大家，希望大家认真阅读，并写出体会，他会安排发表在他今年组织的新创杂志书《红枫》上。会后不久，周先生又快递过来一部赵先生的儿童长篇小说，这样，每位书友会成员，都收到赵丽宏的三部儿童文学长篇小说。

赵丽宏先生 1952 年出生于上海崇明，是著名作家、散文家、诗人，全国政协委员、上海市人民政府参事、中国作家协会全委会委员、中国散文学会副会长、上海市作家协会副主席、《上海文学》杂志社社长，华东师范大学、交通大学兼职教授，1982 年毕业于华东师大中文系。

赵先生著有《珊瑚》《沉默的冬青》《抒情诗 151 首》等诗集，《生命草》《诗魂》《爱在人间》《岛人笔记》《人生韵味》《赵丽宏散文》

等散文集，《心画》《牛顿传》等及《赵丽宏自选集》(四卷)报告文学集，迄今计八十余部，多部作品被译成多种文字介绍到国外，部分作品被选入大学、中学、小学教材。他的不少作品曾获新时期全国优秀散文奖、首届冰心散文奖、上海文学艺术奖、2013年国际诗歌大奖——斯梅德雷沃城堡金钥匙等三十多种国内外奖项。

在去年普陀区作家协会成立大会上，赵先生作为上海市作家协会副主席，与上海市作家协会党组书记、上海市作家协会副主席王伟一起，被邀请来参加见证和祝贺。那次会议我也参加了，曾与两位领导做了简短的交流，本想与赵先生合个影，因为没有找到合适的拍摄人选，所以留下了一个遗憾。

对赵丽宏先生的三部签名书，我认真拜读，并写了这个书评。我与赵丽宏有过几次见面，但我虽有心，他却不一定认识我。后来，在上海市作协会员第五次会议间隙，看到赵先生和前秘书长臧建明坐在一起，我走过去请求合影，他同意了，说知道我，认识我，我有点受宠若惊。就这样，我们留下了一张珍贵的照片。

在第三辑"为书作序"中，有一篇文章叫《爱恨情仇悲与喜》，我通过微信认识的牛耕先生写了一部长篇小说，他请我帮忙写一篇序，我遂作此文。认识牛耕先生，是通过微信群。我是上海人，他是四川人，微信群是"海南之家"，而我们是有缘人啊！这缘分，是文缘，不出门，能与千里万里之外的人交流，仿佛人就在眼前，实在令人惊喜。

牛先生所写为一部长篇小说，讲了一个爱情故事，与时代紧密相连，因而也是社会故事。通过阅读，我们从中可以看到社会上的各类人。像李朝阳、陈红蕾这类人，是作者正面描写的人物，是善良的人；像杨兴智、郑如烟这类人，虽然是作者反面描写的对象，曾经做了一些恶事，但也不是真正的反面人物。人不是一成不变的，有一句话叫浪子回头金不换。在作品中，作恶的人后悔了，正在做好事设法弥补……当然，真正的恶人，是不一定会变得善良的。一部作品中，不一定非要展现敌对、极端的人物，事物的发展都有一个过程，作者把自己认知和理解的这一过程写给人看，读者可以自己分析，从而获得自己认可的东西。

《早春二月蜡梅香》一文，是为我与吴开楠一起主编的《文笔精华·第四届中国龙文学奖小说散文诗歌征文选集》而写的序。第四届中国龙文学奖，经过一段时间的沉默，也在去年底开始破土，突然间成立团队，要在微信公众号上进行征文。那时，我萌发这个想法，又逢上海市作协召开全体会员大会，遇到吴开楠，他说支持我。文友的支持增强了我的信心。当然，我的一批上海市作协朋友，如潘颂德、张斤夫、沈裕慎、周劲草等，他们也都支持我开展这项有意义的活动。而天使（作家俞娜华）担任此次出书活动的会长，更是让我离成功仅一步之遥。

最让我欣喜的是，在此之前女儿帮了我的大忙，她帮助我注册了一个微信公众号，取名"文笔精华"。现在，我有微信，又有微信群，还有美篇，更有公众号；原来用电脑上网，进入网易、新浪博客和博客圈以及 QQ 等，现在可以用手机，通过此类操作平台发表文友作品，凝聚一批文友。我们仿佛回到了博客时代，不仅可以在微信上发表作品，还可以与全国各地的文友进行交流。更重要的，我又可以组织征文和出书了。

遗憾的是，2019 年 3 月征文结束后就开始出版事宜，现在还在审核中，希望该书早日出版吧！

《谁是当代英雄》一文，是我为自己今年写就的一部中篇纪实文学作品《诞生》写的序。《诞生》是我用一个多月时间写的一部纪实文学初稿，已经在今年《西桥东亭》第三期和第四期上分上、下集发表。该文介绍了一个民间协会组织的诞生过程，为普通人树碑立传。凡为人民服务的人，我们都应大力称赞。雷锋是 20 世纪 50 年代为人民服务的典范，他虽然在年轻时就因公殉职，但他为老百姓所做的好事、他的光辉事迹，却影响着我们一代又一代人。伟大领袖毛泽东曾说：一个人做点好事并不难，难的是一辈子做好事。我《诞生》中的人和事，就发生在改革开放这个特定时期，社会发展快，变化大。该书反映的不过是社会中的一些"小人物"，可以说是不起眼的"小不点"，但他们做公益、做好事，获得了许多人的称赞，至少在中国万千城镇中的两个城镇——花桥、安亭两地政府的相关部门获得认可，并影响逐渐深远，不仅走出昆山与嘉定地区、江苏与上海，而且网络上有许多人都知道他们的事迹，知道在江苏的花桥、上海的安亭，有这样一个小小的、正在筹建中的民间组织，他们搞了许多公益活动，有一份《西桥东亭》杂志，努力宣传社会正能量，为普通人树碑立传，声名远扬……

本书是忠实的人文纪录，有深厚的生活气息，即使是书评或序，也用同样的思维，并力求把握好，因此，作品读来亲切感人，同时也有较强的文史价值，值得读者阅读和收藏。

我对为自己的个人专著或主编的文集写序情有独钟，我对朋友说，从现在起，一般不再请人写序，每一本自己的书，我一定要自己写一篇序，所以，这本书我又自己写序了。今天是 2019 年的 12 月 31 日，为此书写完序后，我心情非常好，因为，第二天新的一年又要开始了。

是为序。

2019 年 12 月 31 日

愿为嘉定文学作贡献

——《嘉定文学·创刊号》序

一

去年 11 月中旬筹备、12 月中旬成立嘉定文学协会，在微信公众号《文笔精华》微刊上发了几篇相关文章，可能惊动了嘉定文联相关领导，心田老师在微信上找我了解有关协会的情况。

我告诉心田老师，我们嘉定一批作家、诗人和文学爱好者，成立了一个民间团体，称嘉定文学协会，一年出版两期杂志式书籍。

我们这个民间团体的目标，是为嘉定日新月异的建设宣传正能量。协会将组织会员，用几年时间，走遍嘉定土地，挖掘嘉定历史、名胜古迹、名人，研究和书写嘉定新篇章；用三到五年时间，主编六到十本杂志书（即杂志累计做法，书的样式），为嘉定文学的八百余年丰厚历史和现代化建设成就留下浓墨重彩的一页。

在 2018 年上海书展上，我遇到上海市作协党组书记王伟，他问我是哪里人，我告诉他是嘉定人，于是，我们两人聊起嘉定，聊起地方作协。他说已经和嘉定政府有关部门联系过几次，希望当地成立作家协会，统一领导和管理，接受上海市作协和嘉定当地政府双重领导，但嘉定方面一直没有明确回复。嘉定没有成立作协，是上海各区中少数没有成立作协的区之一。据我所知，嘉定文联下有一个作协组，只是会员太少，不满二十人。在我与陶继明老师 2014 年加入上海市作协的时候，有人统计，具有嘉定户籍的上海市作协会员只有十四人。记得前两年普陀区作协成立时，曾邀请我参加盛会，那次会上，普陀区作协报告中上海市作协会员竟然有一百六十七人，其中还有不少是中国作协会员。

我住在嘉定的郊区安亭，五十岁待退休，还有十年正式退休，正在家里搞"专业"创作，也未出面与嘉定相关部门直接联系，所以，只与王伟聊了一些个人写作情况，我给了他一册由我主编的《西桥东亭》杂志，彩版的，很精美，由花桥政府部门出资印刷，每期两千本。王老师翻了一下，认为此杂志编辑、排版很好，表示一定会认真看。

我是嘉定人，也想为嘉定文学出些绵薄之力，于是，约几位曾经出生在嘉定或在嘉定地区工作过的上海市作协会员、文学爱好者，成立了这个民间团体，希望通过努力，为繁荣嘉定地区的文艺做出力所能及的贡献。为什么说是贡献？会员们都是文学爱好者，十分喜欢写作，政府出资，进行公益写作，宣传正能量，大家何乐而不为呢？

我曾为嘉定文学做过两件实实在在的事，一是写了一本传记文学作品，书名《古镇画魂》。作品主人公是嘉定地区的一位老画家，曾经的嘉定政协会员，民进上海市嘉定区委副主任。他的画作，已经达到一定的深度和高度，八十多岁的耄耋老人，精神焕发，身体健康，思维敏捷，还在不断地创作，不断在嘉定、太仓和昆山等地开个人画展，实在令人感动。他是陆俨少艺术院院长、嘉定区文联主席王漪的父亲王元昌。我在出书前采访王漪时，他表示，人家都说他的画好，说是青出于蓝而胜于蓝，实际上，他父亲的画他还没有超越。他画山水、画花鸟、画人物，是位综合型实力画家，画技炉火纯青。二是主编了一部文集——《散文大家归有光》。多年前，我们曾与安亭商会和统战部合作在全国网络上征文，后来又与花桥经济开发区文化交流促进会合作征文，总共收到作品200多篇，部分作品在《西桥东亭》《震川》等多部杂志和报纸上发表，最后，我精选30多篇文章结集出版。归有光是嘉定历史上的散文大家，如今嘉定成立了归有光研究会，出版了《震川》杂志，专门研究归有光，而我作为会员，2019年下半年新写的《归有光遗存考证》一文，不仅获得征文一等奖，还在杂志上给予发表。

　　大约三年前，我曾经与几位志同道合者一起申请成立"安亭震川书院"，在嘉定民政部门注册时，定名"嘉定文学院"，并确认安排了指导老师，后来因注册时需要挂靠，大股东在注资时反悔，没有成功。当时，我想把在全国网络上组织和主办了几年的"中国龙文学奖"改由注册成功的"嘉定文学院"主办，该奖至今办了四届，出版了四部文集，影响广泛而深远。此奖组织征文时，每次都有中国作家协会会员、二十多个各省市作家协会会员及网络写作高手参加，还有美国、英国、马来西亚、印度尼西亚、新加坡等世界华人参与。

　　目前成立的协会，如果没有当地政府背景，或挂靠或扶持，想一年后去嘉定民政局注册，将来可能定名"嘉定文学研究会"。协会能存活几时不重要，至少协会成立期间，能够留下几卷杂志，而且必将在嘉定这块土地上永存，我觉得这才是最有意义的事情。

二

　　这次协会的首任会长，我们推荐沈裕慎担任。沈老师是中共党员，1942年11月出生于嘉定安亭。他在北京、上海等全国各地的报纸、杂志上发表三百余万字作品，并在许多次征文中获奖，著有《信仰的追求》《紫气东来》《一页知春》《风荷记忆》《风荷随笔》《我的花溪情缘》《心在山水间》及近年力作《风荷忆情》《风荷忆往》《风荷忆旅》《风

荷忆味》《风荷忆游》等散文随笔集，其中《风荷忆味》获 2019 年度
上海市作协散文年度奖，是名副其实的获奖专业户。近年来，他在全国
各地征文中，获得一个又一个奖项，散文作品曾入选《中国当代文学作
品精选》《建国六十周年中国作家诗文大系》，当代作家经典丛书《中
国当代散文精选 280 篇》《中国当代散文作品选》《当代游记散文大典》
《中国散文大系》《全国作家散文精品集》及《中国当代作家代表作》
等书籍，具有比较高的知名度和影响力，系上海市作家协会会员、中国
散文家协会会员，现任《上海散文》总编辑。

协会顾问余志成，妻子是南翔人，他是嘉定人的女婿，是上海市作
家协会理事、美中文化协会副会长、上海《现代领导》杂志策划部主任、
首席记者，曾担任《建筑世界》《环球市场》杂志主编，作品散见于《人
民日报》《解放日报》《文汇报》《上海文学》以及美国、日本、新加
坡等地报刊，获《诗刊》《文学报》等全国性多种奖项，组诗《森林六
重奏》入选多部诗集并被上海市人民广播电台录制成光盘，著有诗集《黄
昏肖像》《散步森林》、报告文学集《领导者星路》等。他主编了美国
记者刘伟《我在美国当记者》、新加坡《联合早报》专栏作家凌雁《潇
洒走红尘》、著名书法家王宽鹏《一墨千颜》等六十多部著作。

协会副会长陈柏有是我的同乡，他出生于黄渡，比我大十一岁。我
俩同住在一条文化街上，相隔不远，却不认识。2014 年加入上海市作
协时，一条街上同时出现两位市作协会员，才有缘相识。从 2007 年起，
他先后出版诠释《山海经》的系列科幻神话电视连续剧剧本《我来了——
大禹破解亘古之谜环球历险记》和《你是谁——小禹探寻华夏档案环
球勘察记》、系列小说《另类》《光复》、故事剧本集《血战恐龙》、
散文随笔集《寸长尺短》等，总计 429 万字。2011 年 3 月起，他组织
上海百友文坛——百友作家沙龙，每月召开研讨会。2013 年 9 月起，

和文朋诗友自费出版季刊《浦江文学》，已累计出版26期，达830万字。

协会成立时，仅有三十余人，以后计划控制在五十人左右；若在民政局注册，则需要五十人以上。协会会员年龄最大的近九十岁，年轻的在三十岁左右。他们是嘉定文学的热心人，其中一部分是上海市作协会员，一部分是其他文学社或诗社的会员。大家雄心勃勃，都想写一批优秀的嘉定文学作品，其中包括小说、散文、诗歌和研究论文。文友们希望成立文学协会后，通过出版杂志、文集或专著，在嘉定留下足迹，并以老带小，努力培养新人，使之成为活跃在当地文坛的一支新军。

三

去年12月31日，上海市嘉定区文学艺术界联合会第三次代表大会召开。据介绍，嘉定区巡视员周金林等领导出席会议。大会听取了区文联第二届常委会所做《凝心聚力承前启后把嘉定建成文学艺术发展繁荣新高地》的工作报告。报告回顾总结了以前的工作，并对今后四年全区文学艺术工作进行了安排部署。今后四年，嘉定区文联将进一步加深对深化改革战略布局和思路举措的理解把握，明确改革的目标任务，进一步明晰深化改革的方法手段和实现路径，增强解放思想、主动作为、科学谋划、狠抓落实的思想自觉和行动自觉，形成区文联系统深化改革的浓厚氛围和整体合力。

大会审议并通过了修改后的《嘉定区文学艺术界联合会章程》，选举产生了区文联第三届委员会委员和第一届监事会监事。王漪连任新一届文联主席，周迎妍当选为执行主席。

周金林巡视员指出，紧跟国家前进的脚步、紧扣人民奋斗的脉搏，始终是嘉定文艺事业发展的鲜明主题和鲜亮底色，嘉定文联要坚持以习近平新时代中国特色社会主义思想为指导，增强"四个意识"，坚定"四个自信"，始终坚持以人民为中心的创作导向，要进一步增强实现中华民族伟大复兴的文化自觉；要进一步提升嘉定城市品牌的文化塑造；要进一步筑牢以文化小康助力全面小康的文化根基，为奋力创造新时代嘉定改革发展新奇迹提供强有力的思想保证、精神动力和智力支持。

我们协会的成立，是否可以借区文联召开会议的东风，跟进政府步伐，获得政府有关部门的支持？当然，写作是我们的兴趣和爱好，自己做的事情自然应该自负责任。

我们成立嘉定文学协会这样一个民间团体，是让所有的会员在写作上大显身手，在嘉定这块土地上留下些永远值得纪念的文字。

既然嘉定文联领导知道我们的协会成立了，我们也很想了解领导有什么想法，对协会有些什么指示？

今年1月15日，协会文学顾问王元昌在昆山玉山美术馆举办个人画展，诚邀我作为协会代表参加开幕式。嘉定区文联主席王漪也来了，我们聊起嘉定文学协会成立的事，王主席说嘉定文学协会可以成为嘉定文联下的一个团体会员，不用注册，到嘉定民政局登记一下就可以了。是吗，这么简单？若能成为区文联下的一个团体会员，倒是一件好事啊！我表示，过了春节，到民政局去联系登记的事，若行，到时找文联确认。

没想到，春节期间，新冠疫情爆发，事情拖了下来，但是，协会成立至今，已经在协会微信群里组织过三次征文，即"协会诞生征文""嘉定文学征文"和"抗击疫情征文"，收到散文和诗歌类作品两百五十多篇，有些作品已在我主编的微信公众号《文笔精华》微刊上发表。

　　三个征文，会员和友情作者投稿的作品足够出版一期杂志了，于是，我们先组织出版了第一卷《嘉定文学》杂志。

　　是为序。

2020 年 2 月 28 日

枫之叶的诗

——《枫叶之歌》序

没有见姚丹之前，他在网上以"枫之叶"的笔名发表过一些现代诗歌。我是微信公众号《文笔精华》微刊的主编，在微刊上也曾发过他的几首小诗。

四年前，我所住地方的花桥和安亭地区，筹备成立一个专做公益的民间协会，其中编有一份杂志。两年后主编回内蒙古老家工作，诚邀我接任主编至今。编委唐友明，住嘉定新城，认识姚丹，把作品介绍到我们微信协会群里，我才有机会了解枫之叶诗歌。

姚丹，笔名枫之叶，1962 年 12 月出生，上海市嘉定区人，喜欢诗歌创作，所写诗歌主要以现代诗为主，写有数百首现代诗歌、诗词和随笔等，分别在网络平台和部分杂志上发表。同时，他还喜欢书法，而这和爱好文学是相通的……

去年底，我们一批志趣相投的文友，成立了嘉定文学协会，专写嘉定，他知道了，也希望加入。于是，我与他进一步熟悉了。在今年初我们组织一次文友聚会，请陶继明、朱龙铭、赖云青、范长江等嘉定地方志专家、作家和书画家等朋友小聚，诚邀他一起参加。有趣的是，这个活动，时间上是特地为陶继明老师约的，其他人接通知后都到了，他却因事没有来，留下一个小小的遗憾。

今年初《西桥东亭》文化促进会（筹）（成立时取名昆山市花桥经济开发区文化交流促进会）年会联欢会上，我邀姚丹、林建明等几位嘉定文学协会的会员参与，把最新《西桥东亭》一期杂志和我传记体写作谈新书《人文春秋》，以及老乡柏有兄的一部影视剧本集《血战恐龙》送给他们。聊起今年我要出版一本散文随笔集新书《人文情思》，林建明和姚丹表示他们也想各出一本，于是，我推荐上海市作协下属单位组织，一人出一本，他们欣然同意。我请他们回去准备，出书有一个过程，申请通过后要及时拿出材料，否则，申请的人多，会被推后的。

春节期间，正值疫情爆发，我请两位在这期间做好出书资料的准备工作，经微信联系，姚丹发我两个美篇，他说自己不会操作，主要作品都在美篇上了，请我帮助复制和排版，并做目录，看够不够出一本书。我打开美篇数了数，诗文总有一百二十三篇，以现代诗为主，但大都不长，若要印刷，一本4印张到6印张的小册子，配上些照片，应该是没问题的。问姚丹有没有请人写序，他回复没有，我想了想，决定抽空帮他写一篇，以让组织者了解该书内容，并让这本诗集充实完整。

姚丹两个美篇上的作品，一个长些，一个短些，原来想分为两辑，后来仔细阅读后发现第一个美篇可以一分为二，加上第二个美篇，就可以分为三辑了。后来又发现里面有几篇随笔，可以说是散文诗，抽出来，加上两首词，也可合成一辑，这样就成四辑了。初编后，看起来一辑又一辑的，倒也像模像样。于是，我将每辑中写得比较好又符合做辑标题的取出作为每辑的标题了：第一辑，无声的爱；第二辑，笔墨留香；第三辑，情系大地；第四辑，岁月如歌。

姚丹美篇第一篇中，原来有个题目，称"枫之叶诗文选"，我对他说，可以暂定为书名，以后有了好的再改，他同意了。在整理诗稿时，又觉得此书名可以换成更雅致些的，后来想了好几个名字，最后认为"枫叶之歌"作为书名比较好，一是作者枫之叶笔名，抽掉了中间一个字，照样可表达出笔名的意思；二是改为"枫叶之歌"比较雅致和有诗意。

枫叶，是枫树的叶子，在春夏时节是绿色，到秋天由于叶绿素减少、类胡萝卜素增多，导致枫叶呈橙黄色或红色，非常具有观赏价值。自古以来，我国的文人学士、骚人墨客，便对枫树的秋叶十分青睐，吟咏描绘之诗文屡见不鲜。枫叶，亦泛指秋后变红的其他植物的叶子，常被诗人们用于形容秋色。网上查资料，枫叶的含义有很多，如：

枫叶在人们心目中是一种精神象征。由于枫叶的非凡性，人们常用它来象征坚毅。

枫叶还象征着对往事的回忆、人生的沉淀、情感的永恒及岁月的轮回，对昔日的伊人的眷恋……

作者将自己的笔名取为"枫之叶"，自然是因为喜欢。后经姚丹同意，书名就定为"枫叶之歌"了。

关于姚丹的诗，在第一辑"无声的爱"中，收录了四十首诗歌，其中一首《心湖》，写出了作者对文字的敬仰，仿佛沉醉在文字的心湖里：

轻轻地敲开文字的窗棂

静静地欣赏着唐风宋韵

这淡淡的墨香

点缀着生命的湛蓝

荡漾在文字的心湖里

跨越千年

从远古走来

甲骨上的笔画写满沧桑

金、篆、隶、楷、行、草书

书写着一个民族的兴盛史

从文字的演变里

展现着中华民族

上下五千年的

璀璨文明与文化传承

也写尽人世间的

悲欢离合

碧波荡漾

清荷飘香

几许宁静

几许清欢

另外有许多好的作品，如《秋天里的童话》《宣纸》《多情江南》《假如时光倒流》《无声的爱》等，都是比较优秀的诗歌，读起来简洁清新，朗朗上口，又有意境。

在第二辑"笔墨留香"中，收录诗歌三十八首，其中第一首《牵手》，是情诗，让人感觉轻松、欢快和幸福，一共有五段，下面是其中的一段：

好想

好想牵着你的手

就这样默默地

走下去

走过每一个日日月月

春夏秋冬

《在路上》《思念》《笔墨留香》《祝自己生日快乐》《缘》等诗歌，也是现实中比较富有生活意义的作品。

在第三辑"情系大地"中，他写了《南山颂》，是关于今年初新冠疫情在武汉爆发后，影响全国，他用一首七言小诗，歌颂钟南山院士出征战疫情况的：

庚子病毒肆虐纵，

南山坐镇扫瘟神。

良医无悔倾博爱，

唯愿红尘少泪痕。

《光辉岁月——庆祝中华人民共和国成立70周年》一诗中，他回顾在中国共产党领导下的社会生活：

寒雨冰风

冻不垮党为国家民族搭建的血脉桥梁

一带一路奔小康

三峡大坝揽洪峰

世界屋脊卧巨龙中国天眼显神威

我们共同见证着一个又一个奇迹的诞生与辉煌

总的说来，此诗集虽然不厚，收录作品仅 123 篇，但其中优秀的诗歌和作品占比很大，诗歌文笔优美，富于形象思维，写诗范围涉及对男女爱情生活的向往和追求，有对人们日常生活的理解和赞美，有对四季风景的欣赏和描绘，有对人们尊老爱幼的敬重和表达，有对社会正能量的颂扬和反映……可以说，每首诗和作品，都能以小见大，思路清晰完整，让人窥一斑而知全貌，值得读者欣赏、阅读和珍藏。

当然，文字到此，分析诗集作者的作品不多，还需继续努力地写。好作品，是在不断努力中创作出来的，作者在提高作品数量的同时，更要不断提高作品的质量，因为，要想使"优秀诗人"的称号名副其实，还有相当的路要走。

奋勇直追吧！

是为序。

2020 年 3 月 15 日

人生情和趣

——《小鱼逸趣》序

一

认识施永培，与去年应叶振环之邀到崇明聚会有关——文友叶振环约我组织一批上海作家到他家乡观光游，去后，他和同乡好友施永培一起接待我们。他们的热情、好客和真诚，感动了我们参加聚会的人，为此，我写了《盛情聚会在崇明》一文，发表在《西桥东亭》杂志和微信公众号《文笔精华》微刊等上，作为对我们这次聚会的纪念。

此后我和施永培他们成为朋友，在我组织的中国现代作家协会会员发展和征文出书中，叶、施两人积极响应并参加。两位为中国现代作家协会会员，在征文出版的《中国作家文学作品选》一书中我选发了他们的作品。后来，我们的交往就多了。在我主编的《西桥东亭》杂志上、在沈裕慎创办的《上海散文》杂志上，都发表过施永培的作品。叶振环和施永培在上海市区都有住房，我们又聚过几次会。去年第四季度《上海散文》杂志第四期出版分享会上我们见过；还有一次是施永培加入上海市作家协会后我们为他祝贺，他一定要请我们吃午餐。

去年我出版了一部自传体写作谈《人文春秋》新书，送过施永培一本，他竟然写了书评，不仅在我主编的微信公众号《文笔精华》微刊上发了，还在《嘉定文学》杂志创刊号上发表。

施永培写了三本书，前两本我没有看过，但他的有些作品陆续发表在《西桥东亭》杂志、《上海散文》杂志和《文笔精华》微刊电子版上，因而我对前两部书稿有所了解。而第三部书稿，他在前些天发给我，请我为他写一篇序，我答应了。

二

施永培把《小鱼逸趣》书稿发我后，我陆续看了两遍。此书收录散文随笔八十多篇，大多是生活随笔。作者以清新隽永的笔法、真挚饱满的情怀、知足常乐的心态叙事状物，感悟平凡人生的意义。作者热爱生活，对家乡的一草一木、生活中的家庭琐事（包括旅游），都下笔描写，写出一个又一个生动有趣的故事。他笔下的事物趣味盎然，动物活泼可爱有灵性，植物生机勃发有内涵，人物淳朴善良有光亮。应该说，是部非常接地气，有爱国情怀、有生活情趣、有文学情思的散文作品集。作品行文潇洒，风格朴实，很富有哲理，是一部值得阅读和收藏的文学作品。

全书分"悠然笔趣""蔬菜雅韵""乡村茶坊"和"亲情如水"四辑。第一辑，想到哪儿写到哪儿；第二辑，对果蔬植物进行仔细观察和描述；第三辑，写乡村中有茶坊，写喜欢的人聚在一起喝茶，想到啥就说啥，当然，内容都是正能量的；第四辑，写亲人，写熟悉的朋友。四辑作品，累计在 18 万字上下。

《让人费猜的一对鸟儿》，是八十多篇文章中的一篇，作者通过对自家房间窗户下的一对"野鸽子"进行观察，发现了有趣的故事：

在窗口外原挂窗式空调外机的三角铁框架上，利用两根相距较近的横杆中间的小木板，筑起了一个很是粗糙的鸟巢，且此时正围着鸟巢，边"别咕咕""别咕咕"地呼唤着边嬉戏着、欢闹着、追逐着，好像情侣间的打情骂俏，让人不忍多看多待会儿，唯恐打破或影响了鸟儿那甜蜜的氛围。

一次去大理旅游，夜观洱河抄泥鳅，他用文字细心地描绘了这一场景：

> 见到人们不用诱饵，只借助灯光，用网抄就能抄到晚上在河边水草旁嬉戏玩耍或觅食的泥鳅。要不是亲眼看见，还真让人难以置信。

在《瓜荚绿蔬亦有趣》一文中，他说：

> 曾记得，那阵在农村劳动时，是寸土不荒的啊，无论生产队集体耕地还是农户的自留地，都被茌茌作物填得满满当当。
>
> 每家农户，除了种好自留地之外，对于自家的宅前屋后等，但凡可以利用的地方，哪怕角角落落，从不荒着空着，都要种上一些瓜荚绿蔬，这样既可丰富自己的菜篮子，又可增加绿色美景。

土生土长的作者对乡村农作物非常了解，一口气能说出几十种果蔬：

> 瓜类有黄瓜、冬瓜、南瓜、金瓜、丝瓜、苦瓜、生瓜，荚类有白扁豆、红扁豆、蚕豆、毛豆、绿豆、赤豆、豇豆，果类有茄子、菜椒、番茄、茭白，长在地面下的块茎类有芋艿、香芋、蕃芋、山药、土豆、花生、白萝卜、胡萝卜、大头菜，菜蔬类有菜秧、小青菜、雄菜、大白菜、卷心菜、生菜、芹菜、菠菜、韭菜、花菜、塔棵菜、

皱眉头乌松菜,雪里蕻、大蒜等,还会在屋角种点小葱、辣椒、生姜等。

施永培的作品,大都短小精悍,有情有趣。这里就不一一介绍了,读者自己去品读,才更能加深体会。

三

施永培1957年10月出生于上海市崇明岛,与我同岁,但他比我小两个月。他从小生活在农村,是位天资聪颖之人,在当地务过农,在学校担任过老师和校长,后来考上公务员,公职在上海市区,退休后在市区和家乡两地生活。

他喜欢写作,自娱自乐写散文,作品散见于《新民晚报》《珠江晚报》《东方城乡报》《崇明报》及《崇明档案》《春蚕》《上海散文》《作家文学》等报刊,还有作品入选《中国作家文学作品选》。他是上海市作家协会、中国散文学会、中国现代作家协会、崇明作家协会、崇明文史研究会会员,已在光明日报出版社出版散文集《小鱼闲情》《小鱼游踪》两部。

《小鱼逸趣》是"小鱼系列"的第三部,他在自己的代序《忙碌的寻趣人》中说自己原来打算退休后去读老年大学,后来几经周折,想了很多,觉得自己还是喜欢写作:"忽然发觉,在家看书习作也是一大乐事、趣事,还被人认为是件高雅的事。"于是,他不断地创作,竟然写出那么多生动有趣、朴实精彩的故事,并"成名成家"了。

施永培在写类似"小家碧玉"式文章方面尤其擅长,颇具味道,我个人觉得他还可以拓展思路,写出更多更美的"大家闺秀"式优秀散文来。创新,是写作的一条宽广之路。

在祝贺施永培新书出版的同时，也算完成了他交给我的一项任务。
是为序。

2020 年 4 月 8 日

打拼者之歌

——《走出村庄的人》序

一

4月12日下午，嘉定文学协会召开《嘉定文学》第一卷杂志书出版分享会，林建明作为协会散文委员会的副主任，也参加了会议。我们约好在花桥的《西桥东亭》杂志办公室聚会，林建明早到，他与我商议，希望我为他的书稿写一篇序。大家都是一个协会中的文友，他又是我介绍的，我们俩较熟，我就欣然答应了他。

今年春节以来，疫情爆发，我一直宅在家里，没有外出活动过。这是协会第一次活动，参与者都很开心。今年初至今，我在网络上组织了几次征文，主编了2020年《西桥东亭》第一期、《嘉定文学》第一卷，也为两本杂志写了序；为枫之叶新著《枫叶之歌》和施永培新著《小鱼逸趣》写了序；自己的一部散文随笔集《人文情思》今年内要出版，也写了序。因此，虽然疫情期间不出门，却一直在忙碌着。接着，要为《西桥东亭》杂志第二期组稿，协会近来没有搞过活动，稿源内容没有着落，我有些伤脑筋。《嘉定文学》第二卷下半年出版，也要准备征文和采风活动了。愿疫情早日结束，我们好赶快着手，一步一步把事情做好。

近日，除了林建明的书序外，还有一位刚在《文笔精华》微刊上连载三十一集的《武汉记忆》一书作者殷博义先生，他请我为他的《武汉记忆》写一篇序。我这人热心，不愿拒绝别人，来者一一满足，就把写序算成是一次又一次的勤奋练笔吧。

回到家里，晚上抽空看了一遍林建明在微信上发过来的书稿，是散文随笔集《走出村庄的人》，其中有一部分作品是早先读过的。我是2018年上半年接手《西桥东亭》杂志主编工作的，大约出版两期后，那年年底，收到一篇写安亭向阳村的文章，写得可以，准备录用，但我以为作者是安亭人，出版后的杂志他自己会在向阳村发放点去拿，所以一直没有通知他到办公室来取。2019年至今，他陆续发我一些稿件，大都是乡村散文或随笔，文笔比较优美，那时，我刚在网络上申请微信公众号《文笔精华》微刊，每天往上发作品，他的有些作品自然也在微刊上发表。彼此邮件交流多了，慢慢在网络上熟悉起来。

有一天，我在《西桥东亭》杂志上发了一篇林建明的散文，又推荐了一篇他的散文发在沈裕慎担任总编辑的《上海散文》杂志上，等两个杂志都出版后，请他到《西桥东亭》杂志办公室来取样刊。约好了日期，第一次就这样见面了。他是开着车来的，说现在住青浦华新，是搞建筑和装潢的老板，安亭向阳村是他接到的活，要建农村别墅。我问他向阳的活做得怎样，他回答还好，做了一单又一单，已经做出名气来了。他在多地有生意，除了来安亭接单和检查质量外，自己多地跑，虽说生意不大，但也搞得红红火火的，小日子过得还可以。交往中，知道他子女都在上海读书和工作，结婚时为孩子们在上海买了房子和车子。他二十多岁到上海来打拼，已经三十多年过去，现在是五十多岁的人了，已经有第三代了。他从安徽农村出来，不仅创出了自己的天地，还热爱写作、喜欢写作，日积月累，写出一篇又一篇怀念故乡的山水、花草、植物和人生的散文随笔。这些散文，既是一代人的回忆，也是一代人的留念，又是一代人的传承，值得喜欢和珍藏。现在他要出书了，取名为《走出村庄的人》。

去年底嘉定文学协会召开筹备成立会时，林建明作为第一批协会会员参加了活动，并成为协会理事及散文委员会副主任。

二

年初花桥经济开发区文化交流促进会召开年会，我邀请林建明参加。见面时，我们聊天写作，聊到今年我要出版一部新书，他表示也想出一部散文随笔集。我惊喜之极，介绍他参加上海市作协下属部门主编的丛书出版，由上海文艺出版社出版。他说太好了，于是整理出了这部《走出村庄的人》。

此书分为四卷，收集了六十五篇散文随笔，大约有13万字，内容分四大类，一是写农村的花，如《灰白色的芦苇花》《蔷薇花开》《六月，牵牛花开》等；二是写农村家常菜，如《母亲的擀面汤》《萝卜，白菜》《山芹菜》等；三是写生活在农村的那些人，如《我的小脚奶奶》《想起同龄的大勇子》《宝丽结婚了》等；四是写发生在农村的事，如《儿时记忆——洗冷水澡》《老屋的记忆》《一样的清明，不一样的思念》等。

在卷一第一篇《我那遥远的程家墩》一文里，他写了故乡的故事，他在那里出生，在那里生活，在那里成长，其中有一段描写是这样的：

在我出世的那天，作为村里唯一一个接生婆的奶奶忙得小脚不沾地，母亲躺在床上手拍床沿疼痛难忍，一旁的奶奶又被前面村里的一户人家硬生生地搜去。那家的女人是头胎，男人生性胆小，没见过这架势，又护着自己的女人，见奶奶为难的样子恨不能跪下来。在女人呼天抢地的哭喊声里，奶奶终于撕了块残阳包裹了新生的婴儿，孩子"哇哇"的哭声扯弯了草屋上的炊烟。但奶奶来不及喝上主人递上冒着热气的糖蛋，慌慌张张地赶回家。

他是这个家里的老二，在家乡住了二十多年，后来外出打工了，但家乡永远是值得回忆的。他在文章中说：

在游子的心底，不进村也知道自家房子挨着的是哪家，哪条路有坑有洼、哪条路平坦，哪条河大、哪条沟小，树大树小、林密林疏，甚至哪里有草堆、乱石、菜园、果树。自幼生活在村庄里，打蝉的壳，捡拾鸡猪的粪便，村庄的每一个角落里都留下过我们无虑的足迹。更没有一个人会迷失回家的路，即便是黑漆漆的夜里，村庄也有一盏无形的灯在指引着我们前行，一缕光在温暖着我们的心灵。

《蔷薇花开》是一篇写得非常优美的散文，我非常喜欢，文中有这样一段描写，把蔷薇花从外表到内在都写得非常生动、形象和实在，并拟人化了：

野蔷薇像玫瑰，但终究成不了玫瑰，它有杆却无法高大挺拔，有花并不艳丽，成不了摆设，上不了厅堂；有藤却不依附于他物，它生有利刺，却不是为了示威、逞强，只为默默地保护着自己瘦弱的身体不被欺凌。它静静地守卫住自己的一方天地，哪怕极小，小得只容得下插足的地方，汲取一些有限的养分，努力地向四周扩张，生枝散叶。

《野草》一文中，林建明回忆少时辰光：

童年时光，为了完成母亲"一篮子"猪菜的重任，我总是不问青红皂白，见到嫩绿的、青的便搜到篮子里。母亲洗完菜、喂完猪，篮子底下还会"沾"着些菜、草，她告诉我：菜，有茎有秆，叶子是圆的，或者像圆的；草，是有藤的，叶子细长。人吃菜，猪也吃菜，牛吃草。

　　他写的散文，大都有一个故事依托，所以读起来比一般散文随笔类作品生动有趣得多。《白花花的粥，黄灿灿的糊》一文，是我为林建明在《西桥东亭》杂志上发的第一篇作品，文中这样写道：

　　糊不能搞得太稠太薄，盛满一碗手托着碗底，口贴着碗边稍稍用力，糊就吸到嘴里，心里即刻就暖暖的。如果觉得味淡，餐桌上有的是腌萝卜、咸白菜相佐，倘若再炒一碗蒜叶萝卜丝，那就是美味了，吃得嘴角上沾着的糊抠也抠不干净。到深秋时母亲将山芋去掉皮切成片，掺入锅里，甜甜的、香香的，我总是吃得肚皮胀胀的。

　　小时候填饱肚皮的糊和粥，到了上海工作后，却觉得不那么好吃了：

　　江南之行养娇了我的胃，回家时它便对老米粥产生了抵制情绪。每每端起碗脑子里便是亮晶晶的饭粒，粥就喝不下去，似乎有清水从胃里泛出，我便扔下碗筷上学去了。父亲又怜又气，就在后面骂我，说这里几代人都这么过下来的，到你头上怎么就受不了了？隔壁的大爷也咬着牙说我，有粥不吃，饿上三天让你去喝风。但我的"绝食"终于还是软化了母亲，每顿她都给我煴半茶缸米饭——虽然是糙米。

《我的小脚奶奶》一文中，写了他的奶奶和爷爷的故事，说是散文，其实是一篇写实文学作品：

　　我印象中从没看到过、也没听说过奶奶和别人发生过争吵，她的脸上总是挂着笑容，清苦的日子从不显露在她的脸上。看她和西边的小太太（宗族女长辈）聊天我总感觉是种享受，虽然我听不懂她俩在说些什么。小太太喜怒哀乐都在她那根拐杖上显示出来，而奶奶则表现在那张布满皱纹的脸上。

　　爷爷生前任新四军桐城东乡青山税务局局长，在受命去为新四军总部移交税款的途中遇害。在那个每天都死伤无数人的战争年代，死一个人是件再平常不过的事情，而对于我家，无异于倒了一座山，于奶奶则是大地失去了太阳。

每一篇文章，大都有一个美好的故事穿针引线，读来引人入胜。这里仅举几个片段，以激起大家对书中细腻文字阅读的兴趣。

三

　　此书的作品，是林建明从最近三年来写的两百多篇散文随笔中精心挑选出来的，是作者自 1990 年离开家乡外出打工后的内心独白，语言质朴，文笔流畅，叙述生动，文中饱含着思乡之情，对家乡的风俗、风情的回顾，是作者对乡村改革后发展的细腻观察和探索。

　　本书写人言物，属写实创作，涉及的人和事都曾生活在现实中的村庄，有浓厚的生活气息，读来自然、亲切、感人。

　　这些作品，林建明曾经用笔名"愚人"，在《光明日报》《长白山日报》《铜陵日报》《池州报》《德州晚报》《枞阳杂志》刊物及安徽省内外及多家微信平台发表。他是安徽省散文、随笔学会会员，铜陵市作家协会会员，现在长期住在上海，当然也写了许多关于上海的作品。

他是安徽铜陵老洲镇人，现定居上海青浦。早年生活在家乡二十多年，是家乡的山水养育了他，他永远不会忘怀，安徽是他的根。虽是新上海人，林建明已经在上海打拼和生活了三十多年，连自己的子女也在上海生根、工作并成家立业。他从事建筑装修行业，业余时间爱文学、爱读书、爱码字。他书中的作品，都是家乡人、家乡事、家乡的花草树木，乡土气息浓郁，读后令人感动。

愿他下一本书，地域宽广一些，写一本在上海打拼和生活的书，这样就可以形成姊妹篇了。不再赘述。

是为序。

2020 年 4 月 20 日

从记忆中戏说人生
——《武汉记忆》序

一

春节期间，大家响应政府号召，都宅在家里，也算是为抗击新冠肺炎疫情作贡献了。因为带外孙女的缘故，微信公众号《文笔精华》微刊停了些日子，后来，微刊上只发抗击疫情的文章，连续发了38期专辑。作者殷博义先生经常投稿，有时在微信上与我聊天，问网络平台上正常发表作品时是否可发他的一个连载，如果每天发一篇，他就每天写一篇。我回答可以。

殷先生写小说、写散文，也写诗歌，是综合型的文学作者，与我的写作有些相近。在微信聊天时，他说年轻时就喜爱文学，现在退休在家，开始追梦了，因此，他不断发作品给我，希望在微刊上发表。

殷先生1950年11月出生在上海，1969年时下乡到黑龙江襄河农场，大学文化水平。他先后在伊春、哈尔滨、石狮、燕郊、上海、成都等地工作，担任过一家大型企业的总工程师、副厂长职务，曾荣获"祖国优秀边陲儿女"奖，并有专著问世。其文艺类作品有小说《穿越雪谷》《我的芳华》《山西行》《飘落的枫叶》；散文与诗集有《竹风》《江南吟》《远方》《松花江之恋》，杂文有《我找到北了》等，累计有五十余部作品。数量之多，由此可见一斑。

其实，我与殷先生在微信上认识，是我的上海文友、海派文学知名作家董鸣亭介绍的。她在去年年底的时候，在我微信上发了一个消息，说有一位作者要投稿，就介绍到你的《文笔精华》微刊上了，并说作者文笔很好，拜托了。于是，我与殷先生开始在微信上联系，他一直有作品在平台上发表。后来熟悉了，他表示要请我和董鸣亭吃饭，认识和感谢一下，我说不必客气。后来他又约我，我说等有机会再碰面吧。由于种种原因，至今我们未见过面。在我组织抗击疫情诗文征文时，他有一首诗《视频里的告别》写得很好；我组织主编《嘉定文学》杂志征文时，他又写了两组不错的诗歌，一组是《嘉定七镇》，另一组是《吟诗嘉定》。于是，在出版《嘉定文学》第一卷杂志书时，他的一首抗击疫情诗和两组嘉定文学征文诗歌被录入其中。

殷先生的纪实连载《武汉记忆》，写他与武汉一段挥之不去的情缘，是一部带有传记色彩的纪实作品集。大约从3月初开始的，他告诉我说准备写二十篇，后来一边发一边写，到连载结束，竟然有三十一篇。因为是纪实文学作品，其中的人大都是他熟悉的同事和朋友，包括亲人。亲朋好友看到有描写自己的作品发表，自然十分高兴，这更激起了他的创作兴趣。经过了几十部作品的积淀，他的写作水准越来越高，已经到了炉火纯青的地步，连载结束前，他微信与我商量，说此书准备出版，请我写个序。我思忖后回复同意。其实他的文笔优美，不比我写作能力差，为他写序，我还真有点不好意思呢。

二

殷博义的《武汉记忆》是一部纪实文学作品集，仿佛是他的一部传记。作品内容的写作时间从1997年9月开始。那时，博义在黑龙江伊春市的一家面粉厂任工厂技术员，工厂和粮库的所有涉及图纸的事，全是他的活。当时面粉厂已经建成并正常生产了，省内正好推行粮库加工车间粮食输送新技术，学名称为"埋刮板输送机"，也叫"链条输送机"，当时的湖北宜都输送机械厂是机械工业部直属定点"埋刮板输送机"生产单位，厂里让他去湖北宜都参观学习技术，回工厂想法自己做，故事就从那时候开始。

那时，他年轻，不知天高地厚，对工作一腔热诚，不假思索就答应了下来。第二天出发，乘火车到汉口。在汉口，他参观学习之余，在那里玩了几天。路过武汉，自然想到三个地方：中国第一座长江大桥、黄鹤楼和东湖。在游玩过程中，有些人给他留下了很深的印象：

我冒雨走到湖边，整个景区几乎望不到边。天公不作美，东湖像美少女蒙上了浓密细雨的面纱，让我怎么也看不清、看不够……这时，一条带雨棚的小舢板向我划了过来，撑船的是位四十开外的妇女，我在心里称她为"九头鸟"（哈！玩笑）。她仔细打量着我，问：坐船吗？今天一下午还没揽上一位客人，没法交管理费呢！我犹豫了片刻，觉得自己坐她的船可以不挨雨浇，也可以说是为别人做一点力所能及之事，没问价就上船了。

这是一条能坐四个人的小舢板观光游船，称它为舢板是因为这船是靠摇桨行走的，不像现在的游船是靠电瓶螺旋桨推动；也不是用竹竿撑的，因为东湖的水比较深，竹竿撑不了。游客坐的船舱部位用四根竹竿撑着油布防雨棚。船尾摇桨不太大，一般是坐着摇，着急要快点行船时，就站着摇。

这样一圈摇下来大姐似乎没感到费力，但我有点过意不去，对她说：大姐，你就近靠岸吧，我下去自己走走。她说天不早了，还是坚持送我到离公园大门最近的出发点才让我下船。我问多少钱，她说：我们船都是 4 元一次，一次一个小时。你是一个人，收两元就行了。我坚持给她 4 元钱，把钱塞在她手上就跑了，生怕她不要。其实，这钱刚够她今天上交管理费的。

　　从湖北回来，要经过北京，转哈尔滨。火车票难买，有一点时间，博义就去北京的景点看了看，像天安门、故宫、天坛、颐和园、北海公园，他都去了。王府井新华书店，他也去了，就像他每次回上海老家要去南京路新华书店、福州路古旧书店一条街一样。一个技术员，涉及的技术和要解决的问题方方面面，大多数在学校没有学过，那个年代没有网络，没地方去咨询、讨教，只有到书店去找。

　　回厂的时候，他一头扎在业务里。后来，由于认真、勤奋和钻研，被厂长看中，提升为生产和技术副厂长。这位老厂长是他的贵人，他处朋友、谈恋爱和结婚，一直到退休，都与贵人有关。他的第一位女朋友，是厂长介绍的：

　　　　有一回班组打靶归来，厂长在食堂犒劳他们，我也被请去解馋。厂长喝了点酒调侃孙大辫，小声对她说："你要是能跟博义结婚，三室一厅外加全套家具，我全包了。连厂长都帮我相中了！"
　　　　她对厂长说："我哪有那本事，人家早晚要调走的！"

　　两人没有结婚，那个叫孙大辫的，后来嫁到北京去了。若干年后，博义去北京时还见过她。三人回忆往事，只有兴奋，虽没结缘，却也没有遗憾。

三

厂长为博义介绍孙大辫失败后，并没有放弃继续为博义介绍女朋友。有机会，又与王科长密谋，确定让博义去湖南"面试"。

"就在1979年春节前，厂长放假，有意让我去湖南常德我姐姐家过年，顺路帮王科长捎点东西给在湖南南县的妹妹家。"

他和王科长的妹妹两人相距两地，一来二去，终于确认关系并结婚了。

博义的故事，从武汉到北京，回哈尔滨，再到湖南、重庆、云南和西藏等全国许多地方，或工作，或旅游，最后退休回上海出生地养老。他在工作中，接触了许多人，获得了丰富的社会生活经历。

2011年下半年，博义携夫人从广西西宁沿世界屋脊第一条高原铁路坐卧铺去西藏。七月末的西藏拂晓还是寒气逼人，整个车厢游客都在昏睡，而他习惯三四点钟早起，起来后怕打扰别人，掀开窗帘一丝缝隙看世界屋脊的晨曦。谁知，边上的姑娘说：大哥，能不能把窗帘再拉开一点，让我也好看看喜马拉雅山的景色。于是，他们开始小声唠嗑。

原来，姑娘是武汉人，在一个区任区团委书记，休产假，小男孩刚满月。小孩在家有母亲和阿姨照看，她只身完成小时的梦想——游西藏。遗憾的是老公不能陪同，她老公从武汉大学建筑学院毕业后在国有大建筑公司任职，后辞职自建了一家建筑公司，因为公司活太多，没有时间出游。博义笑着说："你们这是中国最佳家庭职业组合，你当公务员兜底，不管怎样，生活过日子一家没有后顾之忧；你老公发挥专长，把公司慢慢做大，一旦有个风险不可规避，也有你做后盾，顺风顺水时你还可以垂帘听政，不要把肥水流到外人田里。"

姑娘笑了，说："大哥，你太幽默了，我才不管他的事呢！"

她一口一个大哥叫着，其实姑娘才比他儿子大两岁，博义没有解释，由着她叫去吧。

他心里羡慕：年轻多好！思想开放，拿得起放得下，到了他这样的岁数，谁还敢放弃铁饭碗自己闯事业！人家孩子刚满月，要是他怎敢一个人来西藏玩！因为姑娘一个人，所以到了雅鲁藏布江大峡谷景点大门口后，她就跟博义夫妇三个搭伙儿一起玩，一起吃团桌饭。一天下来，已经很是熟悉，成了很好的朋友。

当晚从雅鲁藏布江大峡谷景点坐大巴返回拉萨，座位还是按早晨乘坐时落座，他还是与那位武汉姑娘坐一起，夫人还是坐导游的前排座位。四百多公里的盘山公路，在喜马拉雅的半山腰，不能开得太快，都挺累的，迷迷糊糊打瞌睡，也没顾得上再说些什么。深夜隔着拉萨河看见现代拉萨城在漆黑的高原中一片光亮。

他们互换了手机号，姑娘对他客气地说路过武汉时一定打电话，他茫然，不知能不能有机会。等过了拉萨河进城分手的时候，已经是后半夜一点半了。

在连载中，他反复提到武汉，又讲了好几个故事，"武汉记忆"这个书名是准确的、连贯的。作者也确实有戏说人生故事的本领，从《武汉记忆》中产生灵感，把故事生发开来，又把具体细节从一个省市写到另一个省市，写到了中国的许多省市，而他长期工作和生活的地方，其实是在黑龙江地区。

四

退休前，博义是一家国有企业的总工程师和副厂长，在企业工作期间，他一直写论文，到了2010年，开始改为写文学作品。从那个时候起，他对自己的写作进行定位：没有任何名利要求和时间任务约束，快乐、健康、正能量，注重艺术性，突出思想性，散文、诗歌、杂文、小说，随心所欲，都尝试。他坚持十个春秋，收获颇丰。记得他的处女作《飘落的枫叶》，第一次全部是钢笔手写，光稿纸就用了半尺多厚，后进行电脑录入，边修改边打字，一本书下来，电脑打字练出来了，从此，不用钢笔、稿纸了，这让他受益匪浅！

许多同事、同学，看好博义的处女作，建议他找出版社出书，但几经周折，未能成功，他的作家梦就此搁置。他打算以后写作积累书多了，作品无偿送给各地知青博物馆，也算他没白当四年知青。

许多读者看了他的作品后，说他在写自传，但他自己认为，《武汉记忆》写的不是自传，只不过里面有他工作和生活的历史事件，但并不是他写《武汉记忆》的宗旨。他所写的许多经历，其实就是一带而过。他想通过文章里的人物、事件，让读者体会人生，品味生活的真谛。

博义的这部作品不满十万字，只能说是个中篇或小长篇。值得一提的是，他在每集中都配有一些拍摄得相当精美的风景照，文字和照片结合，出版成一部并不算厚的书已经没有问题了。不再多言。

是为序。

2020 年 4 月 24 日

紫藤花开的季节
——《嘉定文学·第二卷》序

一

今年 4 月，《嘉定文学》创刊号出版了。第一卷中有作者三十多位，其中有会员作品，也有友情作者作品，有"协会诞生""嘉定方圆""嫘城纪事""抗击疫情""人文书评""百家访谈"六个专栏，收录作品七十四篇。有些诗歌，以组为单位，实际由几首组成，因此，总收诗文作品九十篇。

创刊号作品的入选，除了抗击疫情的诗文外，全部是与嘉定有关的作品，嘉定名胜古迹、嘉定作者的书评、嘉定历史名人的访谈等，都是此卷书的力作。这几个栏目，除"协会诞生""抗击疫情"外，其他四个，是我们协会会刊长期栏目，希望会员们写作品时，朝这方面多多探索。若增加或添加新的栏目，杂志编委会会在征文时告知会员。

原来想《嘉定文学》第一卷出版之际，正值春暖花开季节，想趁此机会组织会员去嘉定州桥、嘉定历史博物馆、陆俨少艺术院等地进行采风，一是通过采风，为第二卷会刊进行一次征文；二是分享协会成立以后第一卷会刊出版发书事宜；三是会员们见个面，相互认识和交流一下。此是一举三得的事，可惜没能做成。后来，只能缩小范围，只做发书一件事了。好在来日方长，一年中还有大半年时间，以后再设法安排。

新冠疫情虽在全国范围得以有效遏制，但政府要求不能松懈，国民积极响应，出门戴口罩还是必须要遵守的。因此，协会在地处花桥的《西桥东亭》杂志办公室组织了一次小范围的分享活动，附近有空的会员参加，远的可以不参加，也不邀请其他友情贵宾和名人参加。新书分享会后，没有到会的会员和友情参与作者，则通过与会者捎书和邮寄两种方式赠书。总之，每位会员或作者，都会收到书的。

拿到书后，协会组织了一次读后感征文，获得了一批诗文佳作。

二

4月下旬的时候，协会又适时组织同题"紫藤花开"征文，征文从4月19日开始，至4月30日止。征稿组委会在嘉定文学协会群内部征文后，第二天就收到征文近十篇，编委会将收到的作品在《文笔精华》微刊上公布。没想到，广大读者看到"紫藤花开"同题征文后，争相写稿，三天内收到全国各地发来的诗文达到四十多篇。征文数量已足够，于是，立即刹车，组委会宣告征文提早结束。

因为是协会会员间的征文，最终以会员作品为主，加上个别友情参与者，选用二十位作者的二十五篇诗文入选第二卷杂志，其中毕健民的一首诗，还请翻译过日本儿童诗作的陆发根将诗歌翻译成日文。

征文过程中，选取以短句为主的诗歌，或在长一点的诗歌和散文作品中摘录优美的段或句，然后各选两篇，写成精致精美的书法，赠予获奖作者留念。当然，书法作品是请协会书法高手写的，并在第二卷杂志彩页上选择几幅录用。

这次疫情期间的征文活动，既是一次会员模拟采风活动，也是活跃会员写作兴趣和交流的活动，原来准备十二天的征文，没想到仅用了六天就超额完成任务了，会员们的兴趣浓厚。

这次同题"紫藤花开"征文中，协会顾问王雅军、余志成、金瑜、我和几位友情作者写了散文和诗歌，但考虑到鼓励会员的宗旨，顾问的作品就不参与这次评选了，让这些顾问作为评委，进行这次征文的评选。

在二十五篇诗歌和散文中，最终选了毕健民、姚丹、花诗琪、晶石四位作者的短诗，选了梅常青、卢忠雁、黄媛媛、戴玲四位作者的诗歌或散文中的一段或一句。这些评选出来的诗歌或散文段落和句子，请协会里的书法大家钱士强、顾建明、陈守珏和郑直写成书法作品，在协会采风活动时，分别赠给作品被选用的作者，并选择部分放进《嘉定文学》第二卷杂志彩页中。

余志成老师为四位作者的诗歌做了精彩点评：

紫藤花开寄深情，
中日友谊暖人心。
紫藤盛艳，诗意尽显。
（点评毕健民诗歌）

短歌长吟出奇句，
紫藤花开露妙趣。
简洁明了，心情愉悦。
（点评姚丹诗歌）

紫藤艳丽花又开，
花桥美景迎客来。
移步见景，花好生情。

（点评花诗棋诗歌）

紫藤神态露风采，

艳美靓丽今犹在。

诗意深刻，遐想美妙。

（点评晶石诗歌）

三

紫藤花开的季节，我们组织了一次特别征文。紫藤花虽然花期不长，但很多人喜欢和欣赏。在这个美好的季节里，我们的协会会员们激情洋溢的诗文，仿佛美丽的花朵，充实着第二卷杂志的内容，读者一定会喜欢。

其间，发展了几位新的会员，不断为协会补充新鲜血液。部分新加入的会员，文笔都非常好，诗歌或散文都很有特点。我们的目标是通过大家的推荐和介绍，会员的数量控制在五十人左右，以后再有加入者，跟协会希望和要求的一样，保证入会者文学写作水准的门槛。

原来协会长期征文，作者们陆续投稿，写嘉定的作品在不断增加。作品内容除了写嘉定历史名胜古迹外，写嘉定作家出版书籍读后感的作品较多，也较优秀。现在，我们协会中有嘉定城区作者和安亭、马陆镇、南翔、江桥以及部分嘉定区以外的会员加入。如果有机会，协会会员的发展工作，要向嘉定全区各镇进军，希望在嘉定每个镇，都有人逐步加入协会。

在《文笔精华》微刊发表《嘉定文学》征文诗文时，读者根据征文要求，也在不断投稿，其中湖南省一位作家孟大鸣，是中国作家协会会员、国家一级作家，有时居于湖南岳阳，有时居于上海嘉定，他投了一篇稿子《在希望路上看风景》，写的是现在的嘉定新城希望路周边的风景。到底是中国作家协会会员，此文也在《解放日报》上刊登了。我们联系后，话很投机，近来他住在嘉定，说将尽力支持协会的工作。

6月中旬组织《嘉定文学》第二卷文稿时，设立"创刊有感""紫藤花开""嘉定方圆"（本卷合并"嘤城纪事"）"人文书评""百家访谈""为书作序"六个栏目。

协会中姚丹、林建明、殷博义、陈柏有和崇明三岛协会的施永培五位作者在今年内准备出书，请我写序，为此，在这期特设"为书作序"栏目，以让大家欣赏我的序言和作者作品的基本内容。

四

为保证协会成立初期的资金及确保第二期出版的顺利进行，协会接受了部分作者的赞助。协会还通过与崇明区三岛文学协会的联系和合作，增加了一个"三岛文学"专栏，将兄弟协会的优秀作品引到《嘉定文学》杂志中来，这样，不仅有利于协会与协会之间的文化交流，也可以通过作品交流，提高作者文学作品欣赏和写作能力。

于是，在确保组稿完成和资金基本落实的情况下，《嘉定文学》第二卷终于能在7月份出版。不再多言。

是为序。

2020 年 6 月 30 日

文笔精华结硕果
——《文笔精华》序

5月下旬的一天，博义说他在《文笔精华》微刊上正好发了有一百篇诗文，想直接取名《文笔精华》书名，和前一部也在《文笔精华》微刊上连载的纪实文学作品《武汉记忆》一起，各自单独成书。他问我，若取名"文笔精华"出版一本书，行不？我说可以啊！

其实，我在全国网络上组织征文，出版过四届中国龙文学奖征文小说散文诗歌选集，中国新闻出版总署CIP已审批通过，如《文笔精华·第四届中国龙文学奖征文小说散文诗歌作品选集》，今年5月初刚审批下来，由四川民族出版社出版。博义要借用"文笔精华"四个字，我并不反对，一是本来他的诗文就在《文笔精华》微刊上连载，二是"文笔精华"我没有申请版权专利，谁用都可以，只要将来在中国新闻出版总署申请核准CIP时能顺利通过就行了。

《文笔精华》微刊是微信公众号上的电子出版物，自2018年底注册以来，已发小说散文和诗歌作品两千五百余篇，其中在此刊物上征文，就出版过《荟珍屋》《文笔精华·第四届中国龙文学奖征文小说散文诗歌作品选集》《中国作家文学作品选》等书籍；为《西桥东亭》《上海散文》《嘉定文学》等杂志撰稿出版过十多期杂志；疫情期间，为宣传正能量作品，出版专辑38期，作品数百篇。微刊上以平均作品每篇千字计，发表作品累计在250万字以上。

自从在微信上认识博义以来，他经常投稿并在微刊上发表作品，有时三天一篇，有时两天一篇，在连载他的长篇纪实作品《武汉记忆》时，他也停发了其他诗文，连续至今，竟然在微刊上发表个人作品一百篇了，真是一个令人惊喜的数字。总体来看，他的诗歌，大都是现代诗歌，占发表量的 70% 以上；文章是散文、随笔和杂文一类作品，不满 30%。当然，在诗歌中，有的是组诗，这样算来，其实总体上超过一百篇了。

诗歌饱含作者丰富的思想感情与想象，语言凝练，形象生动，具有鲜明的节奏、和谐的音韵，富于音乐美，语句一般分行排列，注重形式美。

我国现代诗人、文学评论家何其芳曾说："诗是一种最集中地反映社会生活的文学样式，它饱含着丰富的想象和感情，常常以直接抒情的方式来表现，而且在精练与和谐程度上，特别是在节奏的鲜明上，它的语言有别于散文的语言。"

这个定义性的说明，概括了诗歌的几个基本特点：第一，高度集中、概括地反映生活；第二，抒情言志，饱含丰富的思想感情；第三，具有丰富的想象、联想和幻想；第四，语言具有音乐美。

诗言志，博义其中最有意思的一首诗，就是《我的人生履历》，详细介绍了他的生平：

曾在官场混了半辈子，

28 岁当副科，35 岁当副处，

到了五十还原地踏步。

登鼎只差半步无心光顾！

局领导换了一茬又一茬，

愣是不知道各任局座

家门是冲南还是冲北开。

五十岁刚到提出辞呈，

拿着原封不动的待遇，

到局科研所公司当总工，

在某集团当驻外办主任，

还当过综合大市场经理，

当过水处理公司总监。

承担国家科研开发项目，

研究实施"十一五"工程，

中标大型粮仓建设，

承担国投粮食烘干机组安装，

获国家科技技术进步奖，

荣获"祖国优秀边陲儿女"奖

……

　　散文随笔中，有一篇写博义小时候的一位学校老师，这首诗就是《让我叫你一声——母亲》。从中可看出他是一个有情有义的人，有一年教师节和中秋节期间，他给老师带去了鲜花和月饼，但没想到只见到灵位上老师的照片……

　　博义后悔极了，有几年没给老师拜年了，那是因为记着老师家电话的名片丢失的缘故，但每年年三十，他都在哈尔滨念叨老师，总是说要带着孩子去看老师。他来上海工作已经快半年了，本想给老师一个惊喜，不料在四川北路"永乐坊"听老师邻居说老师两年前已故世，他不敢相信，脑子一片空白，以为他们一定是搞错了，他心目中的张老师，永远是健康、慈祥、快乐、富态的年轻模样，张老师不会去得那么快的……

　　他回忆学生时期老师对他的关心和关怀，老师永远那样红光满面地微笑，永不知疲倦地工作：

　　小学毕业时依我的成绩，您希望我考市重点中学，我却想早日参加工作减轻兄长的负担。您惋惜又生气，对我说从中学到大学毕业的学费您来替我支付，早熟的我已经有男子汉的思想，毅然报考了技工学校，您深感失望。您六年含辛茹苦已能望见成功和我一生的光明前途，我却轻易地放弃了成才的机会。

博义在文中又说：

　　那年我到黑龙江北大荒下乡前，是老师亲自到我家来送我，这在毕业离校多年的师生关系中是极为少见的。我记得老师在外滩华侨商场买了些吃的和一双高筒羊毛袜，是深咖色的，上面印着白色的外文字母。这在 1969 年正值全国"文化大革命"的情况下，是相当贵的，在普通商店是见不到这样的高档商品的。三十四年过去了，这双羊毛袜一直崭新地保存在他的箱柜里，从农场到学校、从伊春到哈尔滨，这里的故事，我妻子、孩子没有不知道的。

博义沉浸在回忆里，他深情地写道：

　　保存在我这里的除了那些珍贵的照片，还有老师的一封信。起因是我邀老师到哈尔滨来度假，也好尽学生的一分孝心，给学生创造一次机会，抒发多年感恩之情。

信中博义表达了对老师的敬重，同时，多次提到老师慈母般的爱。

老师在回信中接受了博义称呼她母亲的请求，这是博义一生收到的老师唯一的一封信，每每读来，往事蹁跹，心潮激荡。

然而，老师真的突然地去了，学生甚至还没来得及亲口叫一声：

亲爱的张老师，我的母亲！

博义的许多作品，不管是诗还是文，充分体现了作者在文学创作上的才华，写得非常生动、形象、真切，以上举例，仅介绍了他的一首诗歌和一篇随感的大致内容。

其实，这与博义退休后重温年轻时的文学梦是分不开的。他勤于写作，文艺类作品已经有小说《穿越雪谷》《我的芳华》《山西行》《飘落的枫叶》，散文与诗集《竹风》《江南吟》《远方》《松花江之恋》以及杂文《我找到北了》等五十余部。

从这部书稿中的诗文看，作品都朗朗上口，非常精致，内容也非常精彩和优秀，每一首诗歌都是一个非常优美的故事，散文、随笔或杂文也一样。作品内容上，写上海出生地和哈尔滨长期工作地的两地生活是他诗文的一大特点。另外，他还写了一些外出旅游的作品等。书中作品的排列，是以在微刊上发表的时间为序的，属于比较无序的，也是看到啥写啥、想到啥写啥，微刊上有几次征文他参加了，也按日期排列其中。希望他以后出书，有选择性、专题性，至少要有一定的作品分类。上海著名作家张斤夫表示：写作要建立自己的"文学特区"，不用面面俱到。也就是说，写自己喜欢的、有独特见解的文学作品，才能让别人刮目相看。

当然，一年多的时间，博义不仅在《文笔精华》微刊上连载了一部纪实文学作品，还把连续发表的一百篇诗文结集成一部诗文集，两部作品准备在同一时间出版，真是硕果累累，可喜可贺，令人尊敬！
不再多言。

    是为序。

2020 年 6 月 20 日

会刊和文学作品

——《嘉定文学·第三卷》序

　　去年 11 月起筹备成立的嘉定文学协会，通过今年以来的努力，已建立了三十人左右的会员队伍，写作和投稿竟然超过 100 万字，其中大部分作品在协会主编的微信公众号《文笔精华》上连续发表，会刊录用作品，平均每卷 20 万字，两卷达到 40 余万字，取得了令人振奋的成绩。协会初步打算一年出会刊两卷，分别于今年 4 月和 7 月出版，并发到会员的手里。由于会员作品多，特别是文学作品投稿很多，而且大都在《文笔精华》上发表过，有的还在各种报纸、杂志上发表或在多种书籍中被录用，但前两卷《嘉定文学》杂志上，却无法都入选录用。因此，根据文友提议，出版《嘉定文学》第三卷专辑，以让更多的会员作品进入会刊平台。在微信群里讨论和商议后，定于今年 11 月底定稿，12 月份排版印刷。没想到不出一个月时间，主要专辑撰稿人落实，赞助资金同步到位，就等审稿、排版和印刷了。乘此机会，我写一篇序，对全体会员做个交代。

一

　　嘉定文学协会的宗旨是立足嘉定写嘉定，以嘉定作者为主，吸引部分外省市的作者写嘉定。《嘉定文学》第一卷和第二卷内容，主要是写嘉定的作品，我们通过本地人写嘉定、全国参与协会的作者写嘉定，圆满出色地完成了本年度计划和任务。

　　会刊第一卷中，设立了"协会诞生""嘉定方圆""嫪城纪事""抗击疫情""人文书评"和"百家访谈"六个栏目。通过"协会诞生"栏目，会员表达了对协会成立的认识、想法和体会，统一了认识。这个栏目，写了协会诞生的过程。"嘉定方圆"和"嫪城纪事"栏目，收录了嘉定地方和各镇有关情况及名胜古迹记述文章，殷博义先生的组诗"嘉定七镇"，一口气写了《江桥镇》《外冈镇》《华亭镇》《徐行镇》《马陆镇》《安亭镇》《南翔镇》等16首诗，写出了特色，很精彩。我们协会的目标，就是走遍嘉定，写遍嘉定。当然，历史名人、名胜古迹，与时俱进的新事物、新人，凡是反映嘉定正能量的事与人，都是可写的范围。今年年初正值新冠疫情爆发和抗疫预防时期，自然增加"抗击疫情"征文栏目，会员们撰写了许多抗击疫情的诗文，他们对白衣天使逆行出征事迹进行歌颂，对政府全力抗疫战胜新冠疫情的有效措施称赞不已。另外，还有为嘉定作家作品所写的书评及访谈，收录在"人文书评"和"百家访谈"栏目中。

　　会刊第二卷中，设立了"创刊有感""紫藤花开""嘉定方圆""人文书评""百家访谈""三岛文学"和"为书作序"栏目。"创刊有感"收录了《嘉定文学》第一卷创刊号后会员的读后感。在出版会刊的时候，当时设想要一年进行两次以上采风，将采风的内容写成文章，但在上半年，因疫情不能组织集体采风活动，所以，协会特意在4月中旬至下旬微信协会群里推出一次嘉定紫藤公园模拟采风征文，题为"紫藤花开"，活动以嘉定著名的紫藤公园为主题征集诗文，去过公园的可直接抒发感慨，没有去过的可在网上查找嘉定紫藤公园资料再写，也可以在自己小区或周边景区看"紫藤花开"情况，写一首诗或一篇散文投稿。征文开始时间定在4月19日，至4月30日止。作品以五言或七言八句为主，包括绝句和律诗，其他现代诗或散文、随笔也可。可喜的是，两天中，先后有九名会员参与投稿。此征文原打算至30日结束，没想到会员踊跃参与，有写一篇诗文的，多的写四篇诗文，在《文笔精华》微信公众号上发第一辑后，外省市作者阅读后兴致很高，也不断写稿参与。令人惊喜的是，三天内，我们连续发了三期专辑，计二十多篇诗文。从发表的作品来看，还是相当优秀的。鉴于征文已经达到了预期效果，此征文提前至23日结束，想参与还没有写稿的会员，则延长至25日。最后，共发四期专辑和几个独立作者作品。对优秀作品，还请会员中的书法家写"奖状"发给获奖作者。

《嘉定文学》第二卷中，继续推出"嘉定方圆"栏目，收录了许多描写嘉定的文章。而"人文书评"和"百家访谈"栏目，则收录了会员中许多嘉定作家和名人的书评和访谈。这里要特别指出的是，协会会长沈裕慎写的许多散文，已经在文学创作上达到一流作家作品的水准，他的风荷系列《风荷忆情》《风荷忆往》《风荷忆游》等散文随笔集中的作品，会员们读后，写了许多书评，值得在《嘉定文学》杂志上发表。沈裕慎先生也不负众望，在今年加入了中国作家协会，成为名副其实的国家级作协会员，是有志于文学写作者学习的榜样。"三岛文学"栏目，是嘉定文学协会与崇明三岛文学社合作单位的作品，专栏收录了六人的八篇散文。而"为书作序"，则是我为会员陈柏有、姚丹、林建明、殷博义和三岛文学社社长施永培五人的五部新作写的新书序言，对他们能够先后顺利出书表示祝贺。

二

《嘉定文学》第三卷，则以会员和文友的文学作品为主，参与的有我和李芝惠、卫润石、叶振环、花玲玲、侯晨轶、俞娜华和三岛文学社部分会员等，计八个专辑，说明不少会员和合作单位或个人对文学创作有浓厚兴趣。

《李芝惠小说作品选》，主要收录了她的两部中篇爱情小说。李芝惠是上海出去的澳大利亚华人，喜爱文学，写了多首诗歌和小说，先后在嘉定文学协会主办的微信公众号《文笔精华》上发表；后来又选了两篇小说，在《嘉定文学》第三卷上发表。

《卫润石评论作品选》，是卫润石在疫情期间所写的时评。卫润石是上海奉贤人，中国散文学会会员、上海奉贤区作协会员。他爱好游泳、长跑、旅游。他做着文学梦，先后出版散文集《在水一方》《金汇港水》、随笔集《绿水苍苍》。他对嘉定有感情，与嘉定冬泳队熟悉并有来往，因此有缘加入嘉定文学协会，参加了协会组织的多次采风活动。协会这次专辑活动，他也参加了，在参加南翔采风活动的第二天，正值上海作家网公布新会员名单，其中有他的名字，我们对他加入上海市作家协会进行祝贺。

《叶振环散文作品选》，收录了叶先生记述自己往事和家乡情景的散文。他是上海崇明区人，参过军、从过警，从 20 世纪 70 年代开始进行文学创作，先后在国内各类刊物发表文学作品 150 余万字，出版有散文集《绿叶情怀》、中短篇小说集《旁观者迷》，现为上海市作家协会会员、中国散文学会会员。他勤奋笔耕，今年在《文笔精华》上投稿，连续发表了几十篇散文和诗歌。

《朱超群散文作品选》，是我发的一个专辑，收录了我近几个月来写的六篇散文随笔，其中有《愿微刊文章精品迭出》《聚会和读书有感》《号角已经吹响》《作家的追求和境界》《相约上海》《获奖、采风和叶辛故乡文学馆》，可以说，也是我近期写的大伙儿比较认可的作品。

《花玲玲母女诗文选》，选了她们母女的一辑作品。花玲玲，笔名花诗棋、祺佩，为德国物流联合会上海分会秘书长，上海《嘉定文学》理事，中国现代作家协会会员，上海市朗诵协会会员。这次专辑中收录了她和宝贝女儿的诗文。她女儿名叫花雨宣，笔名泷儿，是位千禧年出生的小龙女，传媒系在读生，从小受妈妈的影响，喜欢小说、诗歌，自小学一年级开始，每学期必在报纸发表抒情散文，生活上用心感知多彩的世界，体悟同龄人的思想，是上海出海口文学社年龄最小的成员。

《侯晨轶游记散文选》的作者侯晨轶毕业于上海行健职业学院经济管理系、上海大学法学院，爱好旅行、写作，迄今为止足迹遍及亚洲、欧洲、北美洲等十六个国家和地区，其文字和手机摄影作品散见于《作家文学》《上海散文》《嘉定报》《新民晚报》《劳动报》《新闻晨报》《老伙伴》《消防与保险》《我们退休啦》《黑龙江科技报－老友荟周刊》等刊物及"文笔精华""新民印象"微信公众号，系中国现代作家协会会员、国际诗词协会会员、上海楹联学会会员、"金色池塘"文学群成员、嘉定文学协会理事。

《俞娜华作品书评选》是俞娜华的读者写的书评专辑。俞娜华是诗人、作家，笔名天使，民革成员，系上海浦东新区作协会员、中国诗歌学会会员、中国散文学会会员。她发表有长篇小说《泪，被踩在脚下的爱》《奇》《天道人事》（上、下册）、诗集《她所拥有》《寻找的音符》、文学哲理书《精句》，部分诗歌发表于《文学报》《台湾好报》《静安报》和人民网等。她的小说、诗歌富有文学哲理，许多作家和作者非常喜欢，读了之后还写了读后感。这里收录了部分作者为她新写的书评和一部分读者的点评。

《三岛文学社作品选》是上海市作家协会会员、中国散文学会会员、崇明作家协会副主席、三岛文学社社长施永培组织的三岛文学社一批会员（十人）所写的散文作品合辑。

<h2 style="text-align:center">三</h2>

　　《嘉定文学》杂志一年两卷，完成年度计划，同时，经过第三卷纯文学作品的补充，让会员的创作能比较全面地反映，这说明嘉定文学协会和会员是有一定组织能力和实力的，否则不能超额完成写作任务。

　　愿协会的平台越做越好，路子越走越宽；愿协会会员们有进一步获得学习、交流和提高的机会；愿会员们写出更多更优秀的文学作品，从而更好地反映嘉定，记录嘉定的历史，为嘉定的过去和现在努力书写，取得辉煌的成果。

　　道路有时候很艰险，但只要有台阶可走，就可以更上层楼！

　　是为序。

2020 年 11 月 30 日

去年硕果今年摘

——《嘉定文学·第四卷》序

一

当整理会员作品，取舍成集，定稿出版《嘉定文学》第四卷的时候，我舒了一口气，觉得可以放松一下了。第四卷收录的文章，大都是2020年下半年的作品，特别是嘉定州桥景区和南翔古猗园、老街等二次集体采风活动中，有许多会员和合作团体会员的作品，都是重点记述嘉定地区的纪实文学作品和书评等，是值得纪念和留存于世的。

会员们一年投稿的作品，非常之多，真是令人惊讶、惊喜。惊讶的是，会员的投稿量很大，大多是小说、散文和诗歌类文学作品。还好，有协会主办的微信公众号《文笔精华》微刊，因此，这些会员的作品，大都在此网络平台上公开发表过。另有部分作品，被推荐到《西桥东亭》和《上海散文》两份杂志上刊登。少部分会员，有多部单行本出版。惊喜的是，单20万字一卷的杂志书，我们就完成了三卷，其中前两卷是写嘉定的，在年度计划内；第三卷是部分会员和合作团体会员的文学作品，也是超额完成的优秀作品选本。三卷的总字数，在60万字左右。

当然，《嘉定文学》第四卷作品虽然是在2020年下半年完成的，但放在2021年初出版，自然也是新一年的第一卷作品集了。协会理论上是一年出两卷，但有超额，就尽管累计。协会成立之初，原计划用三到五年时间，出版六到十卷"杂志书"，若能提前完成，则更加圆满。

什么叫"杂志书"？即用杂志的形式累计、书的形式出版的书。一本"杂志书"，每卷控制在300页左右，20万字左右。若能完成十卷作品，大致在200万字上下。

《嘉定文学》第四卷作品分为"州桥景区""南翔风景""嘉定方圆""人文书评""百家讲坛"和"文笔精华"六个栏目，其中前五个栏目和嘉定有关，最后一个栏目，则是会员没有写嘉定的作品，作为文学作品的补充。

二

7月18日这天上午，嘉定文学协会的大部分会员，我和会长沈裕慎，副会长沈志强，文学顾问孟大鸣、王雅军，以及各委员会的主任、副主任，会员姚丹、顾建明、毕健民、陈守珏、侯晨轶、花玲玲、黄媛媛、戴玲、卢忠雁、卫润石、宇杨、干世敏、钱坤忠、朱国维等一批人先后来到采风活动集中点，其中，我和沈裕慎、王雅军、沈志强、梅常青等，也是《西桥东亭》杂志的编委和文学顾问。大伙儿到时崇明三岛文学社特约代表叶振环、施永培两位老师，早已在嘉定博乐广场前等候。我们统计人数并和几位在路上的参与者联系后，就去参观钱大昕故居，并在那里小坐，开了一个简短会议。接着，行走在州桥老街。午餐后，继续参观陆俨少艺术院，并在那里发放4月中下旬"紫藤花开"征文获奖者书法作品——这是请嘉定文学协会钱士强、顾建明、陈守珏、郑直四位书法大家为获奖者所书书法作品。

这是嘉定文学协会自去年成立以来，与花桥经济开发区文化交流促进会和三岛文学社联合组织的一次大型采风活动，为协会成立后实现采风走遍嘉定区人文景点迈出了实践性的第一步。通过采风，会员们可以相互认识、交流，还可以欣赏嘉定名胜古迹，了解嘉定的过去和现在，用文笔尽情描绘嘉定八百余年的深厚文化底蕴。这是一次协会与协会之间非常成功的聚会。嘉定文学协会会员入会后，大都在微信群里交流，没有见过面，大伙儿都盼望有这样一次采风。现在，会员们聚在一起，可以近距离切磋和交流，大家面对面进行交流的愿望终于实现啦！

"州桥景区"栏目，通过采风，收录征文近三十篇，其中不乏许多优秀作品，这里不做介绍，请读者自己去阅读、去品味。

2020年11月14日是周末，嘉定文学协会又组织了一次集体采风活动。上午10点，协会一行近二十人，从上海的浦东、奉贤、闵行、普陀、青浦和嘉定等区域出发，分别乘车或驾车来到南翔古猗园门口集中，然后进园，欣赏美丽的古典建筑和园林风景。

"南翔风景"栏目，收录征文近二十篇，采风和写作又获双丰收。

协会组织一次又一次采风，会员们集体旅游，又面对面地交流，回家后思考并进行创作，可谓一举多得。

三

在"嘉定方圆"栏目中，有研写嘉定历史的文章，有嘉定各地文物和古迹考证的史实，又有作者的亲身经历和体会。

梅常青笔下"白手建县"的县长高衍孙，是嘉定县首任知县，著有《鸣琴杂记》《病余清啸》《脉图》等。他为官清廉，有减赋税、兴学校等惠政，当地以名宦祀之，嘉定建县以后，在嘉定十二年（1219），即着手修城墙。在上任的第二年（1219），高衍孙就开始修建孔庙，初建时，较为简陋，总共四十间平房，右面是孔子庙，左面为儒学，中间为化成堂，堂前左右四个书斋："博文""敦行""主忠""履信"。高衍孙在嘉定担任了三年知县，筚路蓝缕，以启山林。他撰写的《创县记》碑文，详尽地叙述了建县的艰辛不易，留下了珍贵的文献资料。休官以后，由于热爱嘉定，他没有回到鄞州区老家，而是落籍于嘉定。对高衍孙创县的功绩，嘉定人给予高度评价。

沈志强写井亭桥，认为井亭桥可能是安亭地区最早的石拱桥。井上建亭，后在其附近河上所建桥为"井亭桥"，应是先有井亭后有桥。按中国历史，汉时设"亭"，亭为古代陆路传递文书信息的驿站。亭上必有井，以供过往驿站的人饮水住宿之需。所以，古代各地都有井亭。而南方因为河川多，为此在井亭附近河道上建桥，并称"井亭桥"。

安亭泾南段与南顾浦河交界处，是真正的水乡特区，而且明清古代遗迹也多，有六泉水、六泉桥、侍郎桥、升仙墩等，此处河面交叉但很开阔，可建公园或旅游区，是旅游休闲的好去处。

在考古历史的基础上，沈志强先生对"震川先生"与"六泉先生"的关系有一段亦师亦友的情谊文字，值得后人纪念。

毕健民先生对安亭的情况，特别是中华人民共和国成立以后的情况比较了解，他写的《安亭金融一条街》等，很有见地，值得阅读。安亭——上海国际汽车城，正以崭新的面貌出现在公众舞台，金融一条街与城市发展密切联系在一起，并以一流的优质服务行动，迎接着全国四面八方的客户，为汽车城不断发展、壮大和繁荣，作出了自己的贡献。

四

在"人文书评"栏目中，有潘颂德教授、沈裕慎先生、沈志强先生、梅常青先生、夏明先生阅读我中短篇小说集《同学梦》、散文随笔集《人文情缘》《人文情思》、传记体写作谈《人文春秋》后写的感想和书评；有黄顺福先生、卢忠雁先生阅读沈裕慎先生散文随笔集《风荷忆游》《风荷忆味》两本书后写的随感和评论；还有林建明先生和施永培先生阅读陈柏有先生抗疫诗集《战疫日记》后写的诗文感想和书评等。

在"百家讲坛"栏目中，则有沈志强先生写沈裕慎先生为家乡学校安师附小捐书的故事。

2020年11月20日下午1点，校长朱英老师在安师附小校门口接待沈裕慎和联系人沈志强。到学校小礼堂校史展览厅后，学校后勤保障部主任俞冬兴老师带来了摄影老师，举行了一个仪式简单的捐赠仪式。老作家沈裕慎拿出两个包里的书和杂志，是他自己写就的作品和自己主编的杂志，摆了满满的一桌。书有《风荷记忆》《我的花溪情缘》《心在山水间》《风荷忆情》《风荷忆往》《风荷忆旅》《风荷忆味》《风荷忆游》等八种散文集，有的还是送两本呢！另外，还有十来本全套的《上海散文》杂志，这是他两年多来心血的结晶啊，摆成一沓。满桌子的书和杂志，是作家的一片心血，是一个学生对母校的一颗报恩的心，是一片浓浓的情，是多年来没有忘记的情怀。

校长朱英代表学校郑重其事地手捧"荣誉证书"，敬献给沈裕慎先生。摄影老师拍下了这有意义的、值得纪念的瞬间……

五

有人说，协会目标是一年两卷《嘉定文学》杂志，为什么去年出版了三卷呢？因为我们是民间自发团体，自筹资金，志愿赞助出版。原计划招收五十名会员，没有达标，怎么会出三卷呢？这自然是靠文友和合作团体的支持和赞助啦。实际上，协会目标是底数，能做多少就做多少，早日完成计划是大伙儿的理想。只要有资金，可以说干就干；没有资金，就无可奈何了。本协会的特点，一件事做好了，可能会做另一件事，只要与文学有关的事，都会去做、去尝试。

最后说说写稿、投稿和用稿。有人说，写稿难，投稿更难。我们有许多作者的稿件，自己认为不错，其实还差一点，编辑不用，这是我个人的体会。有的稿件写得很好，只是投错了地方，编辑不用。我主编过不少文集、杂志，就发现这样的情况。有的作者的作品，质量很高，又针对报纸杂志的特点进行投稿，许多稿件是能用的。但这里所说的《嘉定文学》，那是自筹资金的会员平台，不是会员，写得再好的稿件，一般都是不会用的，偶尔用，也是作者看准了杂志的要点。就如"人文书评"栏目，写协会会员书的书评，能用；而写嘉定地区的名人古人，就不能用。为什么？因为写嘉定古人名人的文章，作者有的是，作品有的是，但写会员的书的书评不多，对口就可用。这不是鼓励非会员投稿，而是和大家探讨，写作、投稿和用稿，具有一定的要求和方法。

去年硕果新年摘。《嘉定文学》第四卷有 20 万字的作品，大都是去年下半年作者的作品，新年开篇卷所用大都是现成的作品。

2021 年，一个新的开端，愿我们再次踏上嘉定土地，写遍嘉定人事，记载嘉定历史，不断宣传正能量，永远心想事成。

是为序。

2021 年 1 月 1 日

岁月勤勉随留影

——《老骥伏枥向阳红》序

一

前些日子，叶振环兄请我为他主编的一部书联系设计、排版和印刷单位，我为他落实后，就和他一起忙了一阵子封面设计、内文排版和改错工作。其间，他说自己有一部散文集要出版，请我写一篇序。写序不是我的强项，但我喜欢，也很努力，不仅为自己出版的大部分书写序，还为本人主编的文集和文友的书写过序，因而积累了一些写序的经验。所以，有文友邀请我写序，也不算太为难。于是，我欣然答应了叶兄的请求，回复说等他主编的那部书完成以后动笔，他说时间上不急，事情就这样定了。

今年7月1日，是中国共产党建党一百周年大庆的日子，上海市崇明区中兴镇精神文明建设委员会、上海崇明轩逸老友沙龙，究竟以什么样的方式向党献礼？他们在去年八月中旬，经沙龙全体同志集体开会研究，决定采用集体编撰文集的形式，宣扬革命先烈不怕牺牲的英勇献身精神，总结身边英模的先进事迹，畅谈受党教育健康成长的深刻体会，以颂扬中国共产党人的伟大历史贡献和功绩。通过半年多的共同努力，一部27万字的文集大功告成。

《老骥伏枥向阳红》一书分四辑，第一辑为"英雄史诗"，重点写历史的英雄和英雄的历史，记述了工人领袖施章、新四军女兵施瑛，以及崇明的一支抗日劲旅——蒋队。第二辑为"沐浴阳光"，有十八位作者，大都是负有相当责任的基层领导干部，他们的文章，讲述的都是在党的阳光照耀下，一步步不断成长的经历。第三辑为"时代风采"，十三篇文章字里行间仿佛有十三个人在崇明这块美丽富饶的大地上次第走过。第四辑为"瀛洲曲苑"，以文艺的形式很好地展现了如《改革乐》中所写的"百年奋斗民族梦""万马扬蹄奔改革"的重大时代主题！

叶振环兄第一次主编一部由家乡崇明区中兴镇政府出资的书，他决心不负父老乡亲的重托，一定要主编出一部既有阅读价值又价廉物美的书。于是，他请我帮忙。当然，为有文缘的人助力，那是我的荣幸。

我在 2014 年底加入上海市作家协会的，叶振环兄与我是一批。我们从不认识到熟悉，甚至成为要好的文友，其中有许多故事。前些年，我在上海市作家协会青浦文学营组织文友活动时，曾邀请他参加，我们交换过自己出版的书，他赠我的书是他的中短篇小说集《旁观者迷》，2014 年 12 月由文汇出版社出版；而在前一年，他已经出版过一部散文集《绿叶情怀》。

在我主编的多本小说、散文和诗歌文集及《西桥东亭》杂志中，推荐和刊发过叶振环兄的作品。他曾邀我组织一批文友到他的家乡崇明采风，更是让我们的友谊进一步提升。后来，我在微信公众号上开设《文笔精华》微刊，他经常投稿。我前年组织嘉定文学协会，主编《嘉定文学》杂志，他也支持参与，并发表了不少作品。他在家乡成立三岛文学社，组织在《嘉定文学》杂志上出专辑，还参加了中国现代作家协会上海分会，并任上海分会副主席。

5 月初，在确认叶振环主编的新书《老骥伏枥向阳红》送印刷单位出版后，终于有空阅读他的散文自选集书稿了。他准备出版的新书——《岁月随影——叶振环散文自选集》中"岁月随影"四字，据叶兄说取自《红楼梦》诗句"岁月随影踏苍台",也挺有意思。

二

我看了叶兄的书稿,发现书中大多是他近年来的新作,其中一大半文章在我主编的微信公众号《文笔精华》微刊上发表过;有些作品,则被我主编的几本文集、《西桥东亭》杂志和《嘉定文学》杂志上采用过。这些作品中有很多也在全国各类报刊上发表过,作者现在将文章汇总起来后,大致分为"故土亲情""读书随笔""行旅散记""有感而发""军警生涯""访谈实录"等六辑。

在"故土亲情"专辑中,写的多是作者对自己年少时趣事和亲人感情的亲切回忆。

《童年的夏夜》一文中,写作者小时候的故事,那种在农村老家生活的亲切往事,读来令人感动:

> 故乡的习惯是每到晚饭过后,家家户户都把吃饭用的方桌搬到院子中心,或铺上一块块大大小小的门板,搭起简易的床铺,坐着或躺着乘凉,把蒲扇摇得呼呼响。
>
> 夏天正是瓜果成熟的时候,大家就到自留地里摘上几个西瓜、甜瓜,把它们放进吊桶,下井浸入水中。晚饭过后,满院子的男男女女、老老少少在一起,人声鼎沸,热闹非凡,男人们说着奇闻趣事,女人们离不了街谈巷议、家长里短,小孩们也有他们"小人国"的谈笑打趣,但他们最不忘的是提醒大人捞取浸在井里的瓜果……不久,家家门板通道的小桌上都摆满了凉凉的、甜甜的瓜果,香溢满院,温馨宜人。

夏夜，村里的左邻右舍还互相走动，田埂小路上随时都能看见蒲扇在月光下晃动。当然，人们最乐意的向往之处，便是夏夜内容最丰富的地方，什么猜谜啊、乐器对板（齐奏）啊、讲故事说书啊……热闹极了，那个地方便是我的老宅。

《童年的小河》里，钓鱼和游泳这两件美好的往事，描述得很详细。这种趣事，可能会发生在许多人的身上，我家老屋后面也有一条小河，小时候我经常在水桥边上钓鱼，晚上捉螃蟹或泥鳅等，还喜欢嬉水，并学会了游泳，自然喜欢看他这类作品。

一到夏天，他常常到家宅的后竹园里砍一根水竹，再到妈妈的针线盒里偷几根针，在灶洞里或煤油灯下烧红了，用夹钳弯成鱼钩，拴上线，找几个细一点的高粱竿或是剪一根鹅毛竿做浮漂，钓鱼的利器就有了。鱼饵是到菜地里挖一点蚯蚓或是到饭篮里拿点米饭团。那鱼儿纷纷抢食，不一会儿就能钓上来一大碗鱼。想起当时大大小小的鱼儿在岸上蹦跳的样子，我至今还兴致勃勃，正是"食鱼不如钓鱼香"。当妈妈把几碗烧好了的香喷喷的鲜鱼端上桌子，一家人都"闻到腥，胀断筋"。在那个物质极端匮乏的年代，小河给了我许多物质上的享受。

小河还给他一种享受，那就是游泳。其实，也会有潜在危险。

每天中午，都约几个小伙伴跑到小河中游一个叫"砂锅港"的地方游泳。天火辣辣的热，水格莹莹的蓝。裤头背心一脱，光溜溜的，一个猛子扎到水底，好半天才在远处像鸭子一样露出黑黑的小脑袋。

又从河岸上像下饺子一样"扑通扑通"学"高台跳水"。我女儿的大表舅也是我的玩伴，他家住在离我家不远的西村里，他常在我们面前吹嘘他游泳怎么怎么厉害。有一年夏天，我们约到"砂锅港"比画比画。他一下水就像个秤砣一样往下沉，害得我们几个伙伴手忙脚乱地把他捞起来，但他已经喝了好几口水了。谁知他到河岸上后，一边用手抹脸上的水，一边大声说："我们那里的水漂，你们这里水不漂！"啊？！水不漂？我们全都大笑起来。原来虚惊一场。

《写给天堂里的两位妈妈》一文中，写了作者对自己和爱人妈妈的怀念。他用诗一样的语言表达，令读者深受感动：

在我们的童年世界里，家就像一个温馨浪漫的港湾，妈妈，就是港湾中的一叶小舟，她无私地承载着膝下的儿女们，在风浪中摔打。

童年的幸福，来自妈妈的那张笑脸，还来自妈妈在家的那份守望和牵挂。

妈妈呀，儿女们以为，只有和您在一起的时候，那些平时的本真、还有那些寻常烟火的一粥一菜所带来的小欢喜，都是最真实的幸福和心中最大的满足啊。

妈妈呀，您老在世时，虽然我们吃得不算饱、穿得也不太暖，但您老人家以乐观向上的心态，支撑着这个其乐融融的一大家。

孩儿始终信服，人类最不能动摇的情感，也许就是那深深的母爱；人们心底最深的牵挂，就是生养我们的妈妈。

作者除了写对亲人欢聚的回忆和怀念，也写《故乡的炊烟》《老家的杨树》《芦苇赞》，这些文章与其说是写故乡，不如说是对故乡的深情。

崇明即将召开花博会，听说已经有很多游客从四面八方来到崇明展地先睹为快，流连忘返，叶兄则写了一篇《崇明花博会开幕前的遐思》，表达了自己对花博会的称赞和期许。他说：

中国有着悠久的花卉栽培历史，未查文献记载，仅从古人留下的诗词书画中，就可以看出至少有千年以上的历史。人们从古至今始终保持着养花赏花的习俗。鲜花，进入人们的视野之中，是近代西方列强进入中国之后紧随其后的一种西方文化礼仪，当时仅在受过西方教育的上流社会流行，绝大多数人并不认可和接受这种文化，继续着传统的养花赏花习惯。鲜花真正进入中国人的生活之中，是1979年改革开放以后，一开始是在大城市流行，之后逐渐扩散，到目前为止，就连好一点的小镇都有鲜花店。有相当一部分人喜欢上了用鲜花表达自己情感的方式。

他说业余时间也喜欢养花弄草，早些年为了养好花，他还买过一些书进行学习，从植物生长机理、配土施肥、到病虫害防治，的确花费了不少工夫。北方常见的月季、君子兰、菊花，南方的米兰、兰花、茶花，他都养过，最多的时候，家里与单位加起来，竟有几十盆花。他接着说：

我在想一个问题：人们为什么这么喜爱鲜花却淡远盆栽花卉呢？其中一个重要原因，就是盆栽花卉只能是自己或少数人欣赏，而鲜花能够为多数人欣赏并能传递友谊。我参观过云南昆明的花博会，看过苏州园林精品花卉和盆景艺术的展出，其精心培育的品种和造型独特的树木，让人赞不绝口。

他从鲜花说起，还联想到许多：

> 赠人玫瑰，手有余香。一束看似普通的鲜花，正在悄然改变着人们的生活，改变着人们的观念，我想，这就是鲜花无可比拟的魅力吧！为此，我赞美鲜花，更想了解献花存在的意义……
>
> 在建党一百周年之际，我首先将鲜花献给长眠于华夏大地的英烈们！其次，我要把鲜花献给正在用鲜血和生命保卫祖国安宁的现役将士们！我还要把鲜花献给我自己和退役的复转军人战友们！

在"读书随笔"专辑中，叶兄读了路遥的长篇小说《平凡的世界》后写了书评《经过苦难的炼狱能读懂人生》，读了《弟子规》后写了《浅谈人之本》，读了《沁园春·雪》写了《数风流人物今朝看谁》，读同乡文友施永培的散文集《小鱼闲情》后写了《文如其人写大爱》等文章，作品有短有长，可读性都很强。

在"行旅散记"专辑中，他写参军时的第二故乡，写东北、写海南、写北京，所到之处，都留下他对优美景点、历史人物的考察和评述。

三

在"有感而发"专辑中，有一篇《保持乐观心态的美妙结果》，文中写道：

同一件事情，切入角度不同，所持心态不同，形成的看法也不尽相同。就说考学落榜吧，悲观的人光往坏里想，结果愈想愈沮丧、委屈、绝望；而乐观的人，则会以落榜为契机，认真检视自己，总结经验教训，重新确定目标，尽快迈出新的步伐。这两种人心态不一样，结局大不一样，拥有乐观心态的人享受更加美好幸福的人生。

文章希望人们"学会感恩""与乐观者同行""学习他人""帮助别人""投身自然"等，以此来享受美好幸福的人生，并说：

乐观，既是一种心态、一种情绪，更是一种素质、一种智慧。

在《憧憬》一文中，他说：

生活中有两类人，一类人从来都一帆风顺，似乎上天一直很眷顾他，他身上并非有出类拔萃的才能，也没有卓越超凡的头脑，却天生与好运有缘，所以在别人走来荆棘坎坷的道路他却走来如履平地，连沟壑山间也都轻松跨过，真可谓上帝的宠儿。但上帝也懂捉弄人，看你不思进取，就故意在某道浅溪抽掉一块踏板，于是"幸运儿"也不幸运了，而且成为他平生摔得最痛的一次。他沉浸在这次痛苦的经历之中，挫折让他没有勇气再往前走。殊不知这一次伤痛在他人跨越的九十九道险滩、翻阅的九十九座峻岭面前并不算什么。

另一类人却正好相反，从来都翻山越岭，披荆斩棘，虽然走得疲惫、走得慢，但始终都在走，没有抱怨过什么。在他看来，上帝生来就给他安排了这条自力更生的道路，不走就没有出路。他也相信终有一天会峰回路转。有时上帝也许是有了同情心，在他的前方移平了几道沟壑，让他有机会不那么吃力地接近一个小小的目标。有了这次成功，他欢喜雀跃，以为从此自己可以高枕无忧了，以为目前的成功完全是他自己努力的结果，于是就放下砍伐用的柴刀，沉浸在过去的喜悦之中不再前行。

文章得出的结论是：人生如戏，没有终生的坎途，没有一成不变的命运，每个人为自己，都要好好把握。

在《灵感是上帝的奖励》一文中，他说：

常常碰到人不经意地问我：你哪来那么多东西可写呢？因为这话来得突然，我的思维往往没有做好准备，一时不知道怎么回答。不过究其原因，是我从来没有思考过这方面的问题。因为作为一个作家，从来不会考虑写作的东西究竟发源思维自哪个位置、取自哪个记忆仓库，或者是从哪段生活流程上剪裁下来。他所关心的，只是那段生活在他的情感深处留下了怎样深刻的印证，对他的人生有着怎样的影响，是否具有更为广泛的意义。正如某作家所说，鸡下了蛋，鸡不会去追寻蛋是从哪儿来的。

灵感是一个古怪的精灵，当你足够勤奋，又具有丰富的知识储备时，它才会动用它神秘的手指，打开人内心的所有开关，让你收获到勤奋的快乐。

在"军警生涯"专辑中，叶兄写有对自己部队生活和警队生涯的回顾和回忆。他在《军旅生涯的独自回忆》一文里，就写了自己从农村孩子成长为一名部队政工军官的历程：

军营，是我踏上社会的第一所学校。在那里，我训练了体能，磨炼了意志，经受了苦与累、生与死的考验；在那里，我丰富了知识，开阔了视野，增长了才干；在那里，记录下了一个农村孩子成长为一名部队领导机关政工军官的成长历程。

14 年的军旅生涯，弹指一挥间。如今，脱下了戎装，转业到警营工作已 20 多年了，却脱不掉军人的纯真与作风，退出了现役，褪不去军人的本色和激情，对部队的思念一如既往地强烈。离开了军营，总有一种曾为军人的自豪感，总能梦见威武的军徽在风雨中闪耀的情形。

在《蓝天畅想》里，他写道：

40 多年前我作为海军部队的文艺工作者，经常随团队前往部队基层演出。除了海防驻地的军港外，更多的演出地点是远离军营、驻扎在高山岛屿的观通雷达部队，慰问那里常年艰苦驻守的战友们。除舟车劳顿之外，沿途给我留下深刻印象的是崇山峻岭、大河小溪，地面植被与建筑。但作为来自南方平原的军人，仍无从知晓眼前青山绿水那种大自然的万千美感。终于在当兵第三年提干后出差外地，第一次坐上飞机，俯瞰了祖国万水千山的英姿，也领略了蓝天畅想的爽快。

在《公安文学和警察人生》里，他这样写道：

1983 年，我在部队服役整 13 年后，"向后转，起步走"，从军营走到了警营，一晃就是 30 年。其间，没有像刑警那样日夜奔波去侦查破案、追击逃犯，没有像交警、治安警那样忙忙碌碌地进行执法管理，也没有像社区警那样常年走家串户了解社情民意和服务市民，而是在公安机关里当文字匠，长期从事警察实务理论的研究、领导讲话稿、工作方案、专题调研报告的起草等日常公文的写作以及理论刊物的编辑，先后就职于地区党委政法委、基层分局、市公安局研究室和《上海公安研究》编辑部。因为从事的工作直接为领导服务，其特点往往是任务重、时间紧、要求高，加班熬夜是家常便饭，平均每年的公休时间一半以上是奉献的。有付出必有回报。这么多年来，我多次立功获奖，有7篇调研论文被公安部和市委办公厅全文转发。尽管如此，一有空我还是惦记着那块属于自己的自留地，报纸杂志时常刊登我的文学作品就是对我的鼓励和褒奖。多年在高层机关工作的经历，加上长期跟随领导出入案（事）发的现场，深入基层调查研究，使我在对社会形势大局的判断分析上、在对公安民警以及各阶层干部群众心理变化的把握上，不断由感性认识上升至理性认知的高度，也为我日后的文学创作特别是公安题材的文学创作奠定了思想基础，提供了大量的创作素材。迄今为止，我在全国多家媒体发表小说、散文、报告文学、诗歌等共计170余万字，其中，20万字的散文集《绿叶情怀》于2013年10月出版发行，书中分为"往事钩沉""笔走心缘""游憩悠哉""书海掠影"四辑。

在"访谈实录"专辑中，他写了《百年渡江话沧桑——黄浦江轮渡变迁记》《不负使命，续写荣光——一家三代人与上海农商银行的不解之缘》《风景这边独好——南园滨江绿地探访记》等，是社会题材的纪实作品。

《军功章里各有一半》，则讲述了一个个有血有肉、感人至深的军旅故事。

四

在《岁月随影——叶振环散文自选集》书稿中，有对故乡见闻的乡愁思绪，有年少时的记忆和对亲人的深情怀念，有读书后的感慨评论，有对旅途中的山水景点的精彩描述和历史名人的称颂赞誉，有对各类社会现象的解析褒贬，有对军警生涯的倾心眷恋，还有对身边感人事迹的倾情访谈……作者娓娓道来，引人入胜，无不展现了作者热爱祖国、热爱亲人和热爱生活的炽热的文人情怀。

总体来说，书稿作品文笔清新洗练，语言质朴，叙事生动，妙趣横生，生活气息浓厚并接地气，读来亲切感人。而这些作品里，又有许多篇章含有他本人和周边人在人生岁月里留下的影子，并将其作为纪念永远留存在文字里和人们心中。

叶振环兄的书稿中，有叙事、有写人、有抒情、有纪实，散文的形式多样化，可称丰富多彩。作品大都写得非常优秀，当然，也有个别文章写得还比较肤浅，书稿质量参差不齐。希望他今后向名家学习，把每篇所收散文写细腻、写精美、写深刻，并形成自己的独特风格，写出形散而神不散的成功之作。

愿作者在日后的创作中进一步努力，并更上层楼。不再赘述。

是为序。

2021 年 5 月 20 日于金都书斋

品书百部寻诗味

——《寻找诗意》序

一

去年五月初，拿到天使新作《寻找的音符》一书，认真阅读了一遍，都是现代诗。其实这些诗歌，一部分在我主编的微信公众号《文笔精华》上，已经发表过，重读一遍，发现天使具有女诗人的气质，写出一本优秀的诗集是很自然的事。

突然心血来潮，我也写了一首现代诗，是品味此书的读后感。发天使微信，请她指正，她回复：写得不错啊！当时我就异想天开：用一年时间，读一百部书，写一百首读后感诗。虽然自己原本写作和主编杂志的任务就很重，但我一定要挤出时间，完成这项新增加的"大"任务。这样，我不仅可以结集出版一本新的诗集，还能提高写诗水平。

我在微信上与天使交流，说了写读后感诗的想法，她鼓励我说一定行。我回复说写诗不在行，她说"你能行"，还说一年以后要看结果。这样，她的支持变成了我的动力。

目标确定，又有别人的支持，接下来就是执行了。读什么书呢？在家里，有十个书橱，至少存有两千本以上的个人藏书，其中有长篇小说，有中短篇小说集，这是我的最爱。年轻的时候，追求写作梦，是以写小说为主的。当然，爱屋及乌，散文、随笔、评论、诗词等书，包括创作谈一类的书，我都喜欢，也一样收藏在我的书橱，几十年下来，就有这么多藏书了。

自从 2011 年开始上网易平台后，我待退休，在家"专业"创作，出了几本书，随即加入上海市作协和中国散文学会，交了许多文友，并与他们互赠书交流，至今获得了超过百位作者的数百本书，因此，单读赠书作者的书，写一百首诗就没问题了。开始时我是这样想的，也是这样做的。

连续阅读三十多位作者的书，写了三十多首诗，也在网络上连续发表，引起很大反响，主要意见有两种：有的说我诗歌写得好，表示赞赏；有的则说我的诗歌不像诗，只是散文的拆散而已。其实，我自己以为，我写的读后感诗，都是靠激情写出来的精短散文，只不过用现代诗歌形式排列而已，若要称诗，则称为激情诗，马马虎虎说得通。最主要的，我不懂拼音、不会诗的押韵，写得好的现代诗，应该是要押韵的。当然，写诗歌也要灵活多变，夸张、重叠、跳跃等等，难以尽述。但是各种方法都离不开想象，丰富的想象既是诗歌的一大特点，也是诗歌最重要的一种表现手法。在诗歌中，还有一种重要的表现手法，就是象征。

后来我想，全写有关赠书作者作品的读后感，范围是否窄了？虽然赠书的作者不限于上海和江苏两地，我户口所在地是上海，现在实际居住地在江苏，不知情的人，还以为我是江苏人呢！我在网络上交流，征过十多本文集，每次参与者有二十多个省市的作者，去掉重复的，可能覆盖全国各地了，所以，赠书的作者，不限于上海、江苏，还跨越了好多省市。有写中华人民共和国成立前的作品，有中华人民共和国成立后的作品；有中国的，有世界的。有一般作者的作品，也有中外名著，丰富多彩。于是，在写满四十本赠书作者作品的读后感诗后，我想再写三十本中国文学作品读后感，写三十本外国翻译文学作品读后感，力求面面俱到，写作也就更具意义了。

在新思路下，读书想法虽有所调整，但读书一百部、写诗一百首的目标不变。

二

不管我的这本诗歌习作能否成功，我的收获一定会是满满的！

首先，读一百本书，或者说重温一百本书，至少对这一百本书，又会有新的体会和收获。

沈裕慎先生是我的同乡，虽然他住在市区、我住在郊区，但有缘相识并成为忘年交后，我们经常在一起交流文学，认识也有十年以上了。他1942年11月出生于上海安亭，是江苏省昆山市花桥人，大专学历，中共党员，高级经济师，在全国各地的报纸、杂志上发表了几百万字作品，并在多次征文中获奖。著有《信仰的追求》《紫气东来》《一页知春》《心在山水间》《风荷记忆》《风荷忆情》《风荷忆往》《风荷忆味》《风荷忆旅》等十多本散文随笔集，计300余万字。他是上海市作家协会会员、中国散文学会会员、中国作家协会会员，现任《上海散文》总编辑。

沈裕慎老师的个人书籍，除了《信仰的追求》一书我没有外，其他的著作数一数，正好十本，我都有。我曾为沈老师的几本书写过书评，他的代表作《风荷忆情》，还是我写的序。有文友评价说，这篇序，可说是你文学创作中写得最好的一篇文章。我选择沈老师的《风荷忆味》阅读，并写读后感，因为这部书，不仅是沈老师继《风荷忆情》之后又一部非常优秀、很有特色的书，而且此书还获得了上海市作协散文2018年度作品奖。为此，我又进行了一次阅读，写了《东方美食——读沈裕慎散文随笔集〈风荷忆味〉有感》一诗。

忻才良先生是我认识沈裕慎老师后，由沈老师介绍认识的。我们交往后不久，忻先生为我的中短篇小说集《同学梦》一书写过序，他是我非常敬重的作家。忻先生一生喜爱文学，做过中学教师，自从走上专业新闻工作之后，从记者、编辑，一步一个脚印，当过两家报纸的总编辑、三个单位的法人代表。长期以来，他有过不少头衔和职务，但他坚持写作。虽然在领导岗位上工作，他还是抽空写了大量的新闻类题材作品，还写了不少杂文、散文随笔和诗歌等，出版了近十部新闻类和文学类题材的作品。他的勤奋成就了他的辉煌，让他成为上海乃至全国著名新闻工作者和优秀作家。在我眼里，他才华横溢，是位非常优秀和出类拔萃的文人，是一位值得尊敬的文人。忻先生退休后一直在上海市委宣传部新闻阅评督察组工作，可惜因病早逝。

为纪念忻才良先生，忻先生生前挚友沈裕慎、吴纪椿、杨兆龙等老师发起，联络数十位先生好友和学生，特邀我主编一本纪念他的文集。那时，我用了半年时间，收集先生生平资料、怀念文章和先生代表作等，为先生编撰了一部具有历史意义、有研讨性质，评价先生为社会、为中国文化事业所作贡献的文集，获得上海文化界人士高度支持，大伙儿纷纷写文章悼念忻老师并投稿给我，包括原上海文联主席、《解放日报》《文汇报》《劳动报》等总编和编辑等，他们的作品，后来我都收录在了书中。

忻才良先生出版过七本书，杨浦区作协还为他出版遗著一本，我收录齐全。在这八本书中，我选择忻先生的诗歌、散文、游记、随笔杂文等体裁的作品集成《定格美丽》一书，认真阅读后，写了《因才而为——读忻才良诗文集〈定格美丽〉有感》习诗一首。

关于刘希涛老师，我是在百友文坛沙龙交流中与他认识的，然后一起午餐。那天，我带来了刚出版不久的《文笔精华·第二届"中国龙文学奖"征文短篇小说散文诗歌作品选集》一书，送给刘先生一本，刘先生看后认为封面大气，装帧精美，非常厚重，印得不错，回去后一定要认真看。书收下后，刘先生给了我两份由他主编的《上海诗书画》小报，是那种上海现在许多民间文化团体印制的收藏版小刊物。

刘希涛先生是上海著名的"钢铁诗人"，他从读书时就开始写诗，当兵后写诗更多，先是"战士诗人"，复员后在上海，自愿放弃干部编制，进入钢厂深入生活十年，后来成为上海乃至全国有名的钢铁诗人；中年后在一家报社做记者和编辑，是中国作家协会会员、中国音乐文学学会会员、上海市作家协会会员。从刘先生给我的《上海诗书画》小报看，刘先生退休后还在主编书籍，每年为他人作嫁衣裳，文汇出版社《出海口》诗文库丛书，那时已经出版十八辑，累计一百八十种了。也就是说，上海的许多知名作家和著名写手中，有许多人的作品，是在刘先生那儿编辑出版的。

后来，我参加过许多次刘老师组织的出海口文学社活动，看过《我的自选作品》《关于爱情》《文化名人与"涛声依旧"》这三部书，并写了一篇一万余字的书评。我曾经收集刘希涛老师的作品集，想写一本完整的传记，一直没有时间动笔，这次写读后感诗评，选择刘老师出版的第一本诗集《生活的笑容》，读后写《钢铁诗人——读刘希涛诗歌集〈生活的笑容〉有感》习诗一首。

张斤夫老师，是我尊敬的一位作家，他原来是《上海文学》的编辑，我年轻时订过这本刊物，知道他的名字，但从来没有机会认识他。那时，我写小说，希望在创作上有所收获，虽然在全国多种刊物上投过稿，但都没有成功，因此，也没有机会认识一位能帮助我的编辑或作家。不过，我的写作梦始终没有湮灭，五十岁以后，还在不断地写作和奋斗，至今写了十本书以上，加入了上海市作家协会，于是，认识的人渐渐多了，其中有斤夫老师这样的著名编辑和作家。

在没有认识斤夫老师之前，我在网上组织全国征文大赛，也就是首届"中国龙文学奖"的征文时，在网易博客上看到张斤夫的博客，有他个人写的小说、散文、评论等作品，我选了一篇小说，放在这次征文大赛中，并在结集出版时将其录入书中。后来，我与同乡柏有兄一起加入了上海市作家协会，在他组织的百友文坛上，我问柏有兄是否认识张斤夫老师，他回答不仅认识，而且是他组织的《浦江文学》杂志顾问、百友文坛的常客。我说下次活动，一定要请张老师来，我有一本征文的书要给他，柏有兄答应了。再次活动时斤夫老师真的来了，于是我们相识，我带来了那本征文的书以及我写的几本书，请老师指教。后来我和斤夫老师就一起参加了几次活动，对斤夫老师有了更进一步的了解。

最初认识斤夫老师时，他送了我一本《徜徉小说林》，我非常喜欢。这是一本小说创作评论集，更是一本介绍怎样写小说的书。他从二十多年的编辑生涯出发，以一个编辑的角度，对小说的作者提出创作要求，写出了这本深有体会的书，并推荐和扶持了一批现在已经在全国文坛上成名的作家。他说，那时他发了一个又一个文学新人的处女作，并让他们一举成名。这是一个多么了不起的编辑啊！同时，他又是一位作家，写了数百万字的小说、散文和评论等。我曾经写过一篇《斤夫老师送我书》的文章，发表在中国作家网和另一本刊物上，介绍了我与老师的相识过程，以及老师对文学爱好者的热情。在聚会上，他多次谈创作体会，是我们后辈值得敬重的老师。

张斤夫老师赠我的书中，还有中短篇小说集《河西·河东》等，这次读斤夫老师的书，我选择《徜徉小说林》，写了《一本为写小说提供经验的参考书——读张斤夫小说创作谈〈徜徉小说林〉有感》诗一首。

林影老师写了一部《叶辛传》，其实我是先认识叶辛老师、后认识林影的。叶辛老师要找故乡的故事，我有幸参与寻找，并联系花桥经济开发区文化交流促进会常务副会长韩建付与花桥政府进行沟通，最后，地方政府决定建"叶辛故乡文学馆"。在为双方牵线时，我与叶辛老师见过两次面，第一次是在上海徐家汇的轻松城，我与陶继明老师一起去联系花桥政府部门的人，叶老师带着林影在座。第二次是一日上午，我与花桥政府文联相关人员去浦东书院镇"叶辛文学馆"考察，叶辛由林影陪着，一起接待我们。林影本名叫张华，上海市作协会员，她为叶老师写传记，也是书院镇叶辛文学馆的馆长。那天下午，叶老师还邀我们到书院镇一所学校参加庆祝"叶辛文学馆"成立二周年活动，林影老师为叶老师写的传记《叶辛传》作为礼物发给每位参与者，我也拿到了。这次读《叶辛传》，回忆这段故事，写下了《写在人民心坎上——读林影著传记〈叶辛传〉有感》一诗。

其实，我所写读后感诗的四十本书，若说与他们的交往，每一位作者都可写成一篇有趣的故事，在这里，只是举几个例子罢了。

三

要写中国文学作品读后感，在数以千计的藏书中，读什么书呢？想了许久，才选择了现在确认的三十本书。当然，随意才是主要的。我首先读了秦兴洪主编的《中国的道路——从毛泽东到邓小平》一书，写了《两位伟人——读秦兴洪主编〈中国的道路——从毛泽东到邓小平〉有感》一诗。

读多吉才所著《中国最低生活保障制度研究和实践》一书，也是有故事的。当时，我购买这本书阅读，心想读后可以做一个百科词条，只要上电脑查这本书的基本介绍，搜索一下就能找到。那时，我被聘为百科文学委员会专家，做这类词条是不难的，加上这本书的作者曾经是民政部的部长，做词条更容易获得关注，于是我做了，而且一次就成功。这次重读《中国最低生活保障制度研究和实践》一书，写了《生活的底线——读多吉才让〈中国最低生活保障制度研究和实践〉有感》一诗。

读郭沫若现代诗集《女神》，是学习写现代诗歌的需要。看了这位伟大诗人的诗集，我写了《二个第一的诗集——读郭沫若现代诗集〈女神〉有感》一诗。

郭沫若的《女神》是一本诗集，出版于 1921 年 8 月，是一部真正具有现代意义的新诗集，收集了《女神之再生》《凤凰涅槃》《天狗》等代表性诗篇。在诗歌形式上，突破了旧格套的束缚，创造了雄浑奔放的自由诗体，为五四以后自由诗的发展开拓了新的天地，成为中国新诗的奠基之作，也是郭沫若代表作。后有人民文学出版社 1957 年本，又重印多次。

看了《南街村》一书，写了《中国有个红色经典村——读邢军纪纪实文学作品〈南街村〉有感》一诗。

今年是建党一百周年，本书中收录的红色经典文学作品较多，写个人的如《李大钊传》《刘胡兰传》《杨靖宇的故事》《把一切献给党》等，写集体的如《谁是最可爱的人》《林海雪原》《野火春风斗古城》《红岩》等，在三十本书中，占有的比例是最多的。

值得一提的是，我还读了《红楼梦》这部中国古代伟大的文学作品，想看的时候看一下，几十年来已经阅读过好多次了，这次又看，写了《伟大的长篇小说——读曹雪芹、高鹗著长篇小说〈红楼梦〉有感》一诗。

为什么读《芥子园画谱》一书？因为我最近努力挤时间，又开始学绘画了。当然，还是和以前一样，专门画鸡，画各种各样的鸡。这本书就放在我的画桌旁，作为学画参考书的一种，去画那永远不会出成绩的鸡画。这本书是有故事的，陪伴我已经有四十余年时间。我曾经想学画，就是没有恒心，这本书是我的同事老徐借给我的，他的书法写得好，小楷如印刷体一般，我非常佩服。《芥子园画谱》一书，1949年出版，他说他就是那个时候买的。那时，他作为国民党战败时解放军留用的公务员，和解放军一起来接收上海汽车厂。想起以前和老徐一起工作的日子，写过有关他的一篇文章。这次翻阅《芥子园画谱》，写下《学画大全——读〈芥子园画谱〉有感》一诗，为学画，也为纪念老徐。

四

要写关于外国翻译作品的阅读习诗，当然会想到选择世界名著，这是一定的，但不一定比例很高，因为我的书橱里，翻译作品也很多，有几十个国家的数百部作品，虽然大都不是世界名著，但有各种各样水准的作者的作品，在阅读时，我选择适合我口味的作品，这样，读三十本书，在十倍至二十倍的可选择范围内寻找，自然也是不难的。

开始时，我选择读埃德加·斯诺纪实文学《西行漫记》和读艾格尼丝·史沫特莱的朱德传记《伟大的道路》。接下来读麦克·哈特的《影响人类历史进程的100名人排行榜》，中国有六位人物列入其中，他们是孔子、蔡伦、毛泽东、老子、隋文帝、孟子。第二版时，人物入选和排列有变。

读托马斯·莫尔的《乌托邦》。书中虚构了一个航海家——拉斐尔·希斯拉德航行到一个奇乡异国"乌托邦"的旅行见闻。在那里，财产是公有的，人民是平等的，实行按需分配，大家穿统一的工作服，在公共餐厅就餐，官员由公众选举产生。他认为，私有制是万恶之源，必须消灭它。

再读杰克·伦敦的长篇小说《马丁·伊登》，读玛格丽特·米切尔的长篇小说《飘》，读巴尔扎克的小说《欧也妮·葛朗台》，读狄更斯的长篇小说《艰难时世》，读左拉的长篇小说《金钱》，读司汤达的长篇小说《红与黑》，读列夫·托尔斯泰的长篇小说《安娜·卡列尼娜》，读莎士比亚的剧本《罗密欧与朱丽叶》等，这里就不再一一介绍了。

其实，三十本书中，只选择性地挑选了十多个国家的作品，读后各写了一首读后感诗。

在文学创作书籍中，我特别阅读了非常喜欢的康·帕乌斯托夫斯基的创作札记《金蔷薇》，他还有类似作品《面向秋野》，他的这两本书我都有收藏。

最后一本书，竟然是艾丽斯·施罗德女士写巴菲特的非凡人生的长篇传记《滚雪球》，我也写了一首读后感诗。

五

此书写完初稿后，我打印了几份小册子请文友修改，还请吴绍釚教授为这一百首诗进行押韵方面的修改，没想到他用三个月时间，不仅认真阅读了书稿，而且对书稿中的大部分诗进行了修改。有趣的是，《寻找诗意》一书，其中有我的一百零一首诗，吴教授又补充了十九首诗。后来我接受吴教授建议，删除了二十首诗，保持一百首诗的初衷。由于吴教授对我习诗的重大修改有再创作性意义，加上他也写了一批诗歌收入诗集，于是，我与吴教授商议，决定以两人名义，共同出版此书。

我与吴绍釚教授是 2014 年底同一批加入上海市作协的会员，2015年 1 月 14 日，在上海市作协大厅，我们一起参加了新会员见面会，各自在会上介绍了自己。我与吴教授在上海市作协见过面，但那时双方互不认识，当时在作协大厅我认识的仅有嘉定同乡陶继明和小镇一条街上的同乡陈柏有。汪澜是上海市作协党组书记，赵丽宏是常务副主席，那天见面后，在会议结束时，我请汪书记在作协大厅合影留念，请陶继明老师帮助拍照。接着，我为陶老师与汪书记也拍了合影，陈柏有则拿着本子在询问和记录新会员的联系电话。临走前，我问汪书记新会员如何与作协和文友加强交流，她说现在我们上海市作协在青浦文学营有个基地，可以组织大家在那儿进行交流。正巧作协基地的联系负责人肖日文老师走进大厅，于是，汪书记为我介绍，要求肖老师在新会员组织交流活动时给予支持。认识肖老师为我后来在青浦文学营组织活动时认识许多作家和诗人打下了基础，吴绍钆教授就是我在青浦文学营组织活动中认识和熟悉的作家之一。

那时，陈柏有在上海浦东组织有百友文坛，出版了一本《浦江文学》杂志，每月举办一次沙龙聚会，他邀请我这位一条街上的同乡、同一批加入上海市作协的"陌生人"一定要参加他组织的聚会。在上海市作协大厅与柏有兄相识后，参加了柏有兄组织的多次聚会，收获颇多，认识了许多他邀请来的作家，张斤夫、刘希涛、潘颂德、严志明等一批我以前不认识的作家，后来成为我的文友，也是我非常尊敬的作家、诗人和文友，使我后来组织青浦文学营文友交流活动时可选择文友更多。

这些年来，我与吴绍钆教授除了在百友文坛沙龙和青浦文学营有接触和交流外，在文友的一些聚会中也有交往，加上互通微信，他的诗词赋在我负责的微信公众号《文笔精华》微刊上发表，我们彼此比较了解，我知道他的诗词和赋写得非常好，所以请他帮我进行诗歌集修改，于是，有了这次合作出书的机会。

经过商议，此书第一辑为古典作品，第二辑为现当代作品，第三辑为文友作品，第四辑为外国作品。因为序先于吴教授合作时写，也不想做太大改动，所以，在排版顺序上与原来有些不同，特告知读者。不再赘述。

　　是为序。

2021 年 6 月 12 日初稿，11 月 30 日修改

构建桥梁和平台

——《嘉定文学·第四卷》序

一

　　我们把成立协会比作搭建桥梁，让愿意参加的作家、诗人和文学爱好者，聚在一起，勇往直前，披荆斩棘，不畏艰险，结伴而行；我们在前进的道路上可能会遇到山川河流、悬崖峭壁等，需要搭建桥梁通行，这样才可以少走弯路，为大家节省时间，以尽快到达理想的彼岸。而协会创办的杂志，则是搭建了一个这样的平台，让参加的会员，有一个发表作品的地方。当然，不是任何作品都可以入选，而是有针对性，特别是要把握住党和政府的政策。协会有一块天地，才可以像鸟儿一样，在天空中自由自在地飞翔……

　　世界上有无数的桥，使人们出行更便利。社会上有各种各样的协会，便于人们聚在一起交流。文明世界，文明社会，需要人类共同创造。

　　亲朋好友曾问我：已经加入了政府组织的作家协会，为什么还要组建或参加民间的协会？我想了想，回答说是还缺少发表作品的"一亩三分田"，缺少志同道合者交流的场所。大家都知道，发表作品一向是很难的，特别是政府主办的报纸杂志，他们本身有一批自己培养的作家、诗人和记者，或者说有自己的圈子，别人很难进入其领地，业余作者则更难入门，一般作者一年发表几篇散文或几首诗，难度也是很大的。有些作者创作作品多，却没有地方发表，心情还是比较郁闷的。而加入了自己参加的协会，相对来说，作品就比较容易发表了。同时，大家聚在一起，也可以多一些直接交流吧。

二

我们嘉定文学协会成立于 2019 年底，属于一种地方性民间文学组织，主编有一份杂志，主要内容是关于嘉定的历史、人文和日新月异的地区变化。作为政府宣传的一种补充，杂志以书的形式，一年出版两卷。协会一年组织两次采风征文和聚会，有踏遍嘉定、写遍嘉定的信心和决心。不过，协会经费来源，仅靠会员缴纳会费，倘若三五年后不再收会费了，那可能就难以生存了。协会成立近两年来，已经出版五卷杂志，说明当前会员还是比较有信心的，不仅超额完成年度出版目标，每年除了组织两次集体采风外，还多次组织小范围的雅集活动，把这个小小的团体搞得既热闹又丰富多彩。

原计划协会人数五十人以上，但至今没有实现目标，因此，会员招收在注重本土意识的同时，也吸收部分外地愿意参加的会员，一位澳大利亚华人也参与其中。协会在会费不足的情况下，经过组织者的努力，加上会员们出专辑支持，与其他团体合作，搞到现在这样，也算是出成绩了。

这卷杂志栏目，首先是"安亭采风"，记录有十多位会员的专题征文，征文内容是关于安亭老街、菩提寺和周边风景的。接着是"嘉定方圆""嫏城纪事"栏目，进行关于嘉定历史和人文的分析和探索。然后是"雅集小聚""人文书评""百家讲坛"和"文笔精华"等栏目。七个栏目中，五个直接与嘉定有关，剩下两个，一个是关于雅集活动的，另一个是为会员嘉定诗文以外的作品提供一块文学园地。

3月3日上午，嘉定文学协会发起组织了今年第一次采风活动，地点是安亭老街昌吉路口，集中后统一游览风景优美的安亭老街、菩提寺和新源路繁华饮食一条街。参加的人以嘉定文学协会会员为主，部分花桥经济开发区文化交流促进会《西桥东亭》杂志编委、《上海散文》杂志编委和《红枫》杂志编委等，一共有二十余人参加。

　　这是协会自去年采风嘉定州桥景区、南翔古猗园等景点和名胜古迹后，今年组织的又一次安亭老街周边景点采风活动。

　　安亭老街去年经过改造，今年初刚对外开放，至今招商工作还没有全部落实。虽然街面整体全是仿古建筑，小桥流水、亭廊绿荫，很有看点，但老街上除了一座长有树龄一百六十余年的石榴树的严泗桥和经过移位改造的菩提寺与新建的永安塔外，没有考虑增设古镇上的人文遗存，因此，少了吸引更多外来旅游者的人文景观。加上不能改变资源管理的现状，使老街变成一个象征性的景点，缺乏商业实用价值，因此曾经被评为 AAA 景区的老街，变得越来越冷清。

　　大伙儿游览了安亭老街、菩提寺和新源路饮食街等后在安亭1号饭店午餐，大家一面吃饭，一面忙着交流。

　　林建明在采风文章中说：

　　　　这只是嘉定文学协会一次平常的采风。

　　　　文学协会的成员大都是土生土长的上海人，来古镇采风是因为身上贴着本土作家宣传地方特色的标签。而我可能是唯一的外地人，泥土色的外衣上也贴有这个标签，所以能混迹于其中。心细的人就会发现我行动上的不自然、不协调。

　　　　安亭老街有多老我不知道，我去向阳工地时倒是经常从它前边经过，但从来就没见它礼貌地对我笑过，没有和颜悦色地对我打过招呼，我也就佯装没有看见。我只注意前方，前面有监控，它什么人都不认识，却惦记着每个人的脸，而且是个工作狂，没日没夜、不吃不喝地坚守在它的岗位，倘若不小心被它记住，就得"呵呵"一笑了。

殷博义在文中说：

安亭老街，位于上海市嘉定区安亭镇新源路昌吉路口，历史悠久，文化底蕴深厚。史载："十里一亭，以安名亭，以亭为镇。"安亭镇由此得名。

安亭镇自古以来就是物产丰富、商业繁华之地，河流安亭泾南北走向，沿河两侧为市街，市街南北约一里，以菩提寺、永安塔、严泗桥等为中心，是一条江南风格的景区老街。

安亭老街保留了江南水乡的"路—桥—街"格局，老街建筑内敛而有气度，明清时代韵味扑面而至。徜徉在青堂瓦舍、飞檐斗角、古意盎然的安亭老街，游客不仅可以在始建于三国时期、有"上海第一寺"之称的千年古刹菩提寺祈福，还可以登九层永安塔，赏老街特有奇石书画，在绿树成荫的水上泛舟，享受江南水乡的风情。到了夜晚还能观赏"上海十大灯光夜景"，夜幕降临时，瑰丽的灯光点亮老街，使得安亭粉墙黛瓦的千年风貌愈发古朴迷人。

钱坤忠从另一个角度写安亭，即人文安亭。他说：

归有光在安亭二十多年的生活，不仅开启了教化，成为四方称颂的"震川先生"，更是著作繁富，散文扬世。纵观先生一生，虽命运坎坷，但他身上所流露出的家国情怀、社稷担当、刚正廉明、博学求新的优秀品质是润泽后人的珍贵遗产，无论为官为师为文，都值得后人称道。

以上文字都出自会员之手，他们有的是外地人，有的则是生活在市区的人，但他们不是地地道道的本乡本土人，不过他们和本乡本土会员一样，参加嘉定地区的采风，研究和探索嘉定地区的历史人文和名胜古迹，写了许多优秀的篇章。

除了特定的集体采风外，会员们还研究嘉定的民情风俗，撰写诗文。如梅常青写有《喜游上海汽车博览公园》一文、姚丹写有《走进秦云艺术博物馆》一文等。协会在组织采风的同时，希望会员自己采风嘉定各地，写出独特的诗文。协会组织集体采风次数是有限的，会员自己可以根据兴趣，有计划地考察和研究嘉定。对于这类优秀的诗文，我们会不断吸纳，并在协会杂志上发表。

三

杂志在有计划地集体采风和组织会员写嘉定诗文外，还偏重"人文书评"这一栏目。为什么？因为这一栏目中的作品，大都是会员读会员书后的书评。这类文章，能充分反映作者文学修养和写作水准，既有关于作者书的评论，又留下自己的文字，没有理由不用。

有许多会员的评论，能体现评论者的写作水平。梅常青读我的红色经典儿童文学绘本《小英雄雨来》后评论说：

在当下再读朱超群先生改编的《小英雄雨来》这本绘本书（上

海教育出版社出版，2018年8月第1版），再次走近少年儿童心目中的小英雄——雨来，让人深为喜爱。

《小英雄雨来》这本书，原名《雨来没有死》，是著名作家管桦的一部具有代表性的中篇小说，记述了抗日战争时期晋察冀边区的少年雨来为了掩护革命干部机智勇敢地同敌人斗争的故事，歌颂了雨来热爱祖国，不畏强敌，机智勇敢的优秀品质。小说通篇贯穿爱国主义这条主线，激发了无数读者的爱国热情和奋斗精神。《小英雄雨来》是一部培养少年儿童爱国主义情操、塑造我们民族不屈性格的优秀儿童文学读本，对当代少年儿童仍然具有重要的教育意义。

宇杨读周劲草纪实文学作品《人在路上》有感：

读周劲草的书，我大致上已了解他的出生、家庭、求学、工作、交往及为人处世风格。用他的话来说，他出生于都市"下只角"，可求学工作一直在"上只角"。他从小喜欢文学写作，一生从事区、街道党工委宣传工作。像他这种"根正，苗红，心向党"，长期扎根基层起桥梁纽带作用的干部，是党的经络和血脉。这类"传导者""传声筒"角色，在改革开放四十年里一度黯然失色，以致休克（信仰动摇），因而一开始我并不看好周劲草的文学作品，总觉得平淡无奇、不生动，缺乏跌宕起伏、激情澎湃的情节。通常，人生平坦、经历顺畅是写不出扣人心弦的好作品的。可当看完《人在路上》一篇篇纪实文，我从平凡的小人物、细小的琐事中隐含的真善美中窥见了精悍与大雅！能写出雅俗共赏、有灵性的文章不容易，难怪报界、文学界那些大腕名人都愿意结交周劲草！谓之"疾风知劲草，日久见人心"（章人英题词）。那是历经岁月磨砺后的真情显露，也概括了周劲草的作品和人品。他自称"小草""坐家"，谦卑的心态与热衷于文学事业的执着更赢得广泛人气，且一路走到今天"出人头地"，真是高人自有高超处。

沈志强读姚丹诗集《枫叶之歌》后写道：

　　姚丹的诗，赞美抗疫战士的有《防护服下的哨兵》，赞美祖国的有《光辉岁月》，赞美医学斗士钟南山的有《南山颂》，赞美革命斗争年代英雄的有《英魂颂》，赞美家乡古城的有《嘹城之约》，赞美社区工作的有《心中的赞歌》等，但更多的是对人、事、物的赞美、歌颂和深情的爱。

梅常青读林建明散文集《走出村庄的人》后写下如下感想：

　　走出故乡，是我们一直在忙碌之余生活的一处驿站，是一种情结的温情港湾，在我们人生的浩瀚旅途，我们所到过的地方多是沧海一粟、繁华一显，但故乡却不同，她是每个人一生所拥有一切的源泉，是生养我们的地方。故乡是一杯陈酿的琼浆，随着时光越发芳香。

　　会员是读者，也是书评者。通过交流，增进友谊，让大家的生活更加丰富多彩。我对会员作品的评价是：有些会员的书评，简直可以和专业书评家的作品相媲美了。

四

协会杂志注重收集会员写嘉定人和事的诗文，也注重收集会员读会员作品的书评。当然，会员之中没有以上作品的，也留下一块"文笔精华"栏目，至少让每位会员都有一些诗文可以在杂志上发表、交流。

协会通过会员之间的写作和交流，不仅提高了会员的写作能力，培养了一批有写作能力的人才，更为当地的历史和人文留下了一批非常宝贵的文化作品。

就此搁笔。

是为序。

2021 年 7 月 15 日

生活印记

——《岁月有痕》序

一

　　和胡德明认识，是三十多年以前的事了。那时，我在上海汽车厂工作，在汽车一厂供应科外协件仓库当班长，搞物流管理；他新进厂，分配在一个气泵站工作，而我办公室的窗口斜对面，就是他工作的泵站。那时，他大概刚从部队复员不久，才进汽车厂，是一名新员工。有空的时候，我们会坐在一起聊天。

　　我一直喜欢写作，十八岁进厂后有时在《上海汽车报》《上海机械报》《中国汽车报》上发一些豆腐干大小的新闻类行业报道，偶尔也有少量的微型小说和散文类作品刊登在这些报纸的副刊上。那时，我不知道他是否喜欢文学。

　　20世纪80年代中后期，上海汽车厂和德国大众汽车公司合资，成立了中国第一家举世闻名的汽车制造合资公司，铺天盖地的新闻报道，想必差不多年纪的人都知道。上海汽车厂员工进入合资公司，一次是合资，一次是合并，都很有故事。我曾经写过多篇小说，展示了合资一批人进公司再合并一个厂的精彩片段，这里不再展开。

　　在进入上海大众后，许多年里我做宣传部门、工会和党总支组织工作，也是公司报的特约记者和编辑，两个星期一份的公司报《上海大众新闻》上，几乎每期都有我写的新闻报道，甚至一期八版的版面上，每期发两三篇新闻和纪实类文章并不稀奇，有时一期达四到六篇，于是，主编要我用笔名，因此，我报纸上的笔名，至少有五个以上。公司电视台上，经常播放我用新闻改编的摄像报道。那时，我不仅在报纸上写新闻、拍照片，还为公司电视台摄像，人们称我是宣传的多面手。进入上海大众后，胡德明分配在公司有关技术部门办公室工作，公司有几片厂区，从开始的数千名职工增加至上万名职工，我们两人部门不同，见到的机会自然少了，但我没有看到他在公司报上发过文章。

在我五十岁时，公司给职工机会，可以停薪留职，我是第一批拿工资待退休职工之一。在家搞"专业"写作，每月还有工资拿，何乐而不为！我打算开始的十年出版十部中短篇小说集、散文随笔集和诗歌集，新的十年再写十本书，这是我的既定目标，也是人生一个中期目标，一定要完成。通过不懈努力，我加入了上海市作家协会、中国散文学会。在网络上，我还组织征文，主编和出版过十多部文学作品集，我把这称为副产品。

从待退休十年至退休后五年的十五年里，我几乎没有与德明见过几次面，没想到他去年也退休了，并在今年第三季度联系我，说他喜欢文学，以前写过一部长篇小说习作，还写过一些散文随笔和杂文类作品，要请我指教。我说指教谈不上，可以互相学习，取长补短吧。于是，我们有了交往，他发些以前写的游记给我看，我看后觉得文笔不错，表示认可，鼓励他退休后可以把文学作为一种爱好，长期坚持，这样一定会在创作方面做出成绩的。我要他把以前的作品录入电脑，通过微信或邮箱发我看。他先往电脑中录散文随笔类作品，再录长篇小说。我看了他的部分游记类散文后，邀请他在花桥经济开发区文化交流促进会参加活动，那个协会诚邀我担任会刊《西桥东亭》杂志的主编。我还邀请他参加由我组织成立的嘉定文学协会，这个协会有会刊《嘉定文学》

杂志，将来可以在这些刊物上发表文章。另外，我在网络上主编微信公众号《文笔精华》微刊平台，更能比较及时地刊发会员作品。其间，我推荐了胡德明的几篇游记发在微刊上，一篇游记发在《西桥东亭》今年第四期上；《嘉定文学》杂志一年两卷，今年的已经印行，明年将有他的作品刊登。

二

胡德明，1960年生，中共党员，是我的黄渡同乡，也是我的同事。他务过农、当过兵、做过工，生活经历和阅历比较丰富，也是一位文学爱好者。几十年来，他写过不少游记、诗歌、散文及随笔等文学作品。现在虽然退休，但正值精力旺盛时期，愿在闲暇时间再为写作而努力奋斗。

胡德明的动作是快的，他动员朋友和在加拿大工作的儿媳，一起把他以前的作品录入或修改，竟然用很短时间，就把游记和杂文类文章录在电脑里了。10月底，他对我说，准备出版一本收藏版的《胡德明文选》，我有些吃惊，表示可以，让他把打印好的文稿发给我看。

过了几日，胡德明就把文稿发在我微信上，竟然有10余万字，我初步看了一遍，分三辑：第一辑，游记；第二辑，杂文；第三辑，学习思考和工作研究。我觉得第三辑大都是单位里的工作体会和总结类文章，文学性不够强，可以去掉，他认为去掉后，文字太少，不满7万字，再说，自己喜欢，还是留下做个纪念吧。我说也可以，并让他换个书名，认为"岁月留影"之类，比较好。他思考后，决定取名"岁月有痕"，我说好。他说再核对一遍，看一下是否能再找到些"存货"文章，尽量把书做得厚实些、像模像样些。

在等待的日子里，我抽空看了一下胡德明先前发我的书稿，其中我比较认可的作品是第一辑中的《邂逅浔阳少女》，这篇路途上的游记写于1980年，文字优美，有故事情节，带有小说意味，应该是下过功夫的。下面我摘录两段他作品中的文字：

头一晚上，由于互不相识，旅客们大多默默地做自己的事情没有任何声音。我是中间的上铺位，而我对面的上、下铺位上，是两个年轻的姑娘，还带了一个七岁左右的小女孩。后来知道那小女孩叫燕妍，这是她和我熟悉后，自己用笔写给我看的。我对面的上铺位则是小燕妍的姑姑，后来知道姓姜，下铺位那位则是她的同伴，姓马，她们都是九江人。

大桥就在眼前。南京长江大桥果然名不虚传，威武雄壮，横跨长江两岸，犹如一条巨大的青龙伏卧在江上。这是一座我国自己设计并自己建造的长江大桥，无不令人赞叹，更令中国人自豪。过了大桥，扬子江两岸，沿江无名的山岭有黄有绿，对面的山峦在淡淡的水雾中像是情人手牵着手，又仿佛在轻舞。船尾的螺旋桨卷起巨大的白沫水浪，像条银龙在戏水一般，又似群鱼在水中戏水，然后渐渐扩散出去，随即又变成一只巨大的三角形的拖把，随船而行，煞是好看。在这段江上，水面开阔，江风凉爽宜人，使人惬意轻松，心旷神怡。这种享受平时实在不可多得呀！我这样沉醉其中，忘记了一切。但一股清淡的香气刺激了我，呵，我这才发觉她们竟然和我如此近，而且并肩伫立。我心里突然冒出了一句不雅也不俗的诗："惊吾江上闻奇香，欲觅不见在身旁。"但我犹疑了一下，还是没有念出来，恐玩笑中伤害到才相识的两个姑娘，那是不礼貌也不明智的。小马语言不多，她眉清目秀，体态窈窕，娴静端庄，显得文雅清丽。而小姜，此时手扶栏杆，亭亭玉立，目光柔情似水，肌肤丰满，脸上笑意醉人，比桃红色淡一点的适身衬衣，显得姑娘曲线分明，十分协调，在晚霞的辉映下，妩媚夺目。小燕妍已像大人似的在欣赏景色，不跳不笑了，这时她张开小嘴，突然问我："叔叔，上海什么时候到呀？"我笑着告诉她："小燕妍，你如果是只美丽又勇敢的小燕子，那么你可以任意飞翔，不用说上海，就是到北京也很快，等侬见到了姥姥，侬就说：'姥姥我是飞来的，因为我叫小燕。'"她乐了，奔跳到小姜面前："叔叔教我这样说好吗？"她那天真的问，使我们都笑了，小马露出美白皓齿微微一笑。这倒是第一次她和我对视一笑，但不知为什么，她脸上顷刻浮起红晕，又马上微微一笑，想掩饰她的羞涩。看来她即使老成，但少女有羞涩的天性，我想她也不会例外。

我开头以为《邂逅浔阳少女》一文，是写一位军人出差，遇上美丽女子，有爱慕和暗恋的意思，阅全文后，才知文章主角是路途中活泼可爱的小女孩，其中写到的两位姑娘，其实是小女孩的陪衬。这篇散文故事情节完整，不失为一篇很有趣味的纪实性作品。在和作者聊天时，他说当时年轻，写这篇文章时，对其中一位年轻姑娘有爱慕之意，只是文字含蓄而已。

第一辑的游记作品中，我为胡德明在微信公众号《文笔精华》微刊上发的文章是游记《路南风景——有名是"石林"》；《云南三地游》比较长，我取了其中《过桥米线》《西山半日游》两个章节，各自单独发表。这些游记，都是他早年的旅游作品。今年10月底，他旅游吉林后，写了《逆行长白山》，我取《望天鹅峰大峡谷游记》《鸭绿江的绿水》两个章节，分两次刊登。他擅长写游记过程，写得比较长，可以分章节发表，有些段落，写得挺不错的。而《路南风景——有名是"石林"》一文，我改为《在石林》，发在今年《西桥东亭》第四期上。当然，他的《九龙山海滨游记》《夏日之旅散记》等，也是很有特色的游记。

第二辑是胡德明散文中的杂文类作品，写的是日常工作和生活中的点点滴滴。他有感而想，有感而发，这些文章都是比较短小、比较精致的，称得上是小巧美文。

《党庆八十周年随想》中，他写了自己入党二十年的简要回顾，从青年到中年，始终跟党走，不忘初心，不忘根本！他说：

> 我是在 20 世纪 80 年代初，即我党建党 60 周年的那年党庆前夕光荣加入了中国共产党，屈指算来已是二十个年头了。那时，自己二十刚出头，意气风发，积极要求进步，努力再努力……时间过得真快，二十来个春秋一晃已过，本人也步入中年的行列。依稀记得小时候在写文章表决心时常常用这样一些话："我是个出生在新社会、长在红旗下的少年，要不忘旧社会的苦、牢记新社会的甜，要听毛主席的话，要跟共产党，翻身不忘毛主席，幸福不忘共产党！"

在《国庆随想》中，他说：

> 在我童年的记忆里，最喜欢过的节日莫过于春节和国庆了。显然，春节是一个传统的喜庆节日（过大年）；而国庆对于全国各族人民来说，更是一个值得欢庆的节日，因为在 1949 年以前的旧中国，多灾多难的劳苦大众，在经历了漫长的剥削和压迫以后，怎能不为真正意义上的当家做主的 10 月 1 日这个标志性节日而永远地欢欣

庆祝呢！

10月1日是一个喜庆的节日，同时是劳动人民当家做主的节日，作为劳动者的一员，无理由不为之欢庆。

在《献血随想》中，他说：

> 在我们国家献血是光荣的事，这一点很好，是值得称道的。因为它是义务的，因为它可以救死扶伤、救人治病。2007年8月16日上午8点35分，在我们一厂区公司工会大厅里，我参加了义务献血。

作为一位公民，进行义务献血，他觉得非常光荣，并留下了这篇短文。

在《向战友致敬——在庆祝八一建军节上的发言》一文中，他说：

> 在我们的生命里有过军人的光荣脚步，档案里记载着你们自豪的历史。几十年过去了，时间是那么的快，现在我们大多做了爷爷或外公了，在享受天伦之乐，我们白发早已如霜一样布满双鬓，鱼尾纹早已跃上了额头，岁月早已带走了我们的青春，但带不走我们的战友情。战友是天，战友是地，有了战友能顶天立地。战友是山，战友是水，有了战友就能山高水长。

作者早年参军，回顾至今，向战友致敬，并在庆祝八一建军节大会上发言。几十年风雨，岁月带走了人们的青春，带不走的是战友情深，总是给人一段又一段美好回忆。

三

胡德明《岁月有痕》这本小册子所写的游记、杂文等纪实性作品，都属于散文范畴，他的这些作品，最早的写于 1980 年 7 月，最晚的写于 2021 年 10 月，算起来长达四十二年。作为一位业余文学爱好者，他的作品能结集和出版，是非常不易的，他说这本书的出版，得到了妻子和儿媳以及亲友的支持，这就够了。而这些作品，可以说是作者几十年来写作的结晶，算是作者的宝贝，是亲戚朋友的宝贝，也是读者可以欣赏和阅读的宝贝。为此，他付出了太多的时间、太多的精力！虽然他的有些作品文学性还不够强、内容相对粗浅，但他在文学写作道路上不断跋涉、向成功不断迈进的过程中留下的许多清新、朴实、有个性的作品，值得赞扬，值得纪念。

这本书里的作品，仿佛大海里奔腾不息的浪花，虽然稍纵即逝，但看过的人永远不忘。是哟，浪花在人们的心中，是那么的不起眼，但就是这样瞬间的跌宕，能让人回味！而作者的这些作品，记录的是一个人或周围人日常生活的思想、印记，将深深地留存在作者、亲戚、友人和读者的心里，也会在人生漫长的岁月中引发读者对自己身上曾经发生过的那些类似的美好往事的回忆。

另外，他以前写的长篇小说没有录入，准备日后再出一本书。随着时间的推移，作者可能还会写出更多、更好、更出色的作品，出的书会更多。一个人在爱好之路上不断进步，为人们提供更多的精神食粮，这一行为值得肯定或称赞。

文友邀我写序，我总会答应他们的要求。我在肯定作者作品的同时，会用一句或几句话来指出其文章的不足。我的目的是鼓励作者写作和出版更多的新书，同时真诚地祝愿他或她在以后的日子里能以此为起点，写出更多读者喜欢的作品！胡德明也是如此。

　　是为序。

2021 年 11 月 28 日

群聊、采风和征文

——《嘉定文学·第五卷》序

一

11 月 25 日晚上 7 点至 8 点，是我们嘉定文学协会群聊会的时间，群聊内容一是进行年终聚会并召开迎新会议；二是协会宗旨即走遍嘉定，宣传正能量，通过采风活动，征集作者作品，为《嘉定文学》杂志明年第一卷出版做准备。总之，我们的目的是通过采风、征文和聚会，增强文友间交流的机会。平时，工作中的年轻人不方便请假，离嘉定比较远的文友特别是外省市工作和生活的会员，包括旅居澳大利亚的会员，无法参加聚会，但在群聊中，会员或多或少都可了解一些协会情况，也算是会员之间一种交流的形式吧。

嘉定文学协会成立两年来，组织全体会员参加的大型活动有四次，即嘉定老城区采风、南翔古猗园采风、安亭老街采风和"上海作家看花桥"采风等活动。还有会员间组织的小范围的雅集活动，如殷博义、宇杨、周劲草等，他们自掏腰包，组织部分会员进行小型聚会。

协会两年来出版《嘉定文学》杂志五卷，比原计划超出一卷。协会仅为会员提供交流平台，出版费用主要来自会员的会费。协会超额完成出版计划，与会员的个人努力和崇明三岛文学社等团体的合作和支持是分不开的。

这次活动前，我与会长沈裕慎商议，继续在嘉定地区组织一次采风，他建议到马陆去，因为那儿有个场所，午餐价格便宜，又在上海地铁 11 号线的马陆站出口处，交通方便。我实地考察后，发现召开会议、卡拉 OK 等有场所，采风公园和附近街道行走一刻钟内可到，觉得合适，事情就基本上定下来了。

通过群聊，大部分会员兴趣浓厚，同意组织马陆采风活动。接下来就接龙报名，参加者竟然有三十多人。活动日期定在 12 月 15 日（星期三）。

二

在群聊会上，会员钱坤忠提议我在会上做个 2021 年度协会总结。下面，我就向大家汇报一下协会一年来所做的事情。

（一）关于集体采风

按照协会计划，每年组织两次或两次以上集体采风，原则上在嘉定地区。今年上半年协会组织安亭老街、菩提寺采风，下半年组织"上海作家看花桥"采风活动，虽然活动范围有所改变，但参与者大都是协会会员。

这里需要指出的是，集体采风原则上是 AA 制，因为协会没有经费来源，而会费只限于杂志专用。同时，参加集体活动的会员必须是自愿的，必须确保自身安全。

今年的集体采风，实际上是三次。第一次是安亭老街和菩提寺采风，征文作品放进《嘉定文学》杂志第五卷中。第二次是"上海作家看花桥"采风，参观了一个公司会所、集善公园和叶辛故乡文学馆，有的参与者还采风了花桥老街，征文分别收进《西桥东亭》杂志今年第三期和第四期中，部分作品可能要选入《嘉定文学》杂志第六卷里（即 2022 年第一卷）。第三次，则是这次的马陆采风，黄华旗建议称"上海文人马陆雅集活动"。这里要说的是，三次活动都有赞助，花桥采风活动是花桥经济开发区文化交流促进会负责午餐，马陆采风是黄华旗会员赞助，安亭采风是卫润石会员提供经费。黄华旗是嘉定知名作家，出版过三部长篇小说，两部是写嘉定的，其中《留碧》写的是他前辈黄淳耀在"嘉定三屠"时期的抗清活动中壮烈殉节的故事，《石童子》写的是嘉定抗清小英雄石童子护城的传说。《马可·波罗与中国公主》，则是写元朝忽必烈时期一段传奇色彩的浪漫爱情悲剧故事，也是介绍中国古代一带一路的特色故事。《马可·波罗与中国公主》一书，不仅有中文版，而且有意大利文版、韩文版，现在正在翻译英文版和日文版等，此书已经获得了意大利和韩国的两个大奖。卫润石去年加入上海市作家协会后，非常开心，与我商议组织一次聚会，由他出资。马陆是上海有名的葡萄产地，也是他出生地，年轻时，他曾是团委委员，为此他写过一个非常有地方特色的中篇小说，我还为他的这部小说写过一篇读后感，发表在《安亭报》副刊上。这次安亭采风，他尽地主之谊我无法拒绝。协会向采风活动赞助个人和团体表示衷心的感谢。

（二）关于出版会刊

采风、征文，有滞后效应，因此，今年《嘉定文学》杂志第一卷（即第四卷），出版内容是去年7月的嘉定州桥景区采风和11月的南翔采风后的作品，于今年2月出版；今年《嘉定文学》杂志第二卷（即第五卷），主要内容将为今年3月份安亭老街采风以及雅集小聚后的文章等。由于会员人数少、资金不够，又增设了会员个人出资的专辑和崇明三岛文学社合作专辑弥补。当然，除了写嘉定名胜古迹外，对会员作品所写的读后感，也是杂志选择作品的范畴。

协会是民间组织，原想依附嘉定文联成为团体会员，但在咨询、协调和办理中遇到诸多麻烦和困难，一时无法挂靠，只能维持现状。所以，经济来源完全靠会费、个人赞助和团体合作出资。

对于《嘉定文学》杂志的作品入选要求，一是会员采风征文文章；二是会员个人走访嘉定包括名胜古迹、人文故事等的文章，包括会员作品赠送交流后会员所写读后感等，偶有外来作者写会员作品的读后感，也可收入其中；三是会员中没有写嘉定和读后感的作品，则开设"文笔精华"栏目，选用会员在微信公众号《文笔精华》微刊上发表的文学作品。

而会员之外的文友要投稿会刊，即使是省市级作家协会的文友，编辑部都因版面原因，再优秀的作品也谢绝录用。

（三）关于微信公众号《文笔精华》微刊

一个文学团体，虽然有会刊，但作品多，无法满足所有会员作品发表要求，而微信公众号《文笔精华》微刊，作为补充，可满足会员发表作品的需求。

由于人手有限，刊出时间间隔较长，一星期一到二次，一次最多可发八篇，不能对会员所有作品全部满足，要求会员一年投稿十篇以内，这是平均数。在采风、征文时，同类作品可以放在一个篇幅里发表，这样做一是增强作品累积的丰满度，二是突破微刊在同一天里发表篇数的限制。

（四）会员进出自由

组织协会的目的，是文人们聚在一起，方便交流。而且，会员也可以通过协会认识文友，相互鼓励，提高写作水平。

特别对长期坚持写作的文学爱好者，进入协会后，可以通过采风、雅集聚会等，认识一些早有成就的知名作家，当面向他们请教。以前想见名家、诗人难，现在会员中有名家、诗人，大家可以在一起交流，甚至合影留念。协会在组织采风或雅集活动时，特意邀请一些名人参加，这有利于提高文学爱好者的创作水准，对团体而言，也是一件非常有益的事情。

协会是民间组织，来去自由，有人退出，有人进来，都属正常，不必以说人坏话或脏话为退出找理由。会员可随时进，也可随时出。希望以后遇到时，是会员也好，不是会员也好，大家都能真诚相待。

三

这次马陆采风和征文后，争取12月底征稿截止，于明年初出版《嘉定文学》杂志第一卷（即总第六卷）。2022年第二卷暂时不出。为丰富会员活动内容，主办第五届中国龙文学奖全国征文和评比，所有会员都可以参加投稿，外来人员也可参加。这次设想成立"文笔精华研究会"，实行会员制，全国作者都可投稿在微刊上发表，但参与评比和入书则必须是会员，这样既可收取一定比例会费，也可以确保征文和评比作品收进纸质书出版。

由于出版费用不够，协会还要联系横向团体组织合作，赞助设专栏，解决费用问题。如果有企业赞助，用"某某杯"的形式则更好。这也是通过协会增强与外界文人交流的一种方式。组织第五届"中国龙文学奖"征文、评比和出书如果资金有余的话，明年再出《嘉定文学》杂志第二卷（即总第七卷）。

协会虽然是一个民间文学团体，但协会的团队素质相当高，会员中有中国作家协会会员、中国散文学会会员、上海市作家协会会员，以及各地区协会会员和许多写作高手，他或她，写了许多优秀的文学作品，有的是小说，有的是散文，有的是诗歌……除了在协会的微刊、杂志上发表外，协会还推荐部分作品在《西桥东亭》杂志和《上海散文》杂志上发表。会员作品中，有几部著作是作者第一次出版，如林建明的《走出村庄的人》、姚丹的《枫叶之歌》、宇杨的《足迹悟道》、胡德明的《岁月有痕》等，这里仅举几例。有的老作者，如沈裕慎、王雅军、陈柏有、朱超群、周劲草、卫润石、殷博义等，他们在协会成立前及成立期间出版了好多本书，这些书的出版，成为一座座桥梁，进一步沟通了会员间的关系。协会聚会时，作品相互赠阅，会员阅读后写了许多书评或感想，《嘉定文学》杂志积极推荐和录用。

协会深信，文学作品宣传正能量，对社会、对作者，都是一件大好事。

2021 年 11 月 30 日

《人文情悟》后记

　　节后，我忙于整理画家董之一的传记《慈善人生》，了却其出版一部单行本作为纪念的心愿。接着，整理和撰写长篇纪实文学作品《人文公益》，此书是二部合一，虽然第一部早在三年前写好，但第二部是新写的，需要一些时日。这第二部在年初时打算写，立了提纲，又很快写出初稿，在节日和节后期间，将新、老两部书又同时修改了一遍。

　　《人文情悟》一书，是我散文随笔集"文人情怀"三部曲之三，前两部是《人文情缘》和《人文情思》。《人文情悟》一书是我即将出版的第十五本个人专著，是近年来比较重要的一部散文随笔类作品。我五十岁以来开始"专业"写作，曾定下两个"十年计划"：第一个十年计划写十本书，如今已经出版；第二个十年计划是再写十本书，平均每年写一本书，现在时间过半、任务过半，写作与出版也算把握得比较好的。后五部作品的写作，三部已有初稿或提纲了，即《人文行旅》《人文散记》《人文时代》，应该说，第二个十年计划完成写作十本书的目标也是可以实现的。这样，到我七十岁时累计写二十本书的愿望，一定能够实现。而在五十岁之前，这种想法我是不敢有的。

书中文章，大部分在《西桥东亭》杂志、《嘉定文学》杂志和《上海散文》杂志上发表过，也有部分序和书评类作品在上海文艺出版社、吉林人民出版社、光明日报出版社等单位出版的书中刊登过，还有的作品在《文笔精华》微刊、中国作家网等上展示过，这里不一一详细介绍和述说了。

愿喜欢我作品的读者及作品中写到的亲友，早日闻到我新书的油墨芳香。

2022 年 2 月 28 日